JN092006

コミュ障探偵の地味すぎる事件簿

似鳥 鶏

角川文庫
22950

目次

【コミュ障】

元々は言語障害や聴覚障害、対人恐怖症など幅広い疾患を含む「コミュニケーション障害」の略語だが、現在では単に「コミュニケーションが苦手な人」「人づきあいが苦手な人」を表すネットスラングとして使われることの方が多い。コミュ障の人間は対人関係におけるプレッシャーに敏感で、会話が苦手で人見知りが強く、特に人前で喋《しゃべ》ったり初対面の相手と会話をしたりすることに対して強い恐怖感を抱く。

第一話　論理の傘は差しても濡れる

——千葉圭太郎《ちばけいたろう》です。弁護士志望です。岩手県盛岡市《もりおか》から来ました。高校までずっとサッカーをやっていましたが、大学ではレベルが高いからサークルの方にしようと思っています。よろしくお願いします。

——斉藤愛菜《さいとうあいな》です。ええと、地元出身です。志望は、まだ決まっていません。美浜区《みはま》の、幕張《まくはり》メッセの近くに住んでいます。家からスタジアムの花火が見えます。ええと、友達をたくさん作りたいです。よろしくお願いします。

——吉田総司《よしだそうじ》です。僕も地元民です。司法試験は受けないので、たぶん一般企業に就職します。中央区《ちゅうおう》の新千葉《しんちば》駅近くに住んでいますが、新千葉駅周辺何もないです。あ、飲み屋とコンビニならあります。携帯の「ドラゴンハンドラー」をやってるので、もしやってる人いたら協力プレイしましょう。よろしくお願いします。

——金子颯人《かねこはやと》です。埼玉県さいたま市出身です。埼玉県と千葉県は昔から敵対関係なので、まわりの友達からは「千葉の大学なんかに行って大丈夫か」と心配されました。今のところ無事です。あと埼玉県民は池袋《いけぶくろ》で千葉県民を見つけたからといって襲ったりしないです。ははは。えーと検察官志望です。よろしくお願いします！

もう前の列まで来てしまった、と思う。金子颯人とやらがうまく笑いをとったせいで後の人間がやりにくくなっている。今、右から左へ順番に流れているから、一番左の席までいったら次の列では左から右に戻ってくるのだろう。だとするとあと六人が終わったら次は俺になってしまう。どうするべきか。時間がない。早く考えないと順番が来てしまう。あっ、こら美川奈《よしかわな》津《つ》実《み》さんとかいう人。そんなに短く済ませるとは何事だ。ずるいぞ。あと五人になってしまったではないか。もうちょっと保《も》たせてくれないと困る。こっちは言うことがまだ決まっていないのに。心の準備もできていないのに。緊張のあまり心臓はさっきからバコンバコンと鳴り通しで冠状動脈が破れそうだ。呼吸も霞ヶ浦《かすみがうら》のように浅くしかできない。[*1]こんな状態ではまともに言葉が出るはずがない。喋《しゃべ》れば絶対に「ふ、ふふふふふいむら、みはお、す」とバグったAlexa[*2]か今際《いまわ》の際のHAL9000みたいになるに決まっているのだ。それなのに皆全く待ってくれない。あと四人。嫌だ。

＊1　茨城県南東部に位置する湖。面積は琵琶湖に次いで日本二位だが平均水深は四メートルしかなく、最大水深でも七・三メートル。ワカサギやシラウオ等が獲れるが、冬場に行くと風が吹きわたって大変寒い。

＊2　Amazon社提供の音声認識アシスタント。Echo端末に搭載されているサービスで、口で言うだけで音楽を流したり家電を動かしたりと未来な生活が可能になる便利アイテム。頑張って冗談を言ってくれたり突然笑いだしたりと色々なエピソードが噂されるが、このようなバグり方をしたという情報はない。

こういうのは苦手なのだ。とてもとてもとても苦手なのだ。俺だけスルーしてくれていいのに。そもそもなぜ大学生にもなって、一人一人立って順番に自己紹介、などということをしなければならないのか。周囲にいるのはただの「同じ学科の人」であって「これから一年間一緒に過ごすクラスのおともだち」などではないはずなのに。

　俺は考えた。俺だけ喋らずに済ませることはできないだろうか。たとえば仮病。「いたたたたたオー、マイストマックエイク！　すいませんトイレ」駄目だ。そちらの方がよほど注目されてしまうし、もうあと四人のところまで来ているので、このタイミングでストマックをエイクしたら「自己紹介で喋るのが嫌で逃げた」ということが教室内の全員にもれなくバレて子々孫々、七代先まで笑われる。では忍者のように机の下にヒョイッと沈み込んで静かに隠れてしまうのはどうか。今、皆の視線は教室の反対側で喋っている弁護士志望で大阪出身の山本霧佳《やまもときりか》さんに集まっている。沈み込んでもバレないはずだ。だが両隣の人には確実にバレる。「あのう先生ここにいる奴が今隠れました」「忍びの者がいます」「たぶん伊賀者です」「ぬっ、曲者《くせもの》。出あえい」「斬れ」だめだ死ぬ。バラされて笑いものになるに決まっている。では両隣の人に「自己紹介したくないから隠れたことを黙っていてくれ」と頼むか。ははははははは。初対面の相手にいきなり話しかけてそんなことを頼めるほど社交的なら八十人が見ている教室で一人ずつ立って自己紹介するくらい怖くないに決まっているではないか。うつけめ。それができぬからこそこうして恐れ戦《おのの》きなんとか喋らずに済む方法を探しておるのだ。なぜか殿様口調になって自分で自分を叱っている間にあと三人。隣の隣の隣まで来てしまった。黒木《くろき》澄也《すみや》です。マンゴーで有名な宮崎県の宮崎市から来ました。あっ、あの黒木君、またマニュアルを足しやがった。これで次から出身地と志望に加えて何か一つ、お国自慢も入れなくてはならなくなったではないか。なんと余計なことを。貴様はウケ狙いのつもりかもしれんが後に続く人の迷惑を考えろ。それに宮崎ならマンゴーだのプロ野球キャンプだのソラシドエア本社だの神武《じんむ》天皇東征神話だの何でもあるだろうがこっちは千葉県香取《かとり》市なのだぞ*3。他県出身者は県単位でいいが、さっきの斉藤愛菜さんとか吉田総司君がそうだったように、地元千葉県の人間はなぜか出身地を市区町村レベルで言わなくてはならない。日本国憲法第十四条一項には「すべて国民は、法の下に平等であって（略）差別されない」と明記してあるのに、これは千葉県出身者に対してだけ不利益な扱いをする差別ではないのか。国立大学という国家機関がそれをやらせているのだから憲法訴訟ものだ。だが仮に訴訟を起こすとしても、今この場は乗り切らなくてはならない。お国自慢。どう言えばいいのだろうか。県単位で「ディズニーで有名な香取出身です」などと言ったら失笑されるだろう*4。香取市限定でなければならないのだ。「水郷」と言って通じるだろうか。香取神宮はマニアックに過ぎるし*5鹿島《かしま》神宮は利根川《とねがわ》のむこうだから反

*3　香取市民に失礼である。
*4　誤解している人がはなはだ多いが、東京ディズニーリゾートがある浦安は千葉県である。

則だと思われる。「何もない香取です」と言えば受けるだろうが地元を売って笑いをとっていくスタイルには疑問を覚えるし今まさに喋っている秋田県横手《よこて》市出身の畠山《はたけやま》翔《しょう》君が「雪以外なんにもない秋田出身です」と俺のネタを横取りした。同じことを言えば「ネタがかぶった痛い奴」扱いされかねない。畠山君貴様、なぜ秋田出身の癖になんにもないなどと言った。無形文化遺産のナマハゲ様たちに謝れ。[*6]秋田美人に謝れ。横手のかまくらたちに謝れ。そもそも畠山君が黒木君の「お国自慢」を律儀に継承せず無視していれば次の人も俺もそれをやらずに済んだのに。律儀な人だということは分かったがこちらのことも考えてくれ。ひひひひひそんな恨み言を言っているうちに隣の人が立ったぞ。長野県松本《まつもと》市出身の讃岐《さぬき》香里《かおり》さんだぞ。讃岐。讃岐なのに長野なのかと思ったらまさにその話をした。友達からは讃岐＝たぬきなので「たぬー」と呼ばれています。そう呼んでください。少し受けた。畜生この人のこれは定番なのだろう。珍しい名字のおかげでそれを喋ればどこでもフリーパスなのだ。羨《うらや》ましい。俺なんか藤村京《ふじむらみさと》だぞ。どういじればいいのだ。あはははははは畜生俺の番だ。うまく喋れずつっかえて場の空気がスウゥゥゥー……としらける絵が頭に浮かぶ。さんざしらけさせておいて「よろしくお願いします」としか言えず「なんだよあいつ」「面白いこと言おうとして溜《た》めすぎ」「溜めたくせにあれだけとか」と男も女も、老いも若きも俺に向かって侮蔑《ぶべつ》の目を向けるのだ。あるいは勢い余って変なことを口走るか。「藤村京です。京だけど無宗教なのでミサとか行ったことないんですけどね。あははははは」俺の空虚な笑いが七十九名の同級生と壇上の教官の頭上を滑り、数人が共感性羞恥《しゅうち》で俯《うつむ》き、反応に困った皆の「配慮の笑い」が春の野に咲くハキダメギクのように散発的にぽつ、ぽつ、と波紋を広げるのだ。そして困ったように立つ次の人。俺には「無理して面白いことを言おうとしてすべった奴」という一生消えない刻印《スティグマ》が残る。もう駄目だ。俺は誰とも視線が合わないようぎりぎりまで下を向きつつ立ち上がる。嫌だ。無数の目がこちらを見ている。「弁護士志望の藤村京です」あっ、出身地と順番が逆になった。「あの、ち、千葉出身です。香取市です。よろしくお願いします」マニュアルのあれもこれも飛ばして決め台詞《ぜりふ》の「よろしくお願いします」を言ってしまった。とっさに座りかけるがさすがにこれは短すぎると思い空中で尻《しり》を止め、さりとてとっさに付け加えるべき何も思いつかず、急いで俯いてガタリと座る。一瞬中腰で止まったあれは何だったのかと思われているに違いなかった。そしてあまりの短さと内容の乏しさに「なんだよ」と思われているに違いなかった。

でも、しょうがないじゃないか。俺はコミュ障なのだから。

隣の人に視線が当たらないように気をつけながら横を向き、窓の外を見る。今春の千

＊5　失礼である。
＊6　ナマハゲは男鹿《おが》のあたりなので、他地域の秋田県民はそれほど自分のところのものだとは思っていない。

葉は異常気象で、今日も天気予報で言っていた通り、朝からずっと雪が降っている。夕方には雨になるそうだが。

　人との会話が苦手だった。テーマのある会話ならまだしも、とりとめのない雑談、というやつが特に苦手だった。話している間どこに視線を置いたらいいのか分からない。相槌《あいづち》をどのタイミングで入れればいいのか分からない。声が小さいとよく言われるが音量調節が苦手で、聞き取りにくい小声か相手をぎょっとさせてしまう大声のどちらかしか出ない。ボリュームの目盛りが二つしかないのだ。そもそも話題にできるようなとりとめのないトピックがとっさに思いつかない。そして人に話しかけることができない。何と言って声をかければ常識的なのか分からない。同じクラスの顔見知りの人に廊下ですれ違った時、声をかけるべきなのかそうでないのかでいちいち悩む。挨拶《あいさつ》の言葉もどれがいいのか分からない。後ろの列の人が自己紹介を続けている教室で、俺は机に伏せるようにして存在をできる限り消した。もともと、自己紹介というシチュエーションが苦手で嫌いで仕方がなかった。人前で自分だけ立ち、周囲すべての人間から注目されながら気軽に何か面白いネタを交ぜつつ一席ぶつ。しかも台本なしでだ。神業だと思う。だいたいどうしてこんな目に。大学の新入生ガイダンスなのに。講義概要《シラバス》だけ配って終わるものだと思っていたのに。高校を卒業して、ようやっとこういうイベントからは解放されたと思ったのに。だがこれでもう、さっきの十秒ほどの発言でもう、俺がコミュ障だということが七十九人全員に知れ渡ってしまった。それともこれは、わざとか。使えないコミュ障をいち早くあぶり出して排除し、コミュニケーション能力のある、就活で使える学生だけに効率よく資源を割くつもりなのか。

自己紹介の順番は最後の方になっていた。俺は喋る人の方を振り返らず、机にしがみつくようにして耐えていた。兵庫県神戸《こうべ》市出身の大西康隆《おおにしやすたか》君。千葉市稲毛《いなげ》区出身の林倫太郎《はやしりんたろう》君。皆、なぜ平気で人前で喋れ、なおかつその場の流れに応じて、ほとんど持ち時間がゼロな中で適切な答えを返せるのだろうか。これまで同級生だと思っていた七十九人の学生たちの背中が、急に得体の知れない怪物のように見える。そうしているうちに自己紹介の時間が終わる。壇上の教官が「ではみなさん、メールアドレス……いや今はメールじゃないのか。ＳＮＳ？　ですか？　の番号なども是非お互いに交換しあってください。友達を作るチャンスですからね」と笑顔で言い、解散を指示した。

全員なんとなく頭を下げて礼をし、一瞬の静寂ののち、教室全体が崩落を始めたかのようなざわめきに包まれた。右前の人も左の人も携帯を出し、近くの人に話しかけて皆一斉に、賑《にぎ》やかにＩＤを交換しあっている。「すいませんＩＤ交換しませんか」「あっ俺も埼玉です。どのへんですか？」「うちら、こっちの二人は高校が一緒で」「あっ、受信しました。ありがとうございます」

突如出現した会話の奔流の中で、俺は一人、完全に砂州状態で取り残されていた。位置的に最も話しかけやすかったはずの右隣の人は右を向き、左隣の人は左を向いてしまっている。まあそもそもどちらも女子なので俺からは無理だ。前の人は右斜め前の人たちと携帯を出している。後ろの人はどうだろうかと思ったが、振り返ってまともに目を合わせでもしたら、誰にも話しかけることができずに仕方なく後ろを向いたのがもろにバレて鼻で笑われるに決まっている。かといって今の状況はどうなのだろうか。傍《はた》から見れば「あっ、あいつ乗り遅れたな」というのが明らかだ。それとももうすでに誰かに見られて笑われているのだろうか。あいつ固まってる。話しかけてもらいたそうにチラチラ見てる。コミュ障だ。可哀想。あはははは。物欲しそうな顔をしてすでにあちこちできかけている小集団に近寄ればますます笑われる気がするので席を立つことすらできない。だがこのままきょろきょろしつつ座っているだけも痛々しすぎる。誰か、話しかけてくれればいいのに、困ったことに前も左右ももう俺に背中を向けてグループを作り始めている。あれの背中に話しかける勇気はないし、振り向いてもらうためには相当大声を出さねばならず、そんなことをすればぎょっとされるし「必死だな」と心の中で笑われる。席を立とうか。立って、同じようにグループに入れずうろうろしている遊星みたいな人を探そうか。しかし皆は行動が早く、すでにいくつかのグループは談笑しながら教室を出ていき、気がつけば教室内の人数も減り始めている。遊星は。お客様の中に遊星はいらっしゃいませんか。一人見つけたが遠い。もう一人、は女子なので無理だ。

俺は周囲を見回し、ぞっとする状況に気付いた。誰とも話さず一人でぽつねんと座っているのはもう、俺だけだった。

この状況には既視感がある。というより何度も経験している。中学校でも高校でも。

入学式というものがあるたびにこうして出遅れ、どこのグループにも入れてもらえず、楽しそうにやっているまわりの人たちを横目で見つつ一人、話し相手もないまま過ごすのだ。またそれなのだ。ひどいことに今回は一日目で決まってしまった。いや、大学生にもなれば他の人たちも経験豊富になってきて、一日目のこういう時間こそが勝負なのだと理解しているからこそ、これほどまでに早く大勢が決したのだろうか。

口の中に粘液めいた苦味が広がる。今、傘立てからそれぞれ傘を抜き取りつつ出ていったグループは笑っていた。きっと一人だけ白い顔をして座っている俺を見て「あー可哀想」と笑っているのだろう。俺は自分が可哀想ではないことを表現しようと、ガイダンスの間に出していたペンケースや、結局何も書かなかったルーズリーフをリュックにしまう。しかしそれ以外にやることがないので携帯を出し、「友人からメッセージが来ていた」という設定で演技をしつつスマホゲームを起動して画面を眺める。だがそんな必死の演技も、周囲で談笑しているグループの人たちにはとうにバレていて「あいつ一人だ」「平気な演技をするのに必死だ」とクスクス笑われている気がする。俺はコートを着たものの立ち上がる決心がつかず、背中を丸めてますます携帯に集中するふりをする。席を立って出ていきたかったが、入口近くには四、五人のグループが留《とど》まっているから「あ、すいません」と言ってどいてもらわなければ出られない。だがその声かけがそもそも億劫《おっくう》だし、グループの人たちにどいてもらった上で、一人ですごすごと出ていく姿を見られる、というのは辛《つら》すぎる。どうせこの後の予定などろくにないのだ。最後までここに根を張っていてもいいかもしれない。それにしても、俺は何をしているのだろうか。頰杖《ほおづえ》をついて携帯を見ていたら、暖房とコートの暖かさで眠くなってきた。

どれだけの時間が経っただろうか。ふと寒さを感じて顔を上げた。気がつくと教室は静かになっており、足元が冷えている。ホワイトボードの上の時計を見る。十二時十七分。

俺は驚いた。寝てしまっていたのだ。そういえば左の前腕が痺《しび》れて痛い。尻も痛い。窓の外ではまだ牡丹《ぼたん》雪がばさばさと降っていたが、ガイダンス終了が十一時二十分頃だったから、一時間近くも眠っていたことになる。確かに昨夜夜更かしをしたため眠くはあったが、入学初日からこれでは完全に変人だ。寒く感じたのは、教室にあれだけいた人がいなくなったからだろう。

……まったく、何をやっているんだか。

話す相手がいなくて、かといって本を読む決心もつかなくて、ただ寝たふりをして毎回の休み時間をしのいでいた中学時代を思い出した。

周囲を見回すと、木製の机と椅子が均等にずらりと並んでいるだけの無音の空間があった。机の上に一枚二枚、それから床に二枚、誰かが落とした配付物のプリントが白い裏面を見せていて、それだけがわずかに人間の体温を残していた。誰もいなくなった教室。一人でいても誰にもクスクス笑われない教室。ここは俺の空間だ、という小学校以来のあの感覚が蘇《よみがえ》ってきて、そのことに溜め息をつく。これで落ち着くのはコミュ障の性質が染みついているからだ。結局俺は、小学生の頃から何も成長できていないのかもしれない。

　いつの間にか綺麗《きれい》に字を消されている前のホワイトボード。三席ずつ三列、正確に並び、座面がちゃんと跳ね上げてあるものとそのまま倒してあるものが六対四の割合でランダムに交ざった机と椅子。開け放されたままの後ろの戸。俺は立ち上がった。これ以上いても仕方のない場所だ。学食にでも行ってみるか。しかし時間的に、今、学食に行くと先程できたばかりのグループがそこらじゅうにいる可能性がある。そこにまた一人で入っていくのが見つかったら痛々しすぎる。かといってキャンパス内を散歩するような天気でもない。雪はまだドカドカ降っているし、傘を差して歩くこと自体がそもそも好きではなかった。

　なんならこのまま帰宅するか、と思って立ち上がったところで、最後列の椅子の上に、黒い異物が残っているのを見た。

　入口に向かうついでにそちらを見る。黒いものは傘だった。座面はちゃんと跳ね上げてあるが、そこと背もたれの間に挟まるような形で傘が置き去りになっている。そういえばガイダンス終了後、周囲を見回した時にこの傘を見ている気がする。その時すでにこの席に人はいなかったようだから、つまりこれは忘れ物だ。

　うん忘れ物だな、と頷《うなず》いて教室を出かけた俺は、あることに気付いて振り返る羽目になった。

そして置かれた傘に近付く。手を伸ばしはしない。手を伸ばした瞬間に誰かが入ってきて「盗もうとしている」と思われるかもしれないからだ。だが分かってしまった。分からなければそのまま放置できたのだが。

携帯を出し、ブランド傘のメーカーの公式サイトを見る。机の横から身を乗り出し、出てきた画像を、置かれている傘と照合する。新品のように綺麗に巻かれたネイビーの傘。間違いがなかった。フォックス・アンブレラのマラッカ（籐《とう》）。検索してみたら値段は三万四千五百六十円とある。柄や本体の質感でもう、いい素材を使っているのが分かる。高級品だ。

となると。

俺は周囲を見回す。入口近くに置いてある傘立てには底に水が溜まっているだけで、一本も傘は残っていない。机の下や壁際にもないようだ。だがこの傘は、入口から入ればすぐ目につく。つまり、どこかの誰かがひょいと持っていってしまう可能性があるのだ。ましてこの距離でも分かる高級品だ。サイトによれば柄に刻印もできる商品のようだが、それもない。つまり、廊下を通った人が偶然この教室を覗《のぞ》き、おっ、高そうな傘みっけ、とばかり気軽に持っていってフリマアプリで金に換えてしまうことも充分考えられるのだった。窃盗罪だ。十年以下の懲役でも食らうがいい。

携帯の画面を見ながら腕を組んで唸《うな》る。これが教授たちの出入りするカフェテリアの席なら無視して帰る。また買えばいいからだ。しかし学生の忘れ物となると。

ここは学費の安い国立房総《ぼうそう》大学だった。奨学金を借りている人もかなりの割合になるし、大部分の学生は（俺にはできそうにないのでそれも目下頭が痛いのだが）バイト代を学費と生活費の足しにしている。みんな貧しいのだ。さらに言うなら、貧乏学生の分際でこんないい傘をなくして平気な貴族階級だとは思えない。この持ち主が三万五千円の傘をなくしても平気な貴族階級だとは思えない。この持ち主が三万五千円の傘を持っているとするなら、それは他人からの贈り物である可能性が高い。親か、祖父母か、それ以外の大事な人か。軽々になくしてきていいものであるはずがない。大事な物なら忘れたりしないだろう、と言う人もいるが、俺は知っている。人間は時として、大事な物でも普通に忘れる。

持ち主はあとできっと困り、どこに忘れたのかと捜し回り、ああどうして油断したのだろうと死ぬほど後悔することになる。それが分かっていてこのまま回れ右をするのはなかなか難易度が高い。

持ち主に届けるべきだ。だが。

誰もいない薄暗い教室で、俺は唸り続ける。この教室が空になってもう一時間以上が経過している。持ち主が戻ってくるだろうか。では俺がいったん回収し、「傘を忘れた人はこちらに電話を」と、自分の電話番号でも貼り出しておくか。それはもっと無理だ。個人情報が様々な危険にさらされている現在、自分の連絡先を天下の公道（教室内）に公表しておく馬鹿はいない。仮にそうして持ち主から電話がかかってきたとして、こちらは「知らない人からの電話に出る」という、携帯取得以来絶対に無理だと避け続けてきた行動に踏み切らなければならなくなる。不可能だ。

では、建物の受付か何かに届けておけばいいのではないか。

だが、実のところそれも望み薄だとすぐに分かった。この建物は「文系総合校舎のB棟」だ。どこの大学でもあることらしいのだが、房総大学では文系の学部は一つの校舎にまとめて押し込まれており、法学部・経済学部・文学部の三つの研究室と教室はすべてここのA〜C棟に入っている。三つの大きな建物が渡り廊下でつながったこの建物はラウンジや売店などがない古くて殺風景な場所で、生協などがある中心地からも遠く、心なしか寒い。受付があるのはたしかA棟だけだったが、この教室で傘をなくしたことに気付いた新入生が、A棟の受付に忘れ物が届いているかもしれないと、ちゃんと思いつくだろうか。教室に戻ってなくなっていたら諦《あきら》めてしまうのではないか。それに、傘の忘れ物などありふれている。「フォックス・アンブレラの傘」と言えば間違えようがないだろうが、持ち主自身もブランドをちゃんと把握せず、ただの「いい傘」だと思っていた場合、かえって引き渡しが困難になりかねない。

美しいシルエットを見せて無言で横たわっている傘をじっと見る。自分の三百円ビニール傘と見比べる。せめて誰の傘なのか分かればいいのだがと思った。持ち主の名前が分かれば、たとえば放送で呼び出してもらうとか、法学部の掲示板など、必ずその人が見るであろう所にこっそり伝言を貼りつけることもできる。

だが傘には名前が書いてあるわけではない。柄に残った皮脂を舐《な》めれば持ち主の血液型が分かるとかそういう特技があればいいが、あいにく俺はただのコミュ障に過ぎず、そういったものは持ち合わせていない。そもそも手に取りたくない。人に見られたら泥棒だと思われる。

俺は記憶を探る。この部屋でまさに自己紹介をしていたのに、この席に座っていたのが誰なのか、俺は知らない。耳では聞いていたが、自分が喋った後はひたすら机に張りついて、後ろを見たりしなかったからだ。

教室を見回す。数えてみると、三人掛けの机が窓側、真ん中、廊下側と縦三列。一つの列に十四脚だ。だが廊下側は入口の動線確保のため、一番後ろのこの列と、その前の列が存在せず、計十二脚しかない。見たところ空席はなく、みな三人掛けの真ん中を空けて右と左に一人ずつ座っていたから、三列×十四脚×二人－廊下側は机二つ分の四人がいない、ということで、自己紹介の時、教室には俺を抜いて七十九人の学生がいたことになる。この傘の持ち主は七十九人のうちの誰だろうか。記憶力には自信があるが、自己紹介の情報だけで傘の持ち主が分かるものだろうか。

まず、傘が置かれているここは真ん中の列だ。その最後列。その机の、教壇から向かって右側の椅子である。つまり、かなり終わりの方に自己紹介をした人間ということになる。

だが、廊下側の机が二つ少ないというこの教室の構造が問題なのだった。自己紹介は最前列左端から始まり、右端まで行ったら次の列の右端の人から順に、という流れで進んでいた。だが最後の方になる後ろ二つ分は廊下側の列がないため、順番が乱れたのだ。それまでと同じ進み方はしなかったようだが、どうなったのかは見ていないから分からない。

つまり、この席の人が何番目に自己紹介をしたのかすら俺には分からないのだ。最後の八人のうちの誰か。いや、位置的に最初や最後になることはないだろうから、その二人を除いた六人のうちの誰か。分かるのはそこまでである。

俺は記憶を探る。振り返って見ない分、聞き耳は立てていた。六人の自己紹介はこうだ。

①地元出身の阿部幸太《あべこうた》です。志望はまだ決まっていません。地元といっても千葉市の緑区《みどり》なんで、本当に緑が豊富で、家の窓にクワガタとか飛んできます。あ、麻雀《マージャン》好きなので一緒にやる人募集です。よろしくお願いします。

②雪まつりで有名な北海道札幌《さっぽろ》市から来ました歳桃千花《さいとうちか》です。さいとう、なんですけど普通の「斉藤」ではなくて、新千歳《しんちとせ》……あ、年齢の「歳」に「桃」と書きます。千葉は子供の頃、住んでました。でも四月に雪が降るのは初めてでびっくりしました。よろしくお願いします。

③明石《あかし》海峡大橋で有名な兵庫県神戸市から来ました、大西康隆です。地元では「玉子

焼き」と言うとこっちで言うタコ焼きみたいなやつなんで、千葉に来て、ただのタマゴが巻いてあるやつ出されて驚きました。玉子焼きってこれタマゴ焼いたやつやん！　あれ、じゃあいいのか、と思いました。あ、裁判官志望です。よろしくお願いします。

④世田谷《せたがや》区成城《せいじょう》から来ました長谷川《はせがわ》裕哉《ゆうや》です。弁護士志望です。あの、成城って言っても金持ちとかではなくて、うちの母もマダムじゃない普通のおばちゃんです。実はマジックやってまして、もうマジ研に入ってます。大学祭に出るのでよければ見にきてください。よろしくお願いします。

⑤ええと、餃子《ギョーザ》で有名な栃木県宇都宮《うつのみや》市から来ました加越《かごし》美晴《みはる》です。研究職志望です。サークルなどは特に決めていません。バイトも決めていないので、これからゆっくり考えようと思っています。よろしくお願いします。

⑥あ、地元の……稲毛区出身の、一般企業に就職希望の林倫太郎です。えと、仲よくやりたいです。よろしくお願いします。

一言一句とまではいかないだろうが、聞き耳を立ててはいた。内容的にはほぼ間違いないはずだ。

だが、と思う。これだけ聞いているなら、なぜちらりとでも後ろを見ていなかったのか。六人の声は分かるが、服装や顔などは全く分からない。したがって終了後、いつ誰と出ていったのかも分からない。当然、誰がどこに座っていて誰が傘を忘れたのかも分からない。

つまり現時点で、情報はこの自己紹介しかない。

俺は携帯をポケットにしまって腕を組んだ。後ろの席の座面を倒して座る。

無理か。

いくらなんでも、自己紹介の定型文百文字だけで傘の持ち主を見分けるなんて、シャーロック・ホームズではないのだから。

だが、と思うのだ。このまま諦めて帰ることはしたくないのだ。なぜならさっき、俺は傘の持ち主がまさにこの傘を忘れたまま教室を出ていくのを、おそらく視界に入れていたはずだからだ。俺は最初、ちょろちょろと周囲を見回していた。その時はまだ、このあたりの席にも人がいたのだ。

その時に声をかければよかったのだ。「あの、どなたか傘を忘れてませんか？」と。そうすれば、そのついでに話の輪に入ることもできたかもしれなかった。

だが、とっさにそんな声を出すなど、俺には到底無理だった。

……あの時あの位置にいたのがコミュ障の俺なんかでなく、普通の人だったら。持ち主は傘を置き忘れずに済んでいたかもしれない。

無論、こんなものは俺の責任ではない。置き忘れる方が悪い。だが、一度こういうふうに意識してしまうと、あとあとまで気になり続けるに決まっていた。そういう自分の性質は、子供の頃からよく知っているのだ。細かいことでいつまでもうじうじと悩む。

小学校の頃、学校の近くの路上に落ちてもがいている鳩を見たことがある。車に轢《ひ》かれたか何かで、体のどこからなのかは分からなかったが血も出ていた。重傷であり、このままでは死ぬ、ということも分かっていた。

だが俺は、さんざん迷った末、結局何もせずに家に帰った。そして、「助けてやればよかったのだろうか」と、その後何日も悩んだ。

本来は悩まなくていいはずのことだった。無関係の鳩だし、野生動物なのだし、そもそもドバトはどちらかというと害獣に近く、減ってくれた方がいいものだ。だから迷ったりせず、さっさと帰ればよかった。助けるなら助けるで、さっさと捕まえて近くの動物病院に持っていけばよかった。どちらもできたのに、どちらもしなかった。さんざん迷い、最後に見捨て、その後うじうじ悩む、という、もっとも非効率なことをした。それが自分の性格なのだと、今は知っている。たぶん、コミュ障で友達がほとんどいないこともそれと関係している。

だからこそ動けないのだった。この傘を放って帰るときっと気になる。そして気になると知っていながらまた中途半端な判断をした自分に嫌気がさし、メタに落ち込むことにもなる。

しかし、と思う。このままでは持ち主が誰かなど分からない。普通の人だったら、まだ普通に打つ手があるはずなのだ。この教室の誰かとＩＤの交換をしているはずなのだから、その人から辿《たど》って捜してもらうことができる。だが俺は誰とも話していないから誰の連絡先も知らない。つまり、持ち主は自分の頭で推理するしかない。

それなのに手がかりが全くなかった。周囲にも傘本体にも、変わった痕跡《こんせき》は全くない。ただ置かれているだけの一本の傘から、持ち主が六人のうちの誰なのか、推理できるだろうか？

唸っていても仕方がないので、何かないかと、電灯の消えた薄暗い教室内を見回す。教室内には他に傘はなかった。傘立ても底に水を溜めたまま空になっているし、壁際にも椅子の下にも一本もない。椅子から下りてしゃがみ、机の下などを見るが、ゴミ以外には何もなく、席の周囲に変わった痕跡もなかった。いや、壁のフックが一つだけこちらを向いている。

俺は立ち上がり、壁際に体を寄せた。教室後方の壁は俺の頭ぐらいの高さに謎のフックがずらりと取り付けられているが、どうもこれはコート掛けのようだ。誰も使ってはいないらしく、ほとんどのフックは寝かせたままになっているが、一つだけ起こしてある。つまり、一つだけ使われていたらしい。

フックを指で撫《な》でてみると、指先に埃《ほこり》がついた。やはり、このコート掛けは普段から全く使われていないのだ。確かにガイダンスの時も、俺を含め学生は皆、コートを着たままだったり、脱いで膝《ひざ》の上にかけるか、隣の人の動向を確認した上で空いた真ん中の席に置くかしていた。そして位置からすると、これは傘の持ち主が座っていた席だ。

そのことが気になった。普段全く使われていないコート掛けが、傘のあった席だけ使われていた。これをただの偶然とするのは無理がある。フックは何十とあるのだ。最後列の椅子は壁際であり、もしコート掛けが使われていた場合、背中と後頭部にコートが当たりそうだ。だとすれば仮に傘の持ち主がコート掛けを使ったとしても、他人の頭上に自分のコートをばさりと掛けたりはしないだろう。つまり、コート掛けを使ったのは間違いなくこの傘の持ち主だ。

では、なぜ使ったのだろうか。そのことと傘を置き忘れたことに何か関係があるのだろうか。

壁のフックをいくつか起こし、倒し、頭を抱えて唸る。分からない。他には変わった点もない。

……これでは推理の進めようがない。

俺は傘を見た。もう泥棒扱いを恐れず、椅子の背もたれに手をつき、顔をぐっと近づけて見た。この傘はサイズが大きい。自分の傘を拾い、並べて比べてみる。六十センチより大きいもののようだった。ネイビーだということを考えても、これはメンズだ。高級ブランドなら尚更《なおさら》、男性がレディースを持ったり、女性がメンズを持ったりすることは少ないだろう。

とすると犯人は――いや持ち主は男か。②の歳桃千花さんと⑤の加越美晴さんは除外。

「あ、いや」

つい口から出てしまった。そうとも限らないのだ。

というより、俺は間抜けにも、一番はっきりと、最初から見えていたヒントをずっと見逃していたのだ。

つまり、「そもそも持ち主はなぜ傘を置き忘れたのか」ということだ。

顔を上げて窓の外を見る。雪の粒は少し小さくなったようだったが、綿埃にも見えてあまり綺麗でない千葉の雪はまだ降り続けていた。手前の木にはもう、はっきりと積もっている。

まだ雪がこれだけ降っているのだ。仮に持ち主が傘を忘れて教室を出たとしても、建物から出る時に気付くはずだ。「あ、傘がない」――と。

腕を組む。これはつまり、どういうことなのだろうか。持ち主は建物からまだ出ていないということだろうか。だが、だとしたら一体どこにいるというのだろう。教室正面、ホワイトボードの上の時計を見る。もう一時間以上も経っている。友達と立ち話でもしている？　いや、初対面同士なのだ。絶対に「学食でも行きませんか」という話になるに決まっている。そもそもこの建物は静かで声が響く。他の教室も研究室もある。延々立ち話をするには向いていない場所だ。売店もないし、暗いし、廊下は寒い。一時間以上も居続ける理由がない。

では、トイレで唸っているのだろうか。そうだとしたら別の心配もあるが、しかし、教室を出ていく時にそんなに切羽詰まっている様子の人間がいただろうか。立ってから急にさしこんできた、とかだろうか。できたばかりの友達に「ごめんトイレ。後で行く」と告げ、自分は一人、トイレで呻《うめ》く。途中で傘を忘れたことに気付くが戻れもせず、このまま傘を置きっ放しにしたら今頃盗まれているかも……と不安になるが、腹具合がそれを許さない。

思わず下腹部を押さえた。最悪だ。可哀想さで言えば俺より上だ。

だが、と思う。皆、教室を出る前にＩＤを交換していた。たとえばそういう状況になったら、誰かに頼んで傘を回収してもらうとか、しないのだろうか。トイレだとして、友達とやらは待ってもくれないし、一時間来ないのに様子を見にくることも、携帯で訊《き》くこともせずに持ち主を放置しているのだろうか。それとも俺同様、たまたま一人ぼっちの奴が腹まで壊したか。

……いずれにしろ辛い。だが。

廊下を振り返る。まだ授業は始まっていないため建物内は静かで、人の気配はない。そんなに都合よくトイレに捉《つか》まった人がいるだろうか、とも思う。それにそもそも、どんなに腹の調子が悪くても、一時間もトイレに居続けることはまずない。どこかで一度出て、とにかく帰ろうとするなりして、そこで傘がないことに気付くはずだ。

だが、そうして可能性を否定していくと、今度は状況の不可解さが輪郭を顕《あらわ》してくる。持ち主はなぜ傘がないことに気付かないのだろうか。この大雪の中、傘なしで歩いているのだろうか。

チチ、という声がして窓の方を見ると、太った雀が二羽、木の上でちょこんちょこんと動いていた。寒そうに見えるが鳥なので無表情である。

……いや、それとも。

俺はもう一つの可能性に気付く。つまり、持ち主は傘を二本持っていた、ということだ。一本は他の学生と同じく、傘立てか椅子の下に。だからもう一本は椅子の上に。

「あ、そうか」

重大なことを見落としていた。椅子のあんなところに傘を置けば椅子が濡《ぬ》れるし、その椅子に座れば尻が濡れる。普通はそんなことはしない。

つまり、と思って傘を見る。ガイダンス開始時から二時間経っているからその間に乾いてしまっているのかもしれなかったが、傘は全く濡れているように見えなかった。何より売り物のようにきっちりと巻かれている。ガイダンス開始時、教室に入ってきた時は周囲も人が多く、ゆっくり丁寧に傘を巻き直す余裕はなかったはずだ。イギリスには傘を綺麗に巻く専門の職人がいたというが、持ち主がそうだという可能性は低い。つまり、この傘は少なくとも今日、使われていないのだ。

「……あれ？」

そこまで考えて、また何かが引っかかった。脳内で手探りをする。この感触は何だろうか。

チチチ、と鳴いて窓の外に新たな雀がやってきた。俺は教室を見回し、壁のフックを見た。

そう、このコート掛けである。犯人、もとい持ち主は、なぜか一人だけ、このコート掛けにコートを掛けていた。

普通、やるだろうかと思う。まわりの学生は誰もやっていないのに、同調圧力の海で生活することに適応しきった深海魚のごとき日本人学生が、誰も使っていない壁のコート掛けのフックを起こし、一人だけ堂々と壁に自分のコートを掛けるなどという、目立つことをするだろうか。しかも壁に掛ければ教室中から見られる。自分のコートが一つだけぶら下がっているのを。

フックを起こし、倒す。キイ、という耳障りな錆《さ》び音がして、指先に埃がついた。やはりこれは長年誰も使っていないのだ。埃もそうだが、コートを傷める気もするし、何より壁に作り付けられているせいか「これは大学のもの」という雰囲気がある。入学して初めて入った教室で堂々とこれを使える人間がいるだろうか。俺などトイレの個室すら使っていいか迷ったのに。

だが持ち主は使っていた。まわりが皆コートを着たままだったり膝にかけたりしていたのに、だ。これにはそれなりの理由がある。

つまり、コートが濡れていた。

おそらくそれしか考えられなかった。持ち主がコートをどこかに置かず、かといって着たままでいることもできなかったのは、外の雪でコートが濡れていたから。畳んで膝に置けば膝がびしょびしょになるし、着たままでは隣と椅子に水滴がついて迷惑だ。脱いでどこかに置いておかなければならなかったが、それが可能な場所は確かにこのコート掛けぐらいしか見当たらない。

だがそうなると、状況はますます不可解になる。持ち主はなぜ濡れていたのだろうか。こんなに立派な傘を持っていたのに。それ以外にもう一本傘を持っていたはずなのに。濡れるのも構わず閉じたまま、というのはどういうことだろう。

傘を見る。新品のような傘。

つまり、これを置いていった人は「持ち主」ではなかったのかもしれない。この綺麗な巻き方といい、新品に近い状態といい、たとえばこれは誰かへのプレゼントだったか。いや、それなら包まず裸のまま持ち歩くというのは変だし、座席の後ろになど置かないだろう。だとすれば借り物。高価な傘を借りて、綺麗に巻いて、返しにいく途中だった。

チチチチチ、と声がする。窓の外を見ると木が雀だらけになっていた。見えないが何か食べるものがあるらしい。雪なのに、もこもこと羽を膨らませて楽しそうだ。

傘に視線を戻す。ガイダンスついでに借り物を返しにいく、というのは分かるし、それが高級品だったら綺麗に巻いて、雪が降っても差さない、というのも分かる。自分が使って濡れたまま「はいありがとう」と返せるかというと、俺もたぶんできない。

だがそうなると、持ち主――ではなさそうなので、もう「犯人」でいいか――は、どうして濡れていたのだろう。自分の傘は持ってこなかったのだろうか。だが今日の雪は天気予報で昨夜から言われていた。引っ越したばかりで傘を持っていなかった、ということは考えられるが、昨夜の雨は一時的にやんだはずだ。その隙にコンビニでもどこでも走って、ビニール傘を一本買えばいいではないか。俺は机に立てかけてある自分のビニール傘を見る。立てかけ方が悪かったのか、見ただけなのにぱたりと倒れた。拾って立てかけ直す。

「……イギリス人？」

フォックス・アンブレラもイギリスだ。そしてこのイギリス文化というやつにおいては、傘はステッキのようなアクセサリーであり、実際に差すものではないらしい。イギリス人とか、イギリスからの移民が多いオーストラリア人などは実際に、日本人がコンビニに殺到するような雨でも傘を差さずに歩くことが多いらしい。

まあ、その可能性は小さい。俺は溜め息をつく。だったら自己紹介で言いそうなものだ。容疑者の六人はいずれも……。

そこでようやく気付いた。イギリス人、ではなく。

「……道民か」

以前、ネットで読んだことがある。北海道の人は雪では傘を差さない。北海道の雪はサラサラのパウダースノーであることが多く、気温も低いので頭やコートについても「積もる」だけで解けない。だから北海道では雪の中、傘を差す人は少なく、むしろフードをかぶる。そして建物内に入る前に、肩や頭に積もった雪を「払う」のだという。
もちろん、千葉の雪ではそういうわけにはいかない。だが北海道出身の犯人はそれを知らずに、つい習慣で、傘を差さずに出たのだ。一方で「夕方には雨になる」という天気予報は知っていたから、傘を持たずに出た誰かに傘を届けようとしていたのかもしれない。そして途中で千葉の雪が「予想外に濡れる」ことに気付いたが、とにかくそのまま大学に来て、濡れたコートを壁に掛けた。

雪まつりで有名な北海道札幌市から来ました歳桃千花です。さいとう、なんですけど普通の「斉藤」ではなくて、新千歳……あ、年齢の「歳」に「桃」と書きます。千葉は子供の頃、住んでたんですけど、四月に雪が降るのは初めてでびっくりしました。よろしくお願いします。

「……見つけた」
犯人は②の歳桃千花さんだ。なんと、たったあれだけの自己紹介で犯人が絞れた。確かに「北海道札幌市」と言っていた。
よしと喜び勇んで傘を取ろうとして、そこで手が止まった。

千葉は子供の頃、住んでました。でも四月に雪が降るのは初めてでびっくりしました。

違う。この人ではない。この言い方からするなら、歳桃千花さんは千葉での雪を体験している。最初は札幌の癖で傘を持たずに出ようとしたかもしれないが、その場合でも出てすぐに気付くはずだ。そういえば千葉の雪はこうだった、と。そして傘を取りに家の中に戻る。

俺は今度こそ本当に壁に当たった気がして、腕を組んで唸った。なんだか、推理すればするほど不可解になってしまう。容疑者の中で「北海道」と言っていたのはあの人だけだったのだ。だが犯人は道民のはずなのだ。つまり……。

ヂ、と声がして、窓の外の雀が一斉に飛びたった。

俺は自分の傘を取り、それから置かれていた傘を取った。乾いた布の高級な感触がする。

そしてそれを持って教室を出た。運がよければ、犯人にすぐこれを渡せるかもしれない。

これは「運がいい」と言うべきなのだろうか。確かに探していた部屋はあった。だがそれはつまり、新入生なのに全く知らないこの大学の研究室をノックし、初対面の人相手に事情を説明してこの傘を渡さなくてはならなくなったということだ。驚かれるだろうなと思う。なぜ急に届けにきたのか。なぜそんなに下を向いて聞き取りにくい声でボソボソ喋るのか（そうなるに決まっている）。いろいろと不審がられて気持ち悪がられるかもしれない。ことによると傘は俺自身が盗んだのではないかという疑いをかけられるかもしれない。そしてそもそも、この部屋に犯人はいないかもしれない。俺の推理が間違っているかもしれないし、間違っていなくても、もう帰ってしまった可能性はある。その場合、無謀にも全く知らない研究室のドアをノックして突入するという俺の大冒険は全部無駄になる。それだったら、掲示板に貼り紙でもした方が穏便に済むのではないだろうか。犯人の名前は分かっているのだ。名字だけか、イニシャルにするかで、傘の特徴を書いておけば自分のことだと伝わるだろう。傘の方は受付にでも預けておいて、そこに取りにいってもらう方が安全ではないのか。

俺は手にしている二本の傘を握る。自分のビニール傘と、あまり手汗がつかないように指先で持っているフォックス・アンブレラの高級傘を持ち直す。目の前のドアは閉じられているが、明かりはわずかに漏れているし、話し声が時々聞こえる。二人以上は在室している。

加越研究室

大学の先生にしてはえらくポップな書体でそう書かれていた。

探していたのはこの部屋だった。犯人は⑤加越美晴さんだ。そして彼女は、大学にいる誰かに傘を返しにきた。だが新入生で、同期の友達がいるとは思えない。だとすれば、彼女が傘を借りた相手とは誰か。学内に知っている先輩でもいるかもしれなかったが、傘が高級品であることと、彼女がまだ傘がなくても平気——つまりこの建物内にいる可能性を考えたら、この推理が出てきた。彼女がガイダンス後に傘を返しにいくべき「持ち主」は、教官だ。その研究室にお邪魔しているとすれば、ガイダンス後一時間も傘を忘れたまま気付かない、ということも考えられた。そして今の時期、人がいる研究室は少ない。そして教官が彼女と親しいとすれば、もしかして親戚《しんせき》かもしれない。だとすれば、「加越」という名の研究室があるかもしれない——と期待したが。

期待は当たった。が、かえって勇気を必要とする状況になってしまった。

迷っていると、中から何か慌てたような声が聞こえてきて、何やら男性の声がこちらに近付いてきた。——いや、君のことですからおそらくそのあたりに……。

油断していたというより動けなかったのである。突然目の前のドアが「キュイィィーン……」という切なげな軋《きし》み音をたてて開き、背が高くて三つ揃いをきっちりと着た、英国紳士という感じの人が出てきた。

「おや、研究室に用ですか？」

人間と目を合わせて話すのは慣れていない。だが加越先生とおぼしき紳士はまともに俺を見てきた。「おや、その傘は」

「あ、いえ」俺は俯いて傘を差し出した。「別にその」

「これは恐縮です。わざわざ届けにきてくださったのですね」紳士は傘を受け取るときちんと気をつけをし、礼をした。「私もちょうど今、気付いたところです。うちの姪《めい》がガイダンスついでに私の傘を持ってきてくれると言っていたのに、どうやら教室に置き忘れてきたらしい、と」

英国紳士もとい加越先生の後ろでスコーンをもぐもぐ食べていた女子学生が立ち上がり、目を丸くしてこちらに来た。「えっ、届けてくれたんですか」

加越先生が彼女に傘を見せる。「さっそくいいお友達ができたようですね」

「えっ、でも私、まだ別に」先生が横に避け、女子学生が出てきた。「ありがとうございます。でも、ええと」

加越美晴さんを見た瞬間俺は、やばい一番別世界のタイプだ、と思って顔を伏せた。まったく衒《てら》わずに初対面の人に話しかける勇気。堂々と相手の顔を見る姿勢。遠慮やおどおどした要素の全くない声。しかもちらりと見ただけだが、何やらモデルというか外国の俳優みたいなメリハリのある美人だ。

これはやばいと反射的に思った。動物は本能的に目の前の相手が「自分より強いかどうか」を判断する能力がある。普通の人間は社交の中で錆びつかせてしまうが、コミュ障の中には野生動物なみにこの能力を維持している者もいるのだ。俺にはすぐ分かった。エンジン音だけ聞いてブルドーザーだと認識できるようにはっきり分かった。こういう美人はヒエラルキーの頂点にいるタイプだ。いつもクラスの中心にいて大きな声で話し、ファッション誌とかを教室に持ってきて広げ、休み時間には自分が動かなくても友達がその周囲に集まってくるあのタイプだ。俺のような最底辺のコミュ障を馬鹿にしたりはしないが、それは要するに道端の石ころやレジ袋をわざわざ馬鹿にしたりはしないということであって、つまりそういう階級の人たちだ。

しかし加越さんはのんびりした調子で訊いてくる。「あのー、どうしてここが？」

「いえ」だが質問されている。権力者の質問には正直に答えなければならない。「あの、加越研究室、って」

顔を上げかけてやめ、あまり設定を詰めていない映画のゾンビのような動きで手を出し、相手を指し示す。「か、加越さん、ですよね」

「はい。……あ、6号室にいた人ですか？」

法律学科は人数が多いので、三つの教室に分かれてガイダンスをしていた。確かに6号室なのでハイと頷く。

「あ、そうか……あれ、でも」加越さんは少し間を開けた。「……どうして『加越研究室』がここにあるって、分かったんですか？」

うわあ鋭い、無駄に鋭い、と感嘆する。こういうクラスの中心にいるようなタイプの人って、あまり一つの物事に深くつっこんでこないイメージなのに。俺は傘だけさっさと渡して退散したかったのだが、説明責任が生じてしまった。

「いえ、まだ外、降ってるので。中にいるかと」

「あ」加越さんは研究室の方を振り返った。窓の外はまだ灰色の雪が舞っている。「……いえ、でも」

加越さんは俺をじっと観察しているようだった。そして言った。

「……黒木さん、でしたっけ？」

「いえ」

「あ、畠山さん……違うか」

「あ、藤村……京、です」

下の名前まではいらなかった。それに「あ、」もいらない。だがついつけてしまうのだ。いつも。そして名乗ってしまったことが妙に恐ろしく感じる。差し出がましかっただろうか。

「あ、香取市の」

「はい」

驚くべきことに、加越さんは驚異的な記憶力で俺のことまで覚えていた。つまり俺がぐずぐず溜めたくせに全く喋らず、マニュアル以下の自己紹介しかせずに座ったことも覚えているわけである。顔が熱くなり、床を突き抜けて下の階に逃亡したくなる。

「あれ、でも」加越さんは言った。「どうして私が加越だって、分かったんですか？　失礼ですけど藤村さん、私が自己紹介した時はずっと前、向いてませんでしたか？」

うわあああああああと心の中で叫ぶ。一体どういう観察力と記憶力をしているのだ。

そしてどうしてそれをそんな無駄なことの記憶のために使っているのだ。はい下を向いていました。失礼ですよね。すみません。だって振り返って見るとか、すぐ後ろの席の人と目が合ったらどうするんですか。

「いや、それは」心の中で阿鼻叫喚《あびきょうかん》しながら最低限の声を出す。「……推理して、なんとか」

あっ非日常単語を使ってしまった、と思う。昔からよくあったのだ。たとえば「推理」。他にも「卓見」「喫緊」「ロジカル」「枝葉末節」「テーゼ」「糾合」「リリシズム」……まあ、何でもいい。要するにクラスの中心にいるような人たちが使わない、つまり日常会話で出してはいけない難しい単語である。出すと会話が止まり、どういう意味？と訊かれ、説明すると「ふーん……」と薄い反応を返されて（盛り下がったわー）（なに難しいこと言っちゃってんの？）（ハイハイ頭いいアピール）という視線を向けられる単語だ。「推理」自体はそこまで難しくはないはずだが、日常ではまず出ない単語であり、大仰な印象もある。言うべきではなかった。

が、加越さんは「……すごい」と、心底驚いた様子で言った。「どう推理したんですか？」

そしてなぜか後ろから加越先生がずいずいとやってきた。「なんと。これは驚きです。つまり藤村君。君は置き忘れられた傘を見て、そこに誰が座っていたかも見ていないのに、その持ち主を推理したというわけですか。これは素晴らしい」

押しのけられた加越さんは必死で壁に手をついて転ばないようにしている。先生の方は興奮気味に鼻息を荒くし、ぎらついた目で俺を見た。「私、推理小説が大好きなんですよ。まさか実生活で『推理』などというものをする学生がいるとは。いやあ君、有望ですねえ」

「叔父《おじ》さん、ちょっと苦しいです」加越さんが潰《つぶ》れている。美人なのに。

「おっと失礼。いや君、大変興味深い。置き忘れられた傘を無視するでなく、誰のですか、と訊いて回るでもなく、推理で持ち主だけでなくその現在地まで的中させるとは！通常の学生はそういう行動はとりません。今年の新入生は当たりですね。君は有望だ」

いや、普通に訊いて回れないからそうしたのだ。しかし先生は手を差し出してくる。おい何だそれは、と思うが仕方なく手を出すと、力強く両手でぐっと握られた。

「君は実に興味深い。憲法に興味がありますか？　いや、なくてもいい。それより私が君の推理に興味がある。お時間はよろしいですか？　ではどうぞ中へ」

加越さんも頷いている。俺は「あの」と声を出すこともできず、先生に引きずられるようにして研究室に連れ込まれた。初めて入る大学の研究室は暖かく、意外に狭く、そしてなぜか紅茶の香りがした。思っていたよりずっとアットホームで、他人の家に上がったような落ち着かなさがある。天井まである壁一面、いや反対側も含めて二面の本棚。窓際のポトス鉢。ドアの内側にはなぜか『SHERLOCK』のポスター。応接セットにイギリス式のティースタンドが置いてあり、二つのティーカップが黄金色の液体をたたえて湯気をたてていた。アフタヌーンティーというやつだ。時間帯が早すぎる気もするが。

「さあ座って座って。ペストリーはまだありますから足しましょう。君の推理を聞きたい」

あの、いえ、ともごもご言いかけたが、先生は甲斐《かい》甲斐《がい》しく立ってお湯を沸かし、紅茶を淹《い》れ始めてしまっている。向かいのソファにはすでに加越さんが座って、スコーンをもぐもぐしながら期待に満ちた目で俺を見ている。さっき「叔父さん」と言っていたから、予想通り彼女は加越先生の親戚だったわけだ。だから研究室にも気軽に入ったのだろう。しかし俺は、明らかに他人の領域にあるこのソファに座る勇気がなかなか出ない。

「あの、でも、お邪魔じゃ」

「とんでもない！　せっかくお茶とともに新年度最初の楽しい話が聞けそうな機会です。一杯のお茶のためなら世界など滅んでもいい」加越先生は杉下右京《すぎしたうきょう》[*7]のごとくに紅茶を高い位置から注ぎつつ声を飛ばしてくる。「お礼に二単位さしあげましょう。話が面白かったらもう二単位」

とても辞退させてもらえる雰囲気ではない。俺はコートを脱いで座った。先生はティ

＊7　テレビドラマ『相棒』シリーズ（テレビ朝日系列）の主人公。演じるのは水谷豊。警視庁特命係係長の警部で、チェスを嗜み、紅茶を高い位置から注ぐ。

ーカップを俺の前に差し出してくれ、それから当然のように加越さんを横にどかして自分が俺の正面に座る。「さあ、君の推理を話してください」

隣では加越さんが、ミニケーキをもぐもぐしつつ頷いている。さっきスコーンを食べていたと思ったのに、速い。

俺は仕方なく、傘の状態や壁のコート掛けから、この傘が持ち主のものではなく借り物を返す途中で、しかも置いた本人は傘を持ってこなくて濡れている、と考えたことを話した。

正直なところ、初対面の人に向かってこんなに長々と喋るのはいつ以来なのか覚えていない。俺は喋りながら何度も「嫌がられていないか」と向かいの二人の顔色を窺《うかが》った。昔から、話が長いとよく言われていた。「長いよ」「一言で」と、うんざりした声でリクエストされることも多かった。会話においては一人が長く喋り続けてはいけない、というのがこの社会のマナーなのだ。だが二人は興味深げに俺を見たまま、加越さんは新たなミニケーキをもぐもぐしながら、ふんふん、と頷き、当然のように俺の話を長時間、黙って聞いてくれていた。

「……つまり、それで。北海道の人かもしれない、って」

加越先生はいきなり拍手した。形だけ手を合わせる拍手ではなくもはや「柏手《かしわで》」というレベルで音が出る本気の拍手なので飛び上がりそうになった。「素晴らしい！　学生諸君には日常的にこのくらい思考を巡らせてもらいたいものです。今年の後期試験も、正直なところ小論文で合格点を出せるのは二、三通でした」

入試担当だったらしい。褒められるのは悪い気分ではなかったが、しかし見ると、隣の加越さんはミニサンドウィッチをもぐもぐしながら（おかしい。ケーキを食べていたはずだが）首をかしげていた。

「……あのう。私、宇都宮出身だって自己紹介しましたけど……」

じっと見られるので顔を上げられない。「……いや、まあ。それは。札幌市出身の歳桃さんが、当てはまらなそうだったので」

「……私が嘘をついているだろう、と？」

「いえ、いえ。そうではなく」

怒らせただろうかと思ったが、加越さんは単に興味深いだけのようで、サンドウィッチをもぐもぐ食べている。おかしい、ミニサンドウィッチはさっきたしか四つあった。彼女が一つ手に持ってはいるが、ティースタンドには一つしかない。計算が合わない。

「誰かが出身地を偽っている、という可能性しかないというわけですね」先生が人差し指を立てる。

俺は頷いた。「で、地元出身だという阿部君と林君は違う、と。本当は北海道出身なら関西《かんさい》とは言わないだろうから大西君も。でも、東京とも言いにくいはずだから長谷川君もちょっと……」

具体的に言いはしなかったが、二人とも納得してくれたらしい。

そうなのだ。本当は北海道出身なのに、よその地方を偽る。だとしたら、まず地元である千葉と偽ることはありえない。地名を詳しく言わなければならなかったし、皆、生活実感に即したマニアックな情報を言っていた。まして周囲は地元出身者ばかりなのだ。いつ嘘がバレるか分からない。

同時に関西というのもありえないと思った。関西出身者は他にもいた。関西出身者は東北《とうほく》方面などと違い、東京方面の言葉を使おうとしても、関西のアクセントが必ず残る。関西出身を偽るならそこまで演じなければならなくなるが、本物の関西出身者を前にしてそれを通すのはハードルが高すぎる。

そして東京出身の長谷川君もやはり違うと思ったのだ。俺は最近知ったのだが、地方出身者にとって、「東京」というのは少し特別な響きがあるらしい。もともとうちの大学には東京の人も多いし、東京出身と偽るのは心理的なハードルが高い。自己紹介で一度そう言ってしまったら、卒業まで四年間、東京出身を偽らないといけないのだ。まして長谷川君は「成城」と言った。余計なイメージのついている地名をわざわざ出すとは思えない。

だとすると、残ったのは「宇都宮出身」と名乗った、この加越美晴さんになるのだ。宇都宮の餃子、なら誰でも言える。

「ははは。私が実はずっと宇都宮に住んでいましてね。この子も何度も来ていたのですが、そういえば雪が降っていた時季は経験がありませんでした」

加越先生の言葉に加越さんが頷く。「関東《こっち》の雪、ほとんど雨でびっくりした」

「しかし肝心なところですが。美晴さん」加越先生は俺ではなく加越さんに訊いた。「なぜ出身地を偽ったのですか？　競走馬で有名な新冠町《にいかっぷちょう》、で何か問題が」

「フチ……おばあちゃんに言われたんですよ。怖い顔で」加越さんは俺を見た。「私、母方のおばあちゃんの家系がアイヌで、クォーターなんですよ。おばあちゃんの実家の方はまだけっこう伝統が残ってて、小さい頃はガチの熊送り《イオマンテ》、見たこともあります」

「すごい」俺はアイヌについては、漫画やゲームの知識しかない。

「だけどおばあちゃんに、すっごい怖い顔で言われたんですよ。内地に行くならアイヌだとバレるな。お前の顔立ちだとバレやすいから、北海道出身だと言うな、って」加越さんは肩をすくめる。「お母さんも結婚の時に少し言われたみたいでしたけど、おばあちゃんの頃は、まだけっこう差別がひどかったみたいです。『ア、犬《イヌ》の臭いがする』とか言われたって」

　生々しくて聞くのが辛い話だ。「すみません」とっさに頭を下げてしまうと、加越先生にたしなめられた。「君が差別をしたわけではない。無意味に謝るものではありませんよ」

「私はむしろ自慢なんですけどね。先住民族の血が入ってるって、ちょっとかっこよくないですか？」加越さんは笑顔で言ってサンドウィッチの最後の一つを食べた。いつ最後の一つになったのだろうと思った。

どう反応していいか分からない。しかし思った。ずっと千葉にいたから分からなかったが、他の地域、他の地方に行けば、俺の地元とは違った常識があり、自分の出身地を隠したい、という人は他にもいるのかもしれない。俺はまだまだ世界が狭い。

加越先生は紅茶を一口飲み、「まあ、もうお祖母《ばあ》さんの顔は立てた、ということで、隠さなくてもいいでしょう」と言った。

「でも、すごいなあ藤村さん。名探偵ですね」加越さんは笑顔でフォークを置き、携帯を出してきた。「あ、ID交換しませんか。スマホですよね」

「え」一瞬動けず、それからその遅れを取り戻そうとして慌ててシャツの胸ポケットを探り、セーターの中で落とした携帯が腹からするりと出て床に落ちる。慌てて拾おうとしてテーブルに頭をぶつけ、紅茶がこぼれそうになる。「あ、わ」

ひとしきり騒ぎになったが、俺の内心はそれどころではなく、ハリケーンか砂嵐のようになっていた。IDを交換だと。女子と。しかもこんな上の方の人と。えっ、加越先生もか。いきなり教授とコネができてしまったぞ。ひょっとして俺は今、重鎮か。いや落ち着け。どうせ使う機会など。いやそれは悲しい。だが明らかに身分違い。いいのだろうか。

とはいえ断る理由は一つもない。俺は二人とIDを交換した。「あ、このnightowl at the bottomが俺です」

「なんと卑屈な。いけませんよ、そんなことでは。IDを変えなさい」いきなり加越先生に叱られた。

　とはいえ、何はともあれ携帯のメモリに、大学の人が登録された。気の小さい俺には、それが大学への通行許可証であるかのように思えた。

　加越先生は微笑んだ。「美晴さん。入学早々、面白い友人ができましたね」

「はい」

　加越さんはなんと、笑顔で頷いた。

「よろしくね。藤村くん」

第二話　西千葉のフランス

1

「そうなんですよーほらここのカットの形もこういうふうにちょっと丸くなってるでしょ。これでちょっと全体に柔らかい印象になるんです。この形、今年の流行なんです」

「はあ」

「こちらの商品なんかは裏返すと裏地がこうなってまして。動いた時にちらっと見える感じでお洒落《しゃれ》ですよね。同じ形ですとこちらのはこう。こちらの方がゆったりした感じになるのでたとえば中にこうやって合わせるとかもおすすめです」

「はあ」

「お客さんいつもだいたいこんな感じですか。え——……抑えめのシンプル系。だとすると生地の質感的にこちらとか。あるいはこちらとこんな感じでシャツを合わせて、襟元のボタンをこうとか。このシャツ私も持ってますが着回しがきいて便利ですよ」

「はあ」

「モノトーンお好きであればこちらより色はこちらとか。たとえばこうして襟の裏とかがこうなっているとちょっとワンポイントで色が入ってとか。カチッとした印象にしたいときはたとえばこうとか。これにこう合わせて、ラフにしたいときはこちらはボタンこう、ここまで開けちゃうってのもアリで」

「はあ」

相手に届いているのかどうかも分からない微妙な音量で相槌《あいづち》を返しつつ、実は俺よりだいぶ背の低い店員さんの頭越しに素早く視線を外して店の奥を見る。試着室の茶色いカーテンに向かって呪詛《じゅそ》を飛ばす。おい里中《さとなか》いつまで試着をしている。話が違うぞ。早く出てこい。というより早く助けてくれ。

「これなんかちょっと面白いシルエットになりますよね。これ、ウチ以外はあんまり置いてないと思うんですけど近くで見るとあれ？　ってなって面白いんですよ。ボタンはこれですけどたとえばこちらのこれに近いやつとかに付け替えてもいいですし、こちらで付け替えることもできますので」

「はあ」

相槌を「はあ」一つで通すのもそろそろ限界だと思うが、店員さんの喋《しゃべ》りが滑らかすぎて他の相槌を考える暇がない。きっとむこうはもう察している。俺がろくに話についていけていないことを。そういえばボタンダウンとは何のことだっただろうか。[*1] カットソーとは具体的に何だ。[*2]「こなれ感」と言われても本人がこれではただの「背伸び」に

＊1　襟の先にボタンがついているやつ。
＊2　カット（裁断）してソー（縫製）する服のこと。よく分からない。

なるのではないか。だが口が挟めない。切り上げ方が分からない。

そもそも、俺は中学の頃からずっと、服はユニクロと無印良品で済ませてきたタイプの人間である。服屋より本屋が落ち着くあのタイプ。春と秋で着るものが全く変わらず、春服から一枚脱げば夏服になり秋服の上に上着を着れば冬服になるあのタイプなのである。モノクロの巣から出るのは大冒険で、柄物はインナーのシャツならまだしもアウターは不可能、パンツは論外である（このくらいの用語は知っている）。したがって毎日制服で済んだ高校から突然自己責任で私服のセンスを試される大学に進学が決まり、「そういえば大学は毎日私服で行かなければならない」と気付いた時には血の気が引いた。悩んだ末結局、修学旅行のために買った服をすべて動員してなんとかしのぐという積極性ゼロの作戦に落ち着いた。俺の服は今着ているこのパターン一つしかなく、この形のまま黒・ダークグレー・グレーと「明度」が順繰りに変わるだけの、ディズニーリゾートライン[*3]より一周が早いローテーションで循環している。そしてどれかがぼろぼろになればその部分だけまた似たようなものに買い換えるという輪廻《りんね》転生型の買い物スタイルなので、輪廻から外れた外道服など何を買ったらいいか全く分からない。もし雑誌で俺の「一ヶ月分のコーデ」をすべて記録して並べたら明度だけがちらちらと違うタイルのような誌面が出来上がるはずで、それなら三十枚も写真を撮る必要などなく、初日の俺に明度補正をかけていけば一ヶ月分の画像が作れる。実に省エネルギーである。

そんな人間が西千葉《にしちば》駅付近の店とはいえなぜセレクトショップなどにいるかというと、

友人に連れてこられたのである。大学で新しくできた友人ではなく、そもそもそんなものは一人いるかいないかで、たまたま小学校が一緒だった奴が同じ学科にいて再会したのだ。「お前もここだったのか」と驚きあったのがついさっきのことである。小学校の頃クラスが一緒だったのは五・六年生の時だけで、さして親しいわけでもなかったため「つもる話」という展開にはならず、学食で少し話をし、自転車を押して一緒に帰るだけのつもりだった。だが里中はその途中でなぜか「あ、あの店行ってみようぜ」と言いだして返事も聞かずに入っていってしまった。昔からこういう奴だっただろうか。覚えていない。

店の前で待つか別れて帰るべきだったと思うが、こんなお洒落で店内が見えにくい感じの店など一生入る機会がないだろうと思っていた俺に悪魔が囁《ささや》いた。「里中に便乗して入ればこの店で買い物ができる。ユニクロと無印良品以外の服が買えるかもしれない」——俺なりに自分の服装について危機感を持っていたのであり、通販はもとよりH&MにもGAPにもZARAにも一人では入れない俺はついふらふらと、里中に続いて入店してしまった。ひょっとしたら里中が「お前これ似合ってるから買えよ。70%オフだし」と適当かつ安いものを見繕ってくれるのではないかと期待していたが、里中は入

＊3　千葉県浦安市内を走る、ディズニーリゾート内を一周するためだけに運行しているモノレールの環状線。走行中の車内に音楽が流れたり、車両の窓が例の丸三つの形になっていたりと色々楽しいが、帰りの車内は少し寂しい。

るなり自分の買い物を始め、「試着してくるわ」と言って消えてしまった。裏切者である。

結果として、お洒落なセレクトショップに全身無印良品のコミュ障が一人残されたというわけである。ペンギンのコロニーに放り込まれたニワトリ、アイドルグループのステージに一人交じったゴリラといった状態である。それにしてもこの店員さんもなぜわざわざ俺などに話しかけてくるのだろうか。こいつはアサリの飲み込んだ砂とか誤ってコンビニ弁当に混入したプラスチック片に類する存在であるとなぜ分からないのだろうか。商売だから駄目で元々、手持ち無沙汰《ぶさた》よりはましだということなのだろうか。それともむしろ俺みたいなプラスチック片をファッションに目覚めさせることに生き甲斐《がい》を感じる伝道師か何かなのだろうか。

「そうだお客さんデニム好きですか。これなんかこのままだとちょっと固めですけどたとえばちょっとすいませんあちらの。よっ、と。これとか。ボタンを留めずにこうとかこう合わせるとちょっとキレイめになって」

もう何枚、はなから買うつもりのない服を持ってこさせてしまっただろうか。今も店員さんは左腕にジャケットを二枚とシャツを三枚かけ、今さらにその上にデニムを一本かけている。総重量がかなりのものになるが重くはないようだ。

「はあ。あの」

俺は俯《うつむ》き気味なまま視線を目の前のジャケットから移し、壁際のTシャツの棚を見た。

この店員さんに不毛な営業トークをやめさせなければならない。見たところ一人しかいない店員さんに無駄な接客を続けさせるのは辛《つら》い。どうせ、どんなに勧められても一枚七千八百円もするシャツや二万八百円もするジャケットに手を出す気にはならないのだ。そんな牛丼五十五杯分の大金を出してお洒落なジャケットを買ったところで俺に着こなせるわけがなく、そもそも俺の持っている他の服と合わせた時に変になるのかならないのかの判断もできない。かといって上から下まで一式まるごと買ったらすさまじい出費で、むこう二ヶ月間夕食がチキンラーメンになる。そして何より、そこまでして買ったところで、どうせ恥ずかしくて大学に着ていけるはずがなかった。着ていけば「急に頑張りだしたのが痛々しい」「似合わない」「無理してるのがバレバレ」だと陰で笑われるに決まっているし、どう着回せばいいか分からず常に同じ恰好《かっこう》になるから、「あの一セットだけ店でまとめて買ったんだろう」とバレて笑われるに決まっている。だから最初から買う気はないのだ。俺のことは里中のおまけというか里中のニットからほつれて伸びた毛糸みたいなものとして扱ってくれればいいのだ。なのに店員さんは、里中が試着室に入って俺が一人残されると、三十五秒程度しか間を置かずに「ジャケットお探しですか？」と話しかけてきた。「はあ」と答えたのが失敗だった。店員さんに無駄な営業トークを延々させてしまった。持ってきた服をもとに戻すだけでもだいぶ面倒そうだ。そして早くしないとこの店員さんはまだ持ってくる。

「あの」俺は視線でTシャツの棚を示した。

「あ、Tシャツお探しですか？　こちらは戻しておきますのでごゆっくりどうぞ」

俺は店員さんに背を向けてTシャツコーナーに逃げる。さすが接客のプロ、視線だけで察してくれたし一切束縛をしなかった。しかし内心では「なんだTシャツかよ」「買う気ねーのかよ」と思われているだろう。「戻しておきますので」の台詞《せりふ》をわざわざ言ったのはつまり「お前のせいでこれ全部戻さなきゃいけなくなったじゃねえか」の意味で、抑えた怒りが漏れ出したということではないだろうか。無論分かっている。Tシャツが欲しいならどうしてジャケットのあたりにいたのか、と言いたいのだろう。それは確かにこちらの手落ちなのだ。里中がいなくなった途端にどうしてよいか分からなくなり、とりあえずどこかで商品を見繕うふりをしようと適当な棚に移動したら何やら様子が変で、よく見るとレディースのエリアに入ってしまったのだった。全身無印良品でセレクトショップに来て女性の服を物色する男はやばすぎるのではないかと慌て、とにかく明らかにメンズだと分かるエリアに逃げた。そこがたまたまジャケットだっただけだ。おかげで迷惑をかけた。俺はパンツやジャケットよりは値段が手頃で、まあこれなら仮に着ていってもそう悪目立ちもしないだろうと安心できるため少しは見る気になれるTシャツの棚でふうと息を吐く。まったく、どうして服屋というのはメンズ売り場とレディース売り場が分かりにくく分けられているのだろうか。トイレみたいに赤と青で塗り分けるか、それができないなら逆にメンズとレディースを分けないでほしい。分けるならレディースエリアにいる男が気持ち悪がられるのだ。スカートを穿《は》きたい男だっているだろうに。

別に今この店で言っても仕方がない普遍性のある呪詛を心の中で吐きつつなんとなくTシャツをめくっていたが、さっきの店員さんはもうレジの中に戻っている。また話しかけられたら困るしもう外で待っていようか、と思って入口の方を見たら、さっき入ってきたらしき女性客が目についた。

何やら見覚えのある人だなと思ったが、それが失敗だった。誰だったか、と思ってついじっと見てしまい、むこうが視線に気付いてこちらを見たのである。俺は慌てて目をそらしたが、心の中はしくじったという後悔の念で一杯だった。むこうは確実にこちらを視認した。じっと自分を見ている知らない男を気持ち悪いと思ったことだろう。いや、何かの知り合いだろうか。大学に入ってそろそろ三週間。サークルには入らないバイトもしない、毎日ぼんやり講義を聴いて帰るだけの生活だが、必修のどれかの授業などでニアミスした人はいるかもしれない。もしそうだとすると、これもやはりまずかった。むこうからすれば知り合いが店にいて、目が合ったのに無視された、ということになる。コミュ障の分際で私を無視するのか、と思われかねない。だが誰だか分からないのに話しかけられない。

そこで状況が変わった。試着室のカーテンが半分開き、里中《うらぎりもの》がやっと出てきた。「おーす藤村悪い待たせた」

店員さんがそちらを向く。「いかがでしたか」

「あー、やっぱ今回はやめときます」

里中は腕にかけたシャツ二枚とパンツ一本をあっさり店員さんに渡した。「藤村買うもんある？　ないなら行こうぜ」

俺は心の中でうわあああすみませんすみませんと店員さんに叫び、頭の中で土下座した。こんなに長時間居座ったのに、パンツやシャツの試着まで延々としたのに何も買わないで出る、という蛮行をなぜ里中は平気でできるのだろうか。店員さんはきっと今、内心で「ちっ、なんだよクソ学生」と思っているに違いないのに、なぜ気にならないのだろうか。しかも試着してサイズが合わなくて着られなかったというならともかく、特段の理由なく一つも買わずに出るつもりなのだ。確かに売買契約はまだ成立していないが契約締結上の過失として信頼利益の賠償責任を負うのではないか。*4だが里中はまったく気にする様子なくバッグを背負い直す。「このまま帰る？　ていうか再会を祝して夕飯行かねえ？　あ、でもとりあえず駅の本屋」

「うん」

それより早く逃げないか、と思い店を出ようとしたら、里中はさっきの女性客にいきなり声をかけた。「あ、こんちわっす。ひょっとして学科同じ人ですよね？　名前何でしたっけ？」

俺は驚愕《きょうがく》したが、女性の方も不審げにこちらを見た。どうも反応が鈍いなと思ったら、彼女の耳からはイヤホンのコードが垂れていた。音楽を聴きながら商品を見ていたらしい。なるほどその手があったか、と感心するが、店に対して失礼にはならないだろうかという疑問も湧く。

自分が話しかけられていると気付いてイヤホンを外した女性客に対し、里中は気軽に話しかける。「こんちわっす。房大の人っすよね？　どっかで会いませんでしたっけ？」

彼女は驚いた様子で目を見開き、見ていたスカートで身を守るように胸の前に上げて構える。だが里中を見ると納得した顔で頷《うなず》いた。「あ、ええと」

「里中です。日本近代法史取ってるよね？　こいつは藤村。小学校が一緒で幼馴染《おさななじ》み」

その恥ずかしい単語をよく平気で使うなと思うし中学と高校は別だったので当てはまらないのではないかとも思うが、里中は平気なようである。大学でもすでに随分と友達がいるようなのだが、その理由はこのあたりにあるのかもしれない。夕日をバックに河原で殴りあったりしかねない男なのだ。

「あ……美川奈津実です」美川さんは俺と里中を見比べ、俺のところであ、と眉《まゆ》を上げた。「たしか、ガイダンスで」

＊4　契約成立前であっても、契約に向けて相手が準備していたのに、過失によって契約が成立しなかった場合、「契約締結上の過失」があったとして損害賠償責任を負うことがある。よく知らないが、雑誌の頁を空けておいたのに小説家が原稿を落としたとか、そういった場合の話なのだろう。

「あ、はい」

思い出した。ガイダンスの時に同じ教室にいた人である。俺より少し前に自己紹介をして、えらく短く済ませたんだ。無機質なデータはすぐ覚えるくせに人の顔はろくに覚えない自分の大脳が情けない。まあ普段、人の顔などよく見ていないせいかもしれないのだが。

「あ、買い物中ごめん。今ヒマ？　この後こいつと飯食いにいくけど一緒に来ない？」

里中の発言に、イヌだったら全身の毛が逆立っているだろうというほど驚いた。誘った。たった今、名前を確認しただけの、しかも女子を。こいつの精神構造はどうなっているのだ。それとも里中のようにわりと背が高くて顔もいい人間にとっては驚くほどのことではないのか。

「あ、いえ、あの」美川さんは持ったスカートを闘牛士のマントのようにひらひら揺す。

まあ困って当然だよなと思ったが、何かに気付いたようにこちらに身を乗り出してきた。「あの、さっき里中君、試着室にいましたよね？　大丈夫でした？」

小声で突然訊《き》かれ、里中はきょとんとした。表情が分かりやすく動く奴だ。「いや、別に……狭くて肘《ひじ》ぶつけたけど」

「ですよね？　……いや、男子は大丈夫なのかな」

「何の話？」

「この店の試着室、入ると」美川さんはそこで店員さんを気にするように視線を外し、スカートを持ち上げて自分の口許《くちもと》を隠すようにした。「……女の子が消えるんです」

2

話そうとした美川さんは声が大きくなって店員さんに聞かれるのを危惧《きぐ》したか、ちょっと外に、と俺たちを連れ出した。慌てているのかスカートを持ったまま出ようとして里中に止められたりはしたが、とりあえず事情を話してくれるらしい。店の前の路地はトラックや郵便配達のバイクが通ってあまり立ち話ができる感じではなく、結局、駅前のロータリーまで沈黙したまま移動する。

「どういうこと？　試着室に入った人が消えた、って、さらわれたとかそういうの？」

まるでさっきまで会話が継続していたかのような気楽さで里中が問うのを合図に立ち止まり、そうなんですよ、と答えながら美川さんはなぜか道路標識の支柱を摑《つか》む。「いや、さらわれた、っていうのは噂なんですけど。そうなんじゃないかって」

「どういうこと？　身代金目的誘拐とか？」

「分からないです。でも、そうかも」

「オルレアンの噂」

俺はつい口にしてしまったが、その途端、二人が同時にこちらを見た。「何？」「何ですか?」

「いえ、すいません」耳慣れない単語を出して会話を止めてしまった。よくやるのだ。

「あの、続けてください」

「いや藤村今の何? 地名?」

「いやほんといいから進めて。ごめん」

「一週間くらい前なんですけど」美川さんが進めてくれた。「その、学科の知ってる人がいて。西千葉駅で見たから、どこ行くのかな、ってついてったら、たまたまさっきの店に入って」

店のあった方を振り返る。「STRUTTIN'」という、広くはないが狭くもない、要所要所に木目調を使った、標準的なお洒落さのセレクトショップだ、と思う。まあ店舗デザインのことなどよく知らないのだが、それでも誘拐だの人身売買だのといった裏社会のにおいがするような雰囲気ではない。

「で、その。後から私も入ったんですけど」美川さんは道路標識の支柱から手を離し、かわりに隣の道路標識の支柱を摑んだ。何かを摑むと落ち着くらしい。「話しかける感じにならなくて。私コミュ障なんで」

この人は一体何を言っているのだろうかと思う。一体全体この人のどこがコミュ障なのだろうか。ほぼ初対面の俺たち二人に対しても普通に会話ができているし、「STRUTTIN'」に堂々と入って買い物をしようとしていた。コミュ障というのは俺みたいに相手の顔をまともに見られないレベルの人間をさすのだ。この人のレベルでコミュ障だというなら俺は宇宙人になってしまう。ちょっとふっくらという程度なのに「私デブなんでー」と言う人とか国立大に行っておきながら「俺バカなんでー」と言う人たちもそうだが、発言には気をつけていただきたい。自分を下げるということは、自分より下の人たちを勝手に、さらに下へ押し下げるということなのだ。

むろん真のコミュ障である俺はそれらの文句を音声にはしない。視線の置き所が分からないまま黙ってもじもじしているだけである。まあ、「お前程度がコミュ障を名乗るな！」などとわめいてコミュ障内部の分断を誘うような愚は犯せないし、「すべてのジャンルはマニアが潰《つぶ》す」*5という話も思い出した。それに美川さんは気になる話をしている。

「消えた、って、具体的にどういう状況だったの？」こういう時に里中の性格はありがたい。俺のかわりに質問してくれるのだ。「まさか、フッて消えたとかなの？」

＊5　たとえばAというマニアックなジャンルに少数の愛好者がいたとする。後にAが注目され、新規のファンを獲得し始めると、元々Aが好きだった古参ファンが「にわかファンはAのうわべしか見ていないから嫌だ」「今流行っているのはAの表層だけ。本当のAは違う」などと言い始め、威張りだすことがある。すると新規のファンは嫌気がさしてAから離れていき、新たなファンが増えないAは衰退する。こうした構図はわりとどこにでもある。

「いえ、そういうわけじゃないんですけど」美川さんも積極的に話す気になったらしく、手で道路標識の支柱を撫《な》でている。「私、コミュ障なんで。話しかけられないでいるうちに、その人は試着室の方に行っちゃって。追いかけるのも怪しいから、入口近くに移動して、そこにずっといたんです。その人が出てくる時には話しかけられるかもって思って。でもなかなか来ないから、もう試着室に行ってみようって。試着室を使うの、待つふりをしてれば、むこうが出てくる時に話しかけられるし」

「うん」里中は頷くが、こいつならそうする前に話しかけているだろう。それどころかカーテン越しに試着室の中に声をかけかねない。

「でも、なかなか出てこないからおかしいなって思って、試着室のカーテン、少しだけ開けてみたんです」

よく開けたなと思う。これのどこがコミュ障なのだろうか。

すぐ後ろをバスが通ったため、美川さんは少し首をすくめて、それからまた言った。

「そうしたら、中には誰もいなかった」

急にホラーになった。さすがに里中も黙った。四月の生暖かく埃《ほこり》っぽい風が道端に落ちているレジ袋を舞わせ、視界の隅では総武《そうぶ》線各駅停車の電車が駅から出ていく。

「里中君、どういうことだか分かる？　私はずっと入口近くにいたし、あの店、入口は一つしかなかったよね。私は待っている間、何分間か目を離したりもしたけど、他のお客さんもほとんどいなかったし、出ていったなら見落とすはずがないの。なのに、その人はどこにもいなかった。試着室も中に入ってよく捜してみたんだけど、誰もいないのはもちろん、何も残ってなかったの」

　美川さんの丁寧語が消えている。喋っているうちに遠慮より疑問が勝ってきたのだろう。里中との距離も縮んでいる。確かに奇妙な状況だった。手品を思わせる人間消失。

「……一つ、確認したいんだけど」里中が手を挙げた。「その人って無事なの？　行方不明になったとか、そういう話は聞いてる？」

「……分からない。大学でも見てない。私、あんまり授業もかぶってないみたいで」

　里中はポケットから板チョコを出した。剝《む》き出しでポケットに何を入れているのだと思ったら、リアルな板チョコ柄のカバーをつけた携帯だった。「じゃあまず、その人の安否を確認しない？　連絡先とか知ってる？」

「いいえ」

「本人じゃなくても、仲よさげな人でもいいけど」

「それも知らない……」美川さんは悲しげにかぶりを振る。

「じゃ、名前は？　とりあえず誰なの？」

「……『皆木《みなき》』さん。里中君、知ってる？」

「んー……名前は聞いたような聞かないような。ちょっと顔は出てこない。藤村は？」

　黙って首を振る。覚えがないということは、ガイダンスの時も別の教室だったのだろう。

里中は板チョコを構える。「どんな感じの人？」

「背が高くて、眼鏡の。髪が綺麗《きれい》でなんかすごく知的なイメージがあって」美川さんはその皆木さんのファンででもあるかのように言う。「いつもパンダの描いてあるトートバッグ持ってる人」

「了解。ちょっとまとめて質問飛ばしてみるわ。学科とサークルと、あとこないだ知りあった経済学科の人にも」里中は言いながらもう板チョコを操作している。「背が高くて眼鏡の。女子だよね？　パンダのトートバッグ持ってて、ええと知的な感じ、と」

美川さんの主観をそのまま伝えたらかえって混乱させるのではないかと思ったが、里中はさっさと送信している。それにしても、すでに随分とつきあいが広いものだ。今もこうして美川さんと連絡先を交換している。この調子でいくとこの男、卒業までに全学生を制覇するのではないか。もっとも美川さんの方も一眼レフを模した巨大なカバーをつけた携帯を出しているから、里中を見て自分と似たものを感じたのかもしれないが。

「あ、あとすごく物静かで、クールな感じで。でもこっちがピンチの時は無表情なまま助けてくれそうな感じで」

「了解。物静かでクールな感じで、でもこっちがピンチの時は無表情なまま助けてくれそうな感じ……と」

そのまま送るのかよと思う。しかし美川さんの言い方から、そもそもなぜ彼女が「学科の人」を見つけたからといって店の中にまでついていったのかが分かった。要するにお近づきになりたかったのだろう。確かに俺もガイダンスの時、あの人いいな、友達になりたいな、と思うような人は何人かいた。だが一年次の授業は大部分が大人数の講義形式だから、コミュ障ならずとも、何かきっかけがなくては話しかける機会がそうそうないのだ。

里中は傍らに路上駐輪された自転車のサドルに勝手に腰を掛けて携帯を両手で操作し始めた。よほどたくさんの相手に送っているのだろう。高速で手が動いているのに終わる気配がない。そうしている間にも着信音がピロリン、ピロリン、と挿入される。早くも返事をしてくれた人たちがいるらしい。

里中が黙ってしまうと場が静かになる。美川さんは癖なのか道路標識の支柱を指先でカリカリ掻《か》きながら里中の手元をじっと見ているし、里中はメッセージの送信と、返信に対するお礼の再返信でまったく顔を上げない。俺はどこを見ていればいいのか分からず視線を彷徨《さまよ》わせ、とりあえずロータリーの中心にある植え込みの周囲でグルルポー、グルルポー、と平和に鳴いているドバトを眺めることにした。誤解されがちだが、コミュ障は自分では喋らないくせに、場が静かになることを気にする。むしろ平均人より沈黙が苦手な者も多く、静かなのは落ち着かないが自分から口を開きもしないので、早く誰か何か喋ってくれ、と祈っていることが多い。

よく考えてみると深刻な状況なのだった。もしその時以後、誰も皆木さんを見ていないというなら、場合によっては「失踪《しっそう》」の可能性がでてくる。鳩はグルルポーと鳴いているが、この街でまさに今、冗談では済まないことが起こっているのかもしれない。

そう思うとなんとなく背筋が寒くなったし、このまま沈黙しているのも辛《つら》いので、俺も携帯を出し、「STRUTTIN' 西千葉駅」で検索してみた。店に何か噂があるなら検索に引っかかるかもしれないと思ったが、検索結果はそう変わったものではなかった。三年ほど前にできた店で、もとは中華料理屋だった店舗に入ったらしい。広さは三十坪程度。店主は楊《ヤン》さんという中国人。値段は安めで房大生がよく利用しているが、一部教員の姿を見かけた人もいる。試着室は広いしトイレも綺麗だが、便器は和式。店内にQUEEN等の昔のロックが流れているのは店主の趣味らしい……。

三年前にできたいちセレクトショップにしては情報が多い。それだけ房大生は親しんでいる店なのだろう。これなら今後、一人で入ることに挑戦してみてもいいかもしれない、と思う。だが検索結果をスクロールすると、出た。

∨奥の試着室に入ると女子学生が消えるらしい。奥の壁が隠し通路につながっていて、そこから出てきた店員が薬を嗅《か》がせて連れ去り、監禁してレイプした後、殺す。学科の先輩から聞いた話。

どうも匿名掲示板の、房総大学関連のトピックを扱うスレッド内の書き込みらしく、また、幾分か古い書き込みでもあるようで、リンクをタップして掲示板をスクロールしていっても、この書き込みそのものは見つからなかった。だが少しだけぎょっとした。本当にそういう噂があるのだ。さっと嗅がせて被害者を都合よく眠らせることのできる薬など現実には存在しないので明らかに作り話なのだが、元になる事件が存在する可能性もある。

だが、かすかに生まれた不安を里中があっさり否定した。

「学科の人から連絡あったわ。皆木さん、昨日も今日もちゃんと授業、出てるって」

俺は美川さんを見たが、美川さんは里中を見てほっと溜《た》め息を吐いた。「……そうなんだ。ありがとう」

「俺の友達には皆木さんと仲いい人がいなくて、連絡先とかは分からないけど。……とりあえずほっとしたよね」里中は言いながらまだ携帯を操作している。返信が続いているのだろう。「でもそうなると、どうやって消えたんだろうね」

「確かに。昨日、普通に授業に出てたってなると、店の奥に連れ込まれてた、っていう可能性もなさそうだし」

つい言ってしまってから、まず里中が、次いで美川さんがぎょっとした顔になった。俺はそれを見て、しまったと思う。そういう「不穏」なことは、たとえ当然考えられるべき状況でも、軽々しく口にすると場の空気を凍りつかせてしまうことがある。そのことを忘れていた。急いで「すいません」と言ったつもりだったが、声が小さすぎて二人にちゃんと聞こえたか分からない。

「とりあえず……ほっとしましたけど」美川さんが道路標識の支柱を握る。「でも、だとすると……皆木さんはどうして消えたんでしょうか。どうやって消えたんでしょうか」

そうなのである。皆木さんは消えた。だが唯一の入口付近には美川さんがいて、試着室も空だった。そして皆木さんは店員の手でバックヤードに連れ込まれていた、というわけでもないらしく、普通に大学に来ている。どういうことなのだろうか。

かえって謎が深まってしまった。

3

――えー……のはんれいにいうりのうりょくなきしゃだんです。あいはんへいせいいちにいちまるにーまる。んけんではごるふくらぶがりのうりょくなきしゃだんだとめいげなんされてます。んけんではそうかいのけつぎで……

壇上では民法の沼井《ぬまい》教授が喋り続けている。抑揚もメリハリもなく何の意図も感じられない自動音声のような講義である上、ところどころ聞き取りにくい単語があるせいで全体の意味が分からなくなってしまっており、聴いていると沼の底に沈んでいくように眠くなる。俺は後方の席から教室内を見渡す。必修の授業のはずなのに、教室はガラガラに近い状態で席が空いている。この講義は聴いても意味がなく、あとで自分で教科書を読んだ方がいい、と判断した学生がさっさと「切って」いるのである。沼井教授はこのことについて何も感じていないのだろうかと思うが、出席も取らずに無言で来て前置きもなしに喋り、無言で帰っていく人である。

――りのうりょくなきざいだんというのもあります。しゃだんはひとのあつまりざいだんはざいさんのあつまり。くべつするひつようはなし。はんれいもあいはんおうわよんよんいちいちよん。んりのうりょくなきざいだんとはいってていのくてきのために……

入学前は大学の授業というと海外の番組で見たような「知的な議論の場」というイメージを抱いていたが、実際に入学してみるとそうでもないのだった。沼井教授は議論どころか視線を虚空に漂わせて学生を見ようともしないし（本人はバレていないつもりだろうが学生にはとっくにバレている）、学生の方もこの自動音声を真面目に聴いている人は皆無で、出席している人も寝たり携帯をいじったり池の鯉みたいにパクパク口を開けて呆《ほう》けていたりする。イヤホンで別の講義を聴き別の講義のノートをとっている人までいる。俺の二つ隣の席の人は家庭教師のバイトの準備か何かなのか、中学理科の問題集を解いている。

こんな状況で講義を聴き続けられるはずがなく、俺は一応開いた白紙のノートと一応手に持った芯《しん》の出ていないシャープペンシルを全く動かさないまま、別のことを考えていた。つまり、昨日美川さんから聞いた「セレクトショップ『STRUTTIN'』人間消失事件」である。

あれはどういうことなのか、ひと晩考えても全く分かっていない。昨日見た限りでは、確かに店には入口が一つしかなく、また柱や背の高い棚で死角ができるような構造ではなかった。美川さんが入口付近にいたというなら、見つからずに出ていくことは不可能に思えるのだ。だが皆木さんは試着室に入り、なかなか出てこないのを不審に思った美川さんがカーテンを開けたら、中はもぬけの殻だったという。そういう手品がありそうだが演じられたのはステージの上ではなく、そこらのショップの試着室なのだ。

もちろん美川さんは「待っている間、何分間か目を離したりもした」と言っていた。つまり彼女が見ていない間に皆木さんが試着室を出て店内を移動した可能性はあるわけだ。だが仮にそうだったとしても、入口から出ることができないのだからやはり人間消失である。試着室には隠し通路などはなかったというし。

昨日はあの後、結局里中と美川さんと三人で駅前の定食屋に入った。カウンター席に俺・里中・美川さんという順番で座ったため、当然の帰結として里中はほとんど右を向いて美川さんと話し、美川さんも里中の頭越しに俺には話しかけず、三人ではなく二人と一人で行ったような状況になった。帰り道も里中と美川さんが並んで歩き、俺は慣れ親しんだ「逆三角形の頂点」の位置で二人の背中を追いかけるだけだった。IDは交換したし、里中も途中何度か気を遣ってこちらを向いてくれたが、美川さんとのやりとりはきちんと集計したら「0」になるかもしれない。

だからまあ、彼女の疑問など放っておいてもいいのかもしれないが。

里中と喋っている時は、事件が再び話題に上ることはなかった。だがおそらく美川さんは悩んでいる。ほぼ初対面の里中にいきなり質問をぶつけたほどだし、そもそも昨日「STRUTTIN'」にいたこと自体、謎の手がかりを求めていたからだろう。そして昨日の別れ際の表情を見るに、おそらく彼女は皆木さんの「消失」について、ある一つの仮説を持っている。

皆木さんは美川さんが目を離した隙に試着室から出ていた。そして店員にさらわれたのではなく、自ら店員に頼み、バックヤードやトイレに隠れるか、裏口から出ていった。

現状、考えられる可能性はこれしかないように思えるのだ。そしてそうだとすると、皆木さんは美川さんがついてきているのを知っており、多少なりとも思い切った行動をとってまで彼女から逃げた、ということになる。そこからは残酷な結論が導かれる。美川さんは皆木さんとお近づきになりたいと思っているが、皆木さんは美川さんをかなり嫌っている。

昨夜の時点でこの可能性を考えないではなかったのだが、もちろん口には出せなかった。しかし、俺ですら事件のあらましを聞いて一時間もしないうちに思いついた仮説なのだから、一週間前から事件について考えていた美川さんが思いつかないとは思えない。そしてもし、美川さんがそれゆえに他の結論を求めて里中に話しかけてきた（しかも自称とはいえコミュ障なのに）とするなら、彼女の現在の心情は察するにあまりある。自分は嫌われているのではないか。相手はそれを察してもらいたがっているのではないか——そういう不安は痛いほど分かるのである。

となると、謎は解けないまでも、少なくともこの仮説を検証したいのだ。

そして実は、この「民法総則基礎」の講義が終わった直後なら、そのチャンスがあるのだった。なぜなら、授業開始五分後に見つけたからだ。一番前の席に、当の皆木さんらしき人がいるのである。

俺は寝ている斜め前の人の肩越しに最前列の席を見る。大学の授業は高校までと違って好きな席に座っていいわけだが、そうなると皆、最前列になど座らず「後ろの方」から順に席が埋まっていくということを、大学に入って知った。一番人気があるのが後ろから二列目か三列目あたりの、中央ではなく右端か左端。つまり皆、前の方は怖いが一番後ろに座るのも露骨だから避けたい、ということらしい。現に俺も後ろから四列目の左寄りに座っていて、この列は半分くらい埋まっている。対して最前列には女子が二人しか座っていなかった。

その一人は加越さんだった。一週目の授業の時から、彼女は当然のように最前列に座っている。いつも後ろから見ているだけだが、他の授業でも彼女は必ず最前列の、しかも中央に座る。なぜ皆、講義を聴きにきたのに一番いい席に座らないのか、と訝《いぶか》るような様子すらある。そしてもっと驚くべきことに、彼女は現在、最前列に座っていながら頬杖《ほおづえ》をつき、時々かくり、と船を漕《こ》いでいる。つまり教員の目の前で寝ている。何をやっているのだろうか。

そして、その二つ左の椅子に座ってきちんとノートをとっている女子が、おそらく皆木さんなのだった。そういえば先週も同じような位置に座っている人がいたことを記憶しているが、あれが皆木さんだったのだ。彼女が加越さん同様「一番前に座るタイプ」なのだとしたら、美川さんが周囲を見回しても見つけられなかったのは分かる。俺も「いつも加越さんと一緒に最前列に座る女子」をちゃんと観察したのは初めてだった。斜め後ろからなので顔はよく見えないものの、まっすぐ背中に流れる黒髪は確かに綺麗で、何より彼女の右隣の席に置いてあるトートバッグが背もたれ越しにかすかに見え、パンダらしき絵が描いてあるのが分かった。

皆木さん本人が前の方にいるとなれば、俺は授業終了後にすぐ動かなければならなかった。一年次の四月にしてすでに東京地下鉄路線図のごとき様相を呈している里中ネットワークを駆使しても、彼女の連絡先を知っている人は出てこなかった。だから直接捉《つか》まえるしかなく、チャンスはこの授業しかない。逃したら一週間後になるし、ただでさえ空席の多いこの授業、皆木さんが来週も律儀に出席してくれる保証はないし、他の授業で彼女を見つけられる保証もない。

だが。

里中なら何の問題もないのだろうが、俺には困難なことだった。なにしろ俺は皆木さんを知らなかったし、むこうも俺を知らない。初対面の女子にどうやって話しかければいいのか。それだけではない。できれば美川さんの名前を出さずに、「STRUTTIN'」からどうやって消えたのか、美川さんのことをどう思っているのかを訊き出さなくてはならない。

　俺は白紙のノートにシャープペンシルでヒマワリの絵を描き、花の真ん中に笑顔を書き込んだ。

　無理だ。

　そもそもどうやって声をかければいいのか分からないし、いきなり一週間前の「STRUTTIN'」の話をしたら「なんで知ってるの気持ち悪い」と思われるに決まっている。だからこっそり携帯を操作して里中にＳＯＳすぐ来てくれのメッセージを送ったのだが、一時間経っても返信がない。読んでくれた形跡もない。むこうも授業中だから仕方がないのだが、授業が終わってから読んでもらっても間に合わない。

　とすると。俺は視線をわずかに動かす。最後の望みは今、首をガクッと落として、はっとして体勢を直した加越さんだ。

　授業中に何かのやりとりをしている様子はないが、二人だけ最前列に座り、二つ離れた席で並んでいる以上、加越さんと皆木さんは友達同士である可能性が大きい。あるいは二人は、他の授業でも二人だけの「最前列仲間」なのかもしれなかった。そして加越さんは里中以外で唯一の俺の「大学の友達」である。加越さんに話しかけ、ついでに皆木さんを紹介してもらえば、授業後に少し会話ができるかもしれない。引き留めているうちに里中が来てくれればあいつがなんとかしてくれるだろう。里中とＩＤを交換してもらって、あとはあいつに聞き込みをしてもらってもいいし、なんなら里中に頼んで美川さんに直接紹介してもらえば、少なくとも美川さんの問題はむこうでなんとかなる。ほぼ他人頼みであり、自分の消極性にげんなりするが、自分で直接聞き込みをするのは無理だった。里中相手ですら話題に困るのに、初対面の女子と話して打ち解けるなど絶対に不可能だ。ペンギンに月まで飛べと言うようなものだ。

机の下で携帯を見る。里中はまだメッセージを読んですらいないようだ。授業終了まであと数分だというのに、どうしてあの男は肝心な時に頼れないのだろうか。俺の勝手な恨み言を無視して携帯の時計が進む。もう時間がない。里中は当てにできそうにないとなれば、俺が直接加越さんに話しかけ、そこから糸口を見つけ出すしかない。

しかし。

実のところ、怖すぎてそれもできる気がしなかったのだ。そもそもどうやって加越さんに話しかければいいのか。

ガイダンスの日、確かに俺は彼女と少し会話をしたし、ＩＤも交換した。叔父《おじ》の加越先生が俺たちのことを「友人」と表現し、加越さんは否定しなかった。だがそれ以後三週間、俺は一度も加越さんと会っていない。メッセージのやりとりもしていない。なぜなら彼女に対し、話しかける口実になりそうないかなる用件も思いつかなかったからだ。

里中ならこんなことで苦労しないだろう。授業で見かけたら終了後に「ウィース」と話しかけ、俺には想像もつかないような楽しく当たりさわりのない何らかの話題で会話に突入できるのだろうし、「民法の授業眠くない？」くらいの気軽な切り出し方でSNSにメッセージも送れるだろう。俺にはどちらも無理だ。気持ち悪がられる絶対の自信がある。加越さんみたいな美人はこんな根暗のコミュ障とは住む世界が違う。むこうからすればたまたま成り行きでIDを交換しただけであって、本気でメッセージを送ってくるとは思っていないだろうし、もし送りでもしたら「そういう空気だったから社交辞令でID交換しただけなのに本気でメッセージ送ってきて気持ち悪い」と思われるかもしれない。そんな意地悪な性格には見えなかったが、それでも困惑させる可能性は充分にある。俺のせいで加越さんを困らせたくはないというか、どちらかというと俺の方が、万が一であっても気持ち悪い勘違い男だと思われたくないのだ。

だから今から数分後、加越さんに話しかけるのもかなりの難事だった。俺は携帯の時計表示を見てはスリープさせ、を繰り返しながら空いた手を握ったり開いたりする。何やら手汗もにじんできたようである。だが今回はできるはずだ。なんせ人間消失の捜査という口実がある。加越さんは以前、俺を名探偵だと言ってくれたのだし。

我ながら情けなさに苦笑する。謎そのものより、捜査のための聞き込みの方が大変なのだ。ワトスンの目を見て話せずレストレード警部に声をかけられないシャーロック・ホームズ。ひどすぎる。

自分の臆病《おくびょう》さを嘆いているうちにチャイムが鳴り、沼井教授が沼の中で喋っているかのようにもごもごと何かを言いつつ教室を出ていく。里中からの返信はない。立ち上がるしかなかった。加越さんたちの席は遠く、周囲には人がいない。あいつあんな後ろの方にいたのにわざわざ突進してきたぞ、と気持ち悪がられる想像が頭に浮かぶので、加越さんたちに接近を気取られないよう忍びの歩調になる。体を横にして他の学生を避け、早足で最前列に向かう。口の中が渇いているので舌で唇を湿らせる。

「あの」

だが予想外のことが起こった。皆木さんは授業が終わると、加越さんと視線すら交わさずにするりと立ち、出ていってしまったのである。おい。友達じゃなかったのか。

「あ……」

間抜けな声を漏らして「阿《あ》」形《ぎょう》の狛犬《こまいぬ》の顔になっていると、加越さんが振り返った。そして驚くべき僥倖《ぎょうこう》。彼女は俺の顔を認識すると笑顔になった。「藤村くん。久しぶり」

「あ」狛犬のまま頭を下げる。「いや、ちょっと」ちょっと何なんだと自分に激しくつっこみを入れる。「あの、すいません。隣の」

「隣？」加越さんはきょろきょろと見回す。「あ、皆木さん？」

「あ、はい。ちょっと」視線をそらして教室の入口方向を見る。当の皆木さんはとっくに出ていってしまっている。

「いや、その」もっとしっかり日本語を話さねばと思う。「か……ごし、さん、仲いいすか」

「あのう……敬語はいらないと思うけど」加越さんは苦笑する。「皆木さんと話したかったの？　ごめん。私、ＩＤとか知らないんだけど」

毎週二人だけで最前列に座っているのに、本当にただ近くに座っているだけだったらしい。目算が狂った。俺の脳内で「次に言う予定の言葉」欄が全消去され、かわりに（応答なし）の文字が表示される。だが「そうですか。じゃ」と去るのは失礼すぎる。迷っていたら、加越さんが気を遣ってくれた。「何か急ぎ？　追いかけようか」

「いや、そこまでは」俺は言葉に詰まって頭を掻いてみせる。「いや、まあ。来週とかでも」

「来週、休みだよ」

「あ……」特に予定などないせいもあって連休の存在を忘れていた。

「あ、でもちょっと待って」

加越さんは俺の脇を抜けて窓に向かい、重い掃き出し窓を両手で摑んで引き開けるとベランダに出た。高校の教室とは違い、大学では休み時間にベランダに出ている人など見たことがなかったし、そもそも高校と違って「自分の教室」でもないので、勝手に出ていいものなのか、それ以前にあそこの掃き出し窓を開けていいものなのか分からなかかったが、加越さんは平気なようである。たん、と足音をさせて踏み出すと、手すりから身を乗り出して下を見ている。

俺が続いて出ると、加越さんは下の道を指さした。「あ！　いたよ」

どこだと思って手すりに近付く。見つけたところでどうするのだ、と思ったら、加越さんが叫んだ。

「みなきさぁぁぁぁぁぁぁぁぁぁん！　そこの、法律学科一年の皆木さぁぁぁぁぁぁぁん」

俺は加越さんの大声で石化された。叫んだぞ。なんと直接呼んだ。

「あ、止まった」加越さんはすぅぅ、と大きく息を吸い込むと、また叫んだ。「ごめぇぇぇん！　皆木さんちょっとそこで待っててくれますかぁぁぁ？　話がある人がいますぅぅぅぅ！」

下を歩く学生たちが振り返っている。幾人かは俺たちを見上げている。俺はいきなり舞台に上げられてしまい硬直したが、加越さんは嬉《うれ》しげに言った。「待っててくれるみたい。よかったね」

加越さんに続いて教室に戻る。ありがとう、の五文字が出るまで二分かかった。

加越さんと並んで小走りで法学部棟を出ると、皆木さんは振り返った姿勢のままその場で待ってくれていた。呼んだ時点から一歩も動いていないように見え、俺同様に加越さんの叫び声で石化していたのかもしれないと思った。

「ありがとう。待っててくれて」加越さんが先に言ってくれた。「えっと、こっちの藤村くんが、あなたに大事な用があるみたいなの」

皆木さんが無表情のままこちらを見る。眼鏡越しの正確無比な視線がまともに突き刺さり、俺は目をそらした。「いえ、あの」

そういえば、三時限目の九十分間あれほど悩んでいたのに、直接皆木さんに質問する場合、どう訊けばいいのかは全く考えていなかった。とにかく、皆木さんが美川さんを避けていて、先週の「STRUTTIN'」では何らかのトリックを使って彼女から隠れたのか、それともそうでないのか。そこを訊かなければならないのだ。だがまともに質問したら正直に答えてくれるかどうか分からないし、勝手に美川さんのことを喋っていいのかどうかも分からない。

「いえ、あの……」

俯いていると、加越さんにとん、と背中を叩《たた》かれた。「頑張って」

加越さんはこっそり囁いたつもりなのだろうが絶対に皆木さんにも聞こえている。そもそも何か誤解しているようだ。しかしつっこんでいる余裕はないし、皆木さんはこちらをじっと見ている。困惑しているのか、警戒して身構えているのか、嫌悪感をこらえているのか。いきなり二階教室のベランダから大声で呼び止められ、駆け寄ってきた知らない学生に「大事な用がある」などと言われたらこの三つのどれかだと思う。しかしフォローの仕方が分からない。

だが俺が不自然に左右に視線をそらしたりしてもじもじしていると、後ろから救世主がやってきた。

「藤村ー。あっ、そっちの人、皆木さん？」

里中登場。携帯のメッセージを読んで捜しにきてくれたらしい。

里中は気軽に皆木さんに自己紹介し、加越さんとも笑顔で自己紹介しあい、「四限入ってる？　大丈夫ならカフェテリア行かない？　ちょっと皆木さんにも訊きたいことあるし」と、俺たち三人をまとめて誘った。神は慈悲とともに里中を地上に遣はしたまへり、と思った。

4

三時限目終了時、という時間帯なのでカフェテリアには人が少なく、カウンターの中で従業員のおばちゃんたちが食器を洗う音以外はほぼ静かである。そのため里中の声はよく響き、事件の説明を聞く皆木さんも訊き返すような様子はなかった。

だが、俺が思案した点もすっ飛ばし、美川さんの名前まで出して事情をすべてそのまま説明した里中に対し、皆木さんは首をかしげた。

「……私は、隠れたつもりはないけど」

皆木さんの答えはそれだった。無表情なので分かりにくいが、わずかに当惑しているのかもしれない。「それに、美川さんっていう人も知らない。私についてきていた、ってこと？」

「なんか皆木さんと仲よくなりたいみたいなんだよね」里中はあっさりそこもバラし、カフェオレを飲むと同時に携帯を出した。「じゃあさ、とりあえず美川さんとID交換しといたら？　ちょっと美川さんに訊いてみるわ。皆木さんにID教えていいかどうか」

皆木さんはプリンの皿を横にどけると、無言のまま携帯を出した。カバーも何もない黒い電話機がこの人らしいが、俺たち全員とIDを交換するのは別に嫌ではないらしく、人嫌いというわけではないようだ。

「でも、不思議だね」四人の中で唯一しっかりごはんを注文している加越さんが、カニチャーハンをもぐもぐ食べながら言う。「皆木さんは特に隠れたりはしていないわけだよね。それなら、どうして美川さんは皆木さんを見失っちゃったんだろう？」

「……私は、変わったことは何もしていないけど」誤解されたくないという様子で、皆木さんは眼鏡を直しつつ言う。「普通に商品を見て、試着して、店員さんに商品を返して……何も買わずに出た」

わりと皆、さんざん試着して何も買わない、ということをやっているのだなと知る。俺が怖がりすぎだったのだろうかと思うが、それはさておき。

奇妙なことになってしまったと思う。里中のファインプレーなのかたまたまなのかは分からないが、皆木さんは本当に美川さんのことを知らず、彼女から逃げようとして何かトリックを仕掛けたわけではないようだった。もし皆木さんが美川さんを避けたなら、美川さんにＩＤを教えることをこんなにあっさり承諾するはずがないのだ。

だがそうだとすると、目の前でプリンをすくっているこの人がなぜ、どうやって消失したのかが分からなくなる。美川さんは確かに皆木さんが「消えた」と言っている。たまたま会っただけの俺や里中に対して、こんな回りくどい嘘をつく理由はないだろうし、少なくとも俺たちが入学する前から掲示板に書き込まれていた通り、「STRUTTIN'」の試着室で人が消える、という噂は実際にある。つまり美川さんが嘘の人間消失をでっち上げたという可能性も小さい。皆木さんは本当に消えたのだ。なのに当の皆木さん自身に、消えたという自覚がない。

……ならば、どうやって消えた？

ミステリは好きなので、「人間消失」のネタを扱った作品もいくつかは読んだことがある。だが、こういうケースは未体験だった。店員が何かしたわけでもない。消えた皆木さんも何もしていない。誰も何もしていない。消えようとも思っていないのに人が消えているのだ。となると、通常思いつくようなトリックはほぼ全部まとめて「使用不能」になってしまう。これで解決方法など浮かぶだろうか？

無表情のまま左手でスプーンを使ってプリンをすくっている皆木さんを見る。この人に何か変な特殊能力があるようにも見えない。

「まあ、不思議なのは不思議だけど。とにかくよかったんじゃない？」里中が明るく言った。「美川さんとしちゃ、皆木さんに避けられてるわけじゃないって分かればいいわけでしょ？　とりあえずそこは大丈夫って分かったんだし。皆木さん、そうなんでしょ？」

皆木さんはこくりと頷く。

「じゃあ、とりあえずめでたしめでたしだよね。そのうち美川さんから連絡あると思うから、初対面で二人だと気まずいってんなら俺たちも一緒にどっか行こう」

隣の里中を見つつ、こいつはすごいなと思う。とりあえず話しかけるし、とりあえず誘う。そのさりげない「とりあえず」が、俺にはできる気がしない。本当に同じ人間なのだろうかとすら思う。それとも隣にいるようで、俺と里中は別の並行宇宙に生きているのだろうか。

それきり事件の話が出ることはなく、里中8・加越さん2くらいの感じで喋り、当たりさわりのない雑談が盛り上がった。皆木さんがほとんど喋らないのが気にはなったが、喋っている人の方はちゃんと見ているし、頷いたり首を振ったりというリアクションは返しているから、どうも単に無口な人であるらしい。もし美川さんが直接話しかけていたらそれはそれで気を揉《も》んだかもしれず、回り道はしたものの、結果的には彼女にとって最もいい形に収まったのかもしれなかった。

だが、里中と加越さんが話すのを聞きながら、俺はまだ事件について考えていた。確かに美川さんの問題はこれで解決した。だが事件そのものを、「分からないけどまあいいや」で終わりにしていい気はしなかった。「STRUTTIN'」については、美川さんの件よりずっと前から人間消失の噂がたっている。それも気になる。

だから約四十分後、サークルの方に用事があるから、と里中が席を立ったのをきっかけに皆が別れようとした時、俺は里中をつついた。「あのさ、ちょっと気になることがあるんだけど」

「ん」

「ごめんまだ事件のこと」

「おお」里中が体を寄せてくる。俺はゴミ箱にゴミを捨てている皆木さんを指さす。「ちょっと皆木さんに訊いてくれない？　一週間前、試着室にどのくらいの時間、いたか」

「おう。ねえ皆木さん。話が戻るんだけど、一週間前って試着室にどのくらいの時間、いた？」

里中は俺が言ったそのままを訊いた。皆木さんはちょっと首をかしげると、里中に「わりといた。たぶん、十五分くらい」と答えた。

俺は里中をまたつついた。「じゃ、何を何枚くらい試着したか」

里中は皆木さんに訊いた。「何を何枚くらい試着した？」

「わりと、何着か」皆木さんは、なぜそんなことを訊くのかというふうに里中を見ながら答えた。「よく覚えてないけど、デニムと、シャツと……ニットも着た気がする」

「だとさ」里中が俺を見た。

「直接訊けばいいのに」加越さんがおかしそうに微笑する。「藤村くん、天皇みたい」

そんな比喩《ひゆ》を使われたのは生まれて初めてだが、なにしろ俺は皆木さんにはまだ一度も直接話しかけていないのだ。

加越さんには随分情けない奴に見られたかもしれないなと内心落ち込む部分もあったが、まあ、仕方がなかった。コミュ障には「集団の中でなら話せるが、一対一では話せない」という性質もあるのだ。

だが、収穫はあった。たとえば、皆木さんが少なくともデニムとシャツとニット、三着を持って試着室に入ったことと。そのことと、これまでの記憶をつき合わせる。そう。たとえば美川さんの携帯には、一眼レフを模した巨大なカバーがつけられていた。これも重要な手がかりだ。

仮説はできた。誰もトリックを仕掛けていないのに、なぜ皆木さんは消えたのか。あとは現場を確認すれば終わる。

里中たちと別れ、俺は一人、西千葉駅の反対側にある「STRUTTIN'」に向かった。

……のだが、その現場が一番の難所だった。なんせセレクトショップである。

道を自転車が横切る。それを追い抜くように郵便配達のバイクが横切る。それらが去ると、ショーウインドウの中に並ぶお洒落なマネキンたちがまた目に入る。どれも同じ方向を向いているが、皆でこちらを一斉に見ているのか無視しているのか。マネキンには表情がないから分からない。片開きのガラスドアにはベルやリースなどの装飾がされ、それが邪魔になって中はあまり見えない。それもハードルを上げている。

俺には分かっている。店に入って現場検証をすれば一発で解決するのだ。だがそれがどうしてもできない。誰かと一緒なら「つきあいで来ただけです。場違いなの分かってます」とアピールできるが単独で入るのは無理だ。俺は今日も無印良品とユニクロが半々の恰好をしている。入ればまた店員さんに声をかけられる。店員さんは俺の恰好を見て「お洒落デビューするつもりなのかな」と微笑むかもしれない。恥ずかしい。それとも場違いな奴が来たと心の中で笑うのだろうか。店内に入ったらどうせきょろきょろと落ち着かないに決まっている。店内の客と店員さんにちらちら見られつつ「あいつ挙動不審」「落ち着いたふりしてるけど慣れてないのがバレバレ」と心の中で笑われながら店内を見て回ることなどできない。自分の推理が正しいかどうかを確かめたいのに、「STRUTTIN'」のお洒落なドアが俺を拒絶する。

どうやっても一人で入る勇気が出なかったので、結局また里中に助けを求めることにしたが、奴はサークルの用事だと言っていたから、すぐには来られないだろう。

ならばとりあえず、中に入らずにやれることをすべきだろう。俺は左右に移動し、首

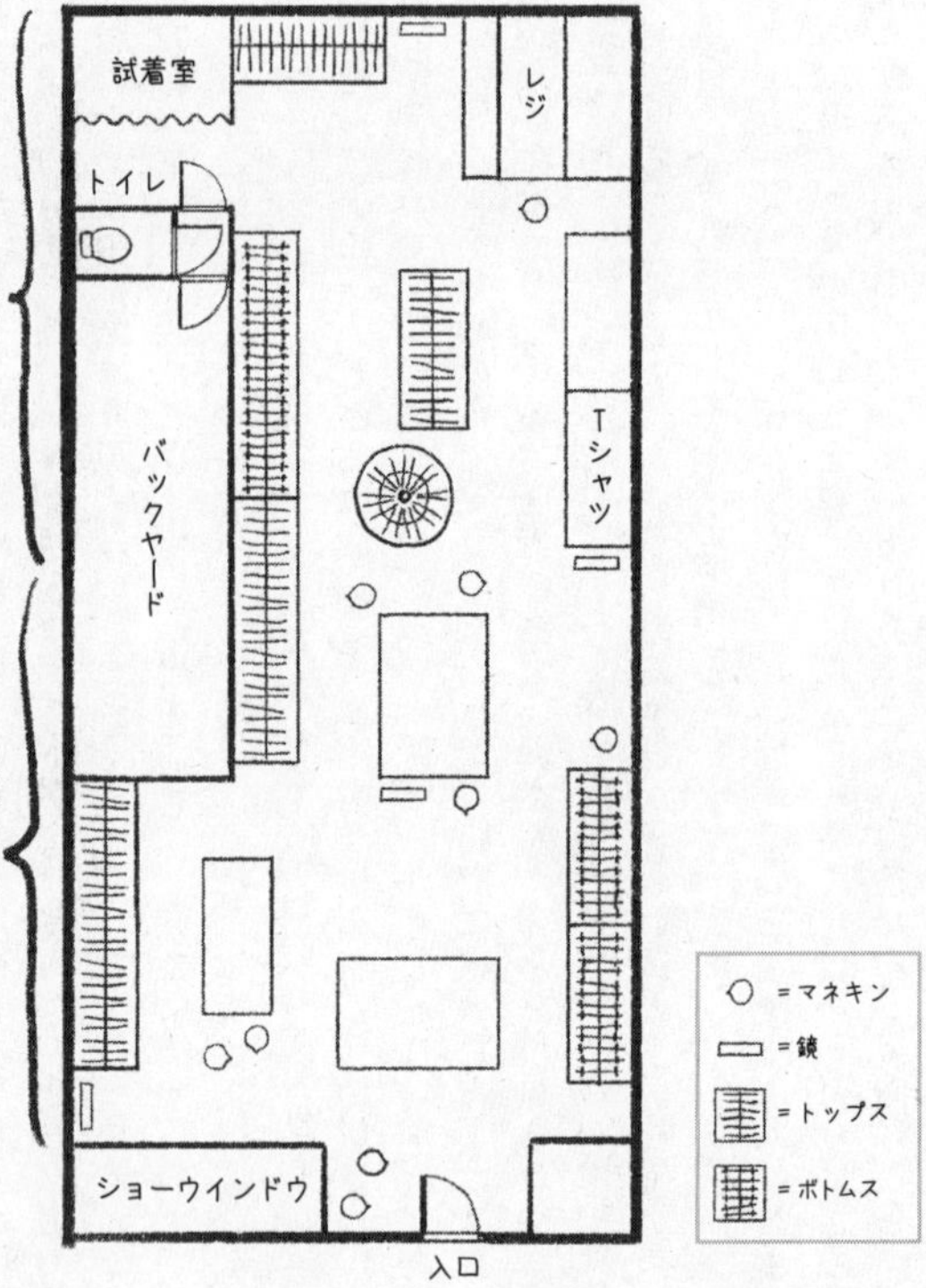
試着室
レジ
トイレ
メンズ
バックヤード
Tシャツ
レディース
ショーウインドウ
入口
=マネキン
=鏡
=トップス
=ボトムス

を伸ばし、ガラスドア越しに見える範囲でぎりぎりまで店内を観察した。中から店員さんに見られていたら不審者扱いされるだろうが、今のところは店員さんが様子を窺《うかが》いにこちらに来るようなことはないので大丈夫だろう。ガラスドア越しに覗《のぞ》ける部分と、昨日入った時の記憶を照合して「STRUTTIN'」の平面図を作ってみる。

バックヤードの中などは確認しようがないが、こんなところだった。こうして見てみるとこの店には裏口がなく、その点からも、皆木さんがこっそり脱出した、という可能性はないわけである。

俺は携帯を操作し、登録したばかりの美川さんのIDにSNSでメッセージを送った。

藤村京（ID:nightowl at the bottom）
昨日お会いした藤村京です。どうしても今、確認したいことができまして、不躾《ぶしつけ》ながらメッセージを送らせていただきました。
確認したいことというのは、先週の「STRUTTIN'」でのことです。何度も蒸し返すようで恐縮なのですが、いくつかご質問させていただければ、皆木さんがなぜ「消えた」のかが確認できそうなのです。
質問というのは、美川さんが試着室を見た時の行動です。
①試着室を覗いた時、及び中に入って確認した時、携帯を見ていましたか？
②試着室をどのくらい念入りに確かめましたか？

③試着室から出た後、すぐに店を出ましたか？
以上三点です。ご面倒とは思いますが、ご回答をよろしくお願いいたします。

送信ボタンを押すまでに何度も迷った。昨日会ったばかりの男子から突然こんな込み入った長いメッセージが届けば、気持ち悪いと思うかもしれない。文面はこれでいいのだろうか。何か失礼はないか。逆に馬鹿丁寧すぎて気持ち悪くないか。よく分からなかった。いきなり質問されて気持ち悪く思うだろうか。謎を口実にメッセージを送りまくってくるのではないか、と怖がられ、返信がないままブロックされるかもしれない。そして美川さんは加越さんや皆木さんたちに話す。「あの藤村って人が長文のメッセージ送りまくってきて気持ち悪い」——目に浮かぶようで頭を抱えたくなるが、そこまでの反応はされるだろうか。あるいはもっと気軽に「えっ何これ気持ち悪い」と無視されるだけかもしれない。

だが、悩んでいても始まらない。まあ仮に気持ち悪く思われても致命傷というほどではないだろう、と自分を鼓舞し、ようやく送信した。
そうしたら驚くべきことに、数分で返信があった。

なつ（ID:natsu-yoshikawa）
すごい丁寧でびっくりしたんですけど

①携帯は見ていました。音楽を聴いていたので、画面を見て操作しながら
②自分なりにしっかり見たつもりです…狭かったし、見落としはなかったと思います。ついでに自分も試着したので五分くらいは入ってたはずです
③すぐに出ました。外にいるかもしれないと思ったので
こんな感じでいいですか？

それと、さっき皆木さんとID交換できました。里中君が紹介してくれたんですね。ありがとうございます！


すでに二人はＩＤを交換しているらしい。俺のメッセージにすぐ反応があったのも、美川さんはまさに今、皆木さんとやりとりをしているところだったからかもしれない。

そこはめでたしめでたしだが。

俺の方も、どうやら予想以上の回答が得られた。やはり推理は間違っていなかったようだ。

なので、美川さんに送った。

藤村京（ID:nightowl at the bottom）
人間消失の謎がたぶん解けました。現場を見ればすぐ分かると思うので、もしよければ「STRUTTIN'」に来てください。今お忙しければ、後程またご連絡いたしま

すので。

返信があった。

なつ（ID:natsu-yoshikawa）

本当ですか？　すごい！　四限は取っていないのですぐ行きます。十分くらいで着きます

来るのか、と思い、ほっとした。何度も誘いのメッセージを送るのは正直、俺には心労が多すぎる。

だがもう一行書かれていた。

藤村君ってSNSだとよく喋るね

はいその通りです、と言うしかない。コミュ障にはよくあることである。

5

大変、運がよかったと思う。頼みの里中が、おそらくはサークルの用事を中座してまですぐに駆けつけてくれたからだ。

現在、「STRUTTIN'」の店の前には三人の人間がいる。俺と加越さん、それに文字通り駆けつけてきたらしくまだ少し呼吸が乱れている里中である。さっきから里中と加越さんがずっと喋っており、いきなり俺に呼び出された加越さんは俺の方をちらちら見たりはしていたものの、とりあえず場に気まずい沈黙が充満する事態にはならなかった。それがひたすらありがたい。

そして駅の方からは今、皆木さんと美川さんが歩いてきた。無事に友達になれたようでほっとしている。それならここで解散、という気持ちが持ち上がるが、俺はやってきた二人に頭を下げた。

「来てくれてありがとうございます」

決まり文句でいいならわりと喋れる。「あの、メッセージに書いた通りで」

「皆木さんがどうして消えたか、分かったんだよね？」

美川さんが反応すると、隣の皆木さんは「やれと言われてもできないけど？」とでも言いたげな困惑を浮かべてこちらを見る。

「やー、相変わらずすげえな藤村」里中が俺の肩を叩く。「もう大船に乗った気分でいいよ。俺、こいつが小学校の頃から知ってるけど、マジ名探偵だから」

里中がやや自慢げなのがくすぐったい。その通り、と言いたげに加越さんも微笑む。

四人分の期待は正直重いが、推理に間違いはないはずだった。店内の平面図も確認したし、皆木さんは今も、パンダの描かれたトートバッグを右肩にかけている。

「何？　中で説明するの？　じゃあ入ろうぜ」

里中はすばらしい司会進行ぶりを発揮し、俺がどう頑張っても開けられなかった「STRUTTIN'」のドアを軽々と開けて店に入る。俺も皆に続いて入ったが、五人もまとめて客が来たためか店員さんがこちらを見ていた。推理が終わったら買い物をしますいませんすいません、と心の中で唱える。

「ええと、先週の状況を再現すると、同じことが起こると思うんです。つまり、皆木さんが消える」俺は皆木さんを手で指すか指さないか迷い、結果、右手が意図不明の中途半端さでパタパタと動いた。コミュ障は声だけでなく動作も曖昧《あいまい》である。「美川さんがいたのは入口付近のこのあたりですよね。じゃ、皆木さん。先週と同じように商品を手に取って、試着室に入ってくれますか。いいと言うまで出ずに」

偉そうな言い方になってしまったと思うが、皆木さんは無表情のまま首をかしげる。

「……何を持ってたか、もう覚えてないけど」

「そこは大ざっぱでいいです。シャツとデニムとニットでしたよね」

皆木さんは表情こそ訝しげだったが、一つ頷くと店内を回って、言われたものを腕にかけていく。別に買うわけではなくてもどれを手に取るか迷うようで、わりと時間がかかった。だが里中はもとより、加越さんも美川さんもそれぞれ謎解きをする顔になっており、観察されている皆木さんはやりにくそうだった。

「……で、美川さんは皆木さんが試着室に入るところを見ていなかった。ので。美川さん、そちらを見ないで買い物をしていてください」

ああ変なところで切ってしまった、やはり長々と喋るのは苦手なのだ、と思うが、美川さんは頷き、すぐ横の台に並ぶ帽子を見始めた。加越さんも真似をしてハットをかぶり、キャスケットをかぶり、ベレー帽をかぶる。どれも似合うのがすごいなあと思ったら里中が言った。「加越さん全部似合う。かわいい」俺もこういう時さらりと言えたらいいのにと思う。

俺は店の奥に視線をやり、皆木さんに頷きかけた。皆木さんは伝わったのか伝わっていないのか分からないまま、試着室のカーテンを開けて中に消えた。

俺はこっそり拳《こぶし》を握った。やはり、予想した通りだ。彼女は左手でカーテンを開けた。

さっきのカフェテリアで、皆木さんは左手でスプーンを使っていた。それだけで絶対にそう、というわけではないが、彼女は左利きなのだ。そして授業の時、彼女は右隣の席にバッグを置いていた。左の席も空いているのに右隣に置いたということは、彼女はいつも、パンダの描かれたあのトートバッグを右肩にかけているのだ。今もそうだったし、授業が終わって出ていく時もそうだった。

バッグをどちらの肩にかけるかは人によって違う。俺は利き手で中身を出したいから利き手のある右側にかけるが、利き手側を空けたい、という理由で利き手の反対にかける人もいる。皆木さんはそうなのだろう。

そして利き手を空けるために反対側にバッグをかけているのだから、手を伸ばして何かをする場合、空いた利き手の方でするわけだ。だから皆木さんは、この店でも左手で服を取った。一着ならそのまま左手に持って試着室に行ったかもしれないが、三着、しかも離れた売り場にあるものを手に取っていた以上、彼女は左手で服を取っていったん右腕にかけていたことになる。これにより右腕はバッグと服で埋まる。したがって皆木さんは左手で試着室のカーテンを開けたはずだと、俺は予想した。その通りだった。

続いて美川さんに言う。「先週と同じ感じで試着室を見にいってください。携帯、出してましたよね」

「はい」美川さんは携帯を出すが、思い出したようにポケットからイヤホンを出し、丸められて複雑に絡まっているコードを加越さんに手伝ってもらいつつ伸ばした後、耳に入れた。「音楽聴いてた、けど……曲は覚えてないよ？」

「あ、そこはいいんで。そのまま先週みたいに、試着室に皆木さんを捜しにいってください」

小学校が一緒だった里中より、加越さんの方が先に気付いたようだった。なぜか売り物のハットをかぶったままの彼女は、あ、と言って手をぽんと叩いた。「もしかして」

美川さんの方はまだ分からないようだ。先週持っていたものを思い出そうとしてくれているらしく、首をかしげながらワンピースを手に取り、携帯を持つ左腕にかけて試着室に向かう。

これも予想通りだった。昨日、定食屋に行った時、美川さんは右側に座った。左利きの人は通常、隣の人と腕が当たらないよう気を遣って左端に座ることが多いから、そうしなかった美川さんはおそらく左利きではなく右利き。そして美川さんは携帯に一眼レフを模したごついカバーをつけている。女子の手の大きさでは片手で持って親指で操作するのは困難だから、美川さんは片手に携帯を持ち、もう一方の手で操作したはずだった。そしてスマートフォンは「片手で持って同じ手の親指で操作する」場合はどちらの手でするのかバラバラだが、「片手で持ってもう一方の手で操作する」という場合、大部分の人が利き手の人差し指で操作する。親指の場合はそうでもないのだが、人差し指で操作する場合は、利き手でないとやりにくいのだ。つまり美川さんは「消失事件」の時、左手に電話機を持って右手で操作していた。そして電話機で左手が埋まっているから、右手で服を取り、左腕にかけた。左腕は埋まっていて右腕は空いている。つまり美川さんの方は、右手で試着室のカーテンを開けたことになる。

これが重要なのだった。皆木さんはさっきやったように左手で、美川さんは今やっているように右手で試着室のカーテンを開ける。すると……。

「あれっ？」試着室の方から美川さんの声がした。行ってみると、彼女はカーテンを開けたままこちらを振り返った。「いないよ？」

「マジか」

「なるほどー」

分かっていない里中と分かっている加越さんが美川さんの方に行き、彼女が持ち上げているカーテンを開けて中を見る。試着室には誰もいなかった。

「なんで？」美川さんが俺を見る。

俺は試着室を指し示して答える。「あの、開けてみてください。反対側を」

「えっ……」美川さんは試着室の左側を見る。そして「あっ」と言いながらカーテンを左から全開にした。「こういうことか！」

短い悲鳴が聞こえ、驚いた様子で眼鏡を直す皆木さんが現れた。

「……どういうこと？」皆木さんはそう言いながら身を乗り出したが、里中がカーテンを右側から開けて中に入るのを見ると、ああ、と頷いた。

そう。たったこれだけのことだったのだ。誰もトリックを仕掛けていないのに、人間消失が起こった理由。

加越さんが両手で、試着室のカーテンを左右に開いた。壊れるのではと思ったが、カーテンの真ん中は磁石でくっついているだけだったようだ。右から里中が、左から皆木さんが出てくる。そして二人の間には白い壁がある。明らかに後から付け足したパーティションだった。

試着室は二室あったのである。一枚のカーテンで覆われていたから一室に見えていただけなのだ。実際にはカーテンも二枚あり、真ん中の所で左右に分けられる。もっとも真ん中は磁石で留められているから、普通はそれぞれ左右から開けるわけなのだが。

　事件時、皆木さんは左手でカーテンを開けた。通常、左手でわざわざ右側から開けるようなことはしないから、左側から開けて左の部屋に入ったのだろう。その後、美川さんが右手でカーテンを開けた。これもやはり右側からカーテンを開けたのだろう。カーテンが一枚につながって見えるので、二人とも試着室が二つあるとは思っていなかった。そのため、美川さんが「右側の試着室」に入って中をあらためている間に皆木さんが「左側の試着室」から出ていってしまっても気付かなかったのである。物音はしただろうが、美川さんはイヤホンで音楽を聴いていた。

　現場をよく見れば、すぐに気付くことだった。だが現場を見る前から予想はついた。平面図に書き起こしてみると、トイレとの比較ではっきり分かる。試着室は横長で、決して狭くはないのだ。だが実際に試着室に入った里中も美川さんも「狭かった」と言っていた。そして昨日、試着室に入った里中は半分だけカーテンを開けて出てきた。里中からすれば全開にしたつもりだったのだろう。

　真ん中の仕切りだけパーティションである点からすれば、もともとこの店の試着室は一室だけだったと推測できる。それをあとから二つに分けたのだろう。調べてみたが、売り場面積が二十坪を超える場合、試着室は二つ以上あるのが望ましいらしい。この店は三十坪近くあるのだから、試着室が一つしかないと考えるのがそもそもおかしかったのだ。掲示板には「試着室は広いしトイレも綺麗」という書き込みがあったが、これは試着室を分ける前の話なのだろう。

あるいは店員さんが皆木さんを試着室に案内する際に説明をしていれば、少なくとも皆木さんはこの事実に気付いていたはずだった。だがいちいち試着室に案内してもらうほどの大きな店ではないし、店員さんも基本的には一人しかいないようだ。無口な皆木さんのこと、試着室を指し示してアイコンタクトをとるなどして、さっさと入ってしまったのだろう。

結果として、誰もトリックを仕掛けていないのに人間消失が起こってしまった。

「ああ」美川さんが右の試着室を覗き、左の試着室を覗き、感心した様子で頷く。「なるほど」

そこに、後ろから声がした。「あのう、お客様」

「あ」それはそうだと思った。怒られるに決まっている。

だが里中がにこやかに応じた。

「あ、すいません。実は今、この試着室のことで友達と盛り上がっちゃってまして。ここ面白いっすよね」里中はカーテンを左右に動かす。「先週なんですけど、こっちの子が試着室に入って……」

里中が笑顔で事件のあらましを話すと、店員さんは「ああ、すみません」と中国語のアクセントで笑った。店長だったらしい。「マジックのようになってしまいましたね。何か印でもつけましょうね」

こういうのを見ると、里中には敵《かな》わない、といつも思う。包み隠さず率直に話す。簡単なようで難しいはずのそれを、こいつはいつも軽々とやってのける。

結局里中は「サークルに戻る」と言って何も買わずに出ていき（やはり中座して来てくれたのだ。ありがたい）、それと一緒に皆木さんと美川さんも出ていき、俺は加越さんと一緒に買い物をして、驚くべきことにシャツを一枚買って出た。加越さんがのんびり買い物を始めたから待っていたのだが、なんとなくシャツを見ていたら、彼女が「こっちの方が似合うと思う」と選んでくれたのである。そもそも最初は里中にこれをやってもらいたくて店に入ったのだが、結果オーライである。あまりにオーライすぎて、四千八百円の出費も別に痛いと感じなかった。


「面白かったね」

店を出て歩きながら、加越さんがまず言ったのがそれだった。「さすが名探偵」

彼女はさっき買ったハットをもうかぶっている。似合う。

「……いや、ちょっと調子に乗った」

「そう？　すごかったと思うよ」加越さんはハットにまだ一つタグがついたままだったのを発見したらしく、手でぶつりとちぎり取った。「それに、藤村くんもわざとああして、みんなの前で推理を披露したんじゃないの？」

いきなり言われたのでぎょっとした。行動がいちいち突飛だからそちらの方に目が行ってしまって忘れていたが、加越さんはけっこう鋭いのだ。

歩きながら首をすくめる。西千葉駅を通過する電車の音が聞こえてくる。「……いや、そういうわけじゃ」

「私もさっき、携帯であのお店を検索してみたんだけど、試着室に入った学生が消える、っていう噂、前からあったんだね」加越さんは帽子の最適な角度を探しているらしく、歩きながら脱いではかぶり、を繰り返している。「オルレアンの噂そのものだね。西千葉なのに」

別に、とぼける気はなかった。「……ほっといてもよかったんだけど」

加越さんがお察しの通りである。今回の件は、一九六〇年代のフランスで流れた「オルレアンの噂」そっくりだった。

一九六九年五月、フランス中部の都市オルレアンで、ある噂が流れた。あるブティックの試着室に入った女性が消える、というのである。噂によれば、その店の試着室には隠し通路があり、試着室に入った女性は薬物を投与されて連れ去られ、外国に売られるのだという。

試着室という空間はトイレやエレベーター同様、外から見えない空間で、入る時にかすかに不安を覚えるものだ。考えることは皆同じらしく、同様の噂は一九五〇年代からすでにみられたという。また一九六九年の段階では、ブティックという形態はまだ新しい文化であり、これに馴染めない女性たちが噂の拡散装置になったとも言われている。

それ自体はよくあることで、つまり、ここまでなら通常の都市伝説だった。

だが噂が一般化すると、「試着室に入った女性が消える」と名指しされる店は六軒に増えた。問題なのはそのうちの五軒がユダヤ人の経営する店で、残る一軒も店舗の前所有者がユダヤ人だったことだ。つまり女学校の生徒たちが囁く他愛もない噂が、社会に浸透するにつれヘイトスピーチ化していったのである。女性の連れ去りが報道されないのはユダヤ人が警察やマスコミを買収しているからだ、という陰謀論も流れ、店を暴徒が取り囲む事態も起こった。そして反人種差別団体やマスコミが噂を訂正して鎮静させると、今度は「あの噂は反ユダヤ主義者が流した」「新聞社が自分で起こして自分で鎮静するマッチポンプだった」というカウンター的な噂がまた広まった。間違いなく、最初の噂に反ユダヤ人的要素を付け加え、ヘイトスピーチ化させた人々が自分を正当化するために広めたのだろう。

最初に「STRUTTIN'」の噂を聞いた時、俺の頭にまず浮かんだのが、この胸糞悪《むなくそ》くなる話だった。店主は中国人であり、半世紀の時を経て、オルレアンの亡霊が西千葉で蘇《よみがえ》る可能性もなくはなかったのだ。現代の日本でも、社会的弱者を狙ったデマは飛び交っているのだから。

「たとえばSNSで、『真相はこうだと思います』って送っただけじゃ、美川さんも皆木さんも『ふーん』で終わっていただろうね」加越さんはやっと帽子の角度が決まったらしく、「どう?」と訊いてきた。感想を求められるとは思っていなかったので「あ、お見事です」と珍妙な答えを返してしまったが、満足した様子である。「だからわざわざ二人を呼んで『体験』させた。ただSNSで『推測』を聞いただけよりずっとヴィヴィッドな体験になるよね。そうすれば二人とも、何かきっかけがあれば友達にその話を広めるかも。それはデマに対する『ワクチン』になる」

ヴィヴィッドな、という単語を耳の中で転がす。俺なら使用を避ける「非日常単語」だが、加越さんは別に気にしていないらしい。そう。彼女の行動は俺同様、あるいはそれ以上に奇矯で目立つ。だが俺と決定的に違うのは、そのことを別に気にしていないらしい点だ。

頭の中で「大学の友人」二人を並べてみる。鬱陶《うっとう》しがられるのも覚悟の上で他人の中に飛び込んでいく里中。周囲からどう思われようと特に気にせず自由気ままな加越さん。どちらも俺には無理で、別世界の住人に見える。

だが、加越さんは微笑んで褒めてくれる。「藤村くん、すごいね」

「いや……」

単に推理を披露していい気になりたかっただけではないか、という疑念が自分の中にずっとある。ミステリで定番の「名探偵、皆を集めてさてと言い」だが、あれは要するに探偵の自己顕示欲ではないのか。俺もコミュ障で他人と会話をするのが苦手だが、それと自己顕示欲の有無は別だ。自慢の推理を披露して「すごーい！」と言われたいという欲はある。恥さえかかないなら、コミュ障だってもっと喋りたいのである。

もっとも、「実演して再現」という形をとったのは、その方が俺が喋らなくて済むからでもあった。現に俺はさっき、自分の推理の大部分を喋らずに済ませている。皆を集めてさてと言うためにはつっかえず、滑らず、適切な音量で長々と、しかも挙動不審にならずに一席、喋りきる能力がいる。皆の前に一人で出て、視線を集めながらだ。少なくとも今の俺には絶対に無理だ。反論が一つ飛んできただけで「あ……」と固まる自信があるし、そもそも事件関係者たちの目を見て話せない。

「まあ、一応……」とはいえ解決したのだから、少しくらいお説教めいたことを言ってもいいのかもしれない。「大学生はもう少し知的でないと、と思った」

「私も賛成」加越さんは笑わないでくれた。「せっかくだからごはん行かない？　ちょっと遅くなっちゃったけど、お昼」

「えっ」当然ながら俺は二限終了後に昼を食べている。「加越さん、さっきチャーハン食べてなかった？」

「あれは朝……は、食べたか。お昼ごはん……も食べた。あれ。じゃあさっきの何だったんだろう」

　どうしてこの人太らないんだろうと思うが、断る理由はない。俺が頷くと、加越さんはこれから食べるのが何なのかを真剣に悩み始めた。「このままだと夕飯もさっき食べたことになっちゃう……あ、じゃあスペイン式は？」

　どういうことなのか、訊かれても分からない。しかし加越さんは重荷が下りたとでもいうようにぱっと顔を輝かせた。「スペイン式で、朝のはDesayuno《デサジューノ》(朝食)、昼のはAlmuerzo《アルムエルソ》(朝のおやつ)。さっきのチャーハンがComida《コミダ》(昼食)」

初めて聞いた。「……スペインの人って一日に何回食べるの?」

「五回。だから今は四回目のMerienda《メリエンダ》(夕のおやつ)。あと一回いける*6」

「……確かスペインって、Siesta《シエスタ》(昼寝)も」

「そう」加越さんは頷く。「日本人ももう少し楽した方がいいと思う。労働生産性はG7最下位。睡眠時間はOECD加盟国三十六ヶ国の調査ですら最下位だもんね」

よく具体的にデータを言えるものだと思う。記憶力がおそろしくいいのだろう。想像がつかないとはいえ大学が終われば自分もそこに飛び込むのだから暗澹《あんたん》たる気持ちになるが、それはまだ考えないことにする。加越さんみたいな人が経営者になればいいのにと思うが、こんな人はなかなかいないだろう。

俺は就職した自分を「司法試験に通って弁護士になったパターン」と「司法試験は無理で一般企業に就職したパターン」で想像しようとした。どちらも灰色のもやもやがあるだけで無理だった。

歩きながら上を見る。空はまだ明るく、電線の上ではヒヨドリが一羽、きょろきょろと首をかしげている。まあ、まだ先の話だしな、と頭の中で呟《つぶや》き、今は考えないことにした。

＊6　Cena《セナ》(夕食)がある。本当にこうらしいが、日本人が真似をすると太る。

第三話　カラオケで魔王を歌う

ベッドの加越さんは目を閉じたままである。手当てをしている時にすでにぐったりしていたから着替えさせる余裕などなく、とりあえず羽織っていたものは皆木さんが脱がせてくれたものの、あとはそのままの服装で横たわっている。横向きにさせることは成功したので、嘔吐《おうと》した時の呼吸困難は大丈夫だろう。本人は今のところ苦しそうな様子もないが油断はできない。投げ出された手に巻かれた新しい包帯も痛々しい。「呼吸が止まっているのではないか」と不安になるが、よく見ると掛け布団から出た肩がわずかに、ゆっくりと上下していた。ほっとして目をそらす。一方的にじろじろ見るのは失礼だし、下着やら何やら皆木さんに緩めてもらったので、本人としてはあまり人に見せたくない姿だろう。

それに、部屋にいる里中と皆木さんに話さなければならないことがあった。俺は口を開いた。

「……犯人、誰だと思う？」

今は彼ら二人だけになっている。だが、さっきまで一緒にいたメンバーの中に、加越さんをこうした犯人がいる。俺はそう確信していた。

1

入口の重いドアを開けると密室だった。頭の中が白くなった。

六人利用ということで案内されたその部屋は予想より広かったが、分厚いソファと巨大なモニターが空間を埋め、完全防音の窒息感とドアの覗《のぞ》き窓からしか外が見えない閉《へい》塞《そく》感が「ここに入ったが最後、どんなに叫んでも外の人は気付いてくれない。助けてくれない」というプレッシャーを与えてくるため呼吸が浅くなり心拍数が上がる。コミュ障にとってこの部屋は「処刑室」または「拷問室」だった。

もちろん、普通の人間にとっては「カラオケルーム」である。完全防音の窒息感は「どんなに叫んでも皆の迷惑にならない」という解放感になるのだろうし、外が見えない閉塞感は「この空間は好きにしていいのだ」という高揚感になるのだろう（たぶん、俺が漫画喫茶の個室に入った時と同じだ）。実際、喜び勇んで笑顔で「よーっしゃ」とソファに陣取る錦織《にしきおり》君は巣穴に戻ったリスのように元気だし、入るなり傍らのマイクスタンドからマイクを抜き「消毒済み」のビニールをぱっと外す佐野《さの》さんは、駆け足でガンラックからマシンガンを抜いていく「映画でよくある特殊部隊員の出動シーン」のようであった。二人とも目が活《い》き活《い》きと輝いている。続く里中も「久しぶりだ」[*1]「歌える曲あるかな？」とかなんとか言いながら錦織君の操作するデンモクを覗き込んで楽しそうなので、「お前もそっち側の人間か」と思う。加越さんはというと、来る前こそこちらに気を遣ってくれた様子で「カラオケ好き？」と訊《き》いてくれたが、俺がもごもごしていると「まあ、歌うの好きじゃなかったらごはん食べてればいいしね」と納得してしまい、今は真っ先にフード注文用のタブレットをいじっている。さっき食べてきたのに。げっそりしているのは俺だけか、と思ったら、スリップストリームよろしく俺の後ろに隠れていた皆木さんも、ソファに座ると困ったように俯《うつむ》いていた。あまり喋《しゃべ》らない人であるし、俺同様にカラオケが苦手らしい。苦手派が一人でなかったことに少し安心する。

他人と話をするのは苦手だがカラオケは好き、というコミュ障も一定割合存在する[*2]が、俺はそうではなかった。歌は下手だし声域が狭くてすぐ声が裏返るので人前で歌いたくない。そして何より「カラオケで歌ってもよい歌」を知らない。正確に言うとカラオケが苦手なのではなく、カラオケにまつわる暗黙のルールあれこれが苦手なのだ。選曲は「皆が知っていて、なおかつ盛り上がる」曲でなければならない。つまり基本的にジャンルはポップスしか許されない。なおかつバラードを始めスローテンポな曲はＮＧ、もちろん洋楽もＮＧ、スキャットめいた早口が続く難曲もＮＧ、古い曲やアニメ・特撮系のテーマソングは一応ＯＫだが以後馬鹿にされ「あの人カラオケ行ったらアニメの曲ばかり歌った」と陰口をたたかれる可能性がある。つまり基準を満たす「正解」は「二年以内に発表されたＪ－ＰＯＰでアップテンポかつ歌いやすく盛り上がるもの（二年以内であっても一時期わっと流行《はや》ってすぐに廃れたようなものは除く）。なおかつ皆がある程度知っていて一緒にのれるような曲」でなければならない。無論、誰かが一度歌った曲は厳禁。正直なところ房総大学の入試よりよほど厳しい。そして他人が歌っている間はその歌を無視して曲を選んだり、携帯をいじったり、逆に勝手にハモったりしてはならず適度に合いの手を入れ作法に則《のっと》った手拍子を入れるなどして盛り上げなければならない。音痴が歌うと場が寒くなるのである程度上手《うま》くなければならないがあまりプロ的な上手さで歌うとやはり空気が冷えるので、適度に下手に歌わなければならない。そしてもちろん、歌わなければならない。皆が歌っているのに、自分だけ頑《かたく》なに歌わないことをマナー違反だと考えている人間は多い。明確に不機嫌にならないまでも「ちょっとね……」程度に言う人間が大半なのだ。カラオケに行った以上、どんなに歌が下手で恥ずかしくても、人前に出たくなくても、知っている曲がなくても歌わなければならないのだった。なぜわざわざ金を払ってまでこんな苦労をしなければならないのだろうかと思う。

隣の部屋からかすかに聞こえてくる演歌めいた歌声をバックに思案する。さて、どうしのぎきるか。錦織君はフロントで「とりあえず二時間」と言っていたから、二時間で解放されると考えない方がよさそうだ。二時間（＋α）の間に何回俺に「藤村君は歌わないの？」とマイクが回ってくるだろうか。それをどうかわすべきだろうか。フードメ

＊1　「電子目次本」の略語。
＊2　その場合、マイクを握った途端に大声が出るため「人格が変わった」と言われる。

ニューが充実しているようだからメニューを見るふりをし、加越さんと一緒に食べまくるふりをすればその間は逃げられるが、あいにくさっき皆で飯を食べてしまっておりそれほど胃に入らない。ドリンクも充実していてバラライカだのスクリュードライバーだのと揃っているからさっさと飲んで酔っぱらってしまうという手もあるが未成年だ。隣の部屋のドアが開いたらしく演歌の歌声が大きくなる。あれは森進一《もりしんいち》の〈襟裳岬《えりもみさき》〉だなと判断し演歌なら小さい頃祖父と一緒に歌っていたと思い出したが、この席で歌うのはリスクが大きすぎる。

　常に周囲に気を遣う里中がドリンクのオーダーを取ってくれたので「コーラで」と即答する。歌わない上に食べる余地もあまりなく、本や携帯を出すのもマナー違反となれば、手持ち無沙汰《ぶさた》を避けるためのほとんど唯一の手段が「自分の飲み物をちびちび飲み続ける」になる（そもそもカラオケで他人が歌っている間、本を出している人間がいたら尊敬する）。それには炭酸飲料の方が好都合だ。同じことを考えたのか皆木さんが「二つで」と続け、錦織君は「えー俺は飲むよ？　ハイボール濃いめってできますか？」と気軽に法令違反をした。俺たちは全員まだ十八か十九だが、そういえば入店時、錦織君は里中を押しのけて手続きをし、カウンターの上にばん、と身分証を出していた。あれは彼の兄か何かのものだったらしい。大丈夫なのかと思ったら加越さんが言った。

「私はオレンジジュース。まだ未成年だし」

　じゃあ錦織君はどうなるんだという疑問で場の空気が一瞬冷め、錦織君と加越さんのおそらく両方をフォローしようとして里中が続ける。「俺は飲むぞ！　えーとこれ。ソルティドッグ」

「私はコーヒー牛乳」佐野さんはデンモクを置いて言う。喉《のど》をいたわるためにそのチョイスなのだとしたら彼女は本気だ。画面には一曲目が表示された。

隣に座った里中がデンモクを取って「いやー最近の曲は知らねえし」とか言いつつ楽しそうに動くのを尻《しり》の振動で感じながら、俺は顔を伏せていた。とりあえず最初はいいのだ。錦織君も佐野さんも里中も歌いたくてカラオケに来たのだから、最初の一曲ずつ、おそらく三人合わせて十五分程度は歌ってくれる。だがそれが終わればこちらにお鉢が回ってくる。錦織君たちは「藤村君歌わないの？」と善意でマイクを回してくるだろう。断ったとしても、俺を飛ばして自分の二曲目を入れてくれるかどうかは分からない。すぐにそうしてくれればいいが、申し訳ない、などと思われてしまったら場の空気がシュンと冷めてしまう。カラオケの空気というのは性能の悪いエンジンのようなもので、最初にうまく勢いがつけば予約曲数がＭＡＸまで上がったまま持続するが、最初にうまく回転数が上がらないとずっと予約曲数が０のまま重苦しい空気が続くのである。そしてもしそうなったら、それは俺のせいということになる。

曲が流れ始めた途端普段とはまるで違う美声を披露し始めた佐野さんを見つつ、どうしてこうなのだろうな、と思う。カラオケそのものは素晴らしい娯楽だと思う。紙芝居に見世物小屋に射的にピンボール。あらゆる娯楽が廃れていく中で（見世物小屋は別の問題だが）日本発の「KARAOKE」はアジアを中心として世界各国に広まっている。カラオケハウスは料理にマイクに採点機能、楽しく盛り上がり心地好《よ》く歌うために進化を続けている。だが皆とカラオケに行く時のこの様々な謎マナーは何なのかと思う。皆勝手に歌えばいいじゃないか。他人が何を歌うかなどどうでもいいじゃないか。どうせ全員ど素人、好き勝手に叫んで気持ちよくなるために来たのではないのか。だがおそらく客がカラオケで満たしたいと思う欲求は二つあるのだ。純粋に叫び、歌う肉体的な欲求と、歌を他人に聴いてもらいたいという自己顕示欲。俺個人としては「金を払って友達に我慢してもらった上で公平に順番に満たす自己顕示欲」など寒気を覚えるのだが、そのことすらも承知の上で仲良く自己顕示欲を満たしあう遊びというのもそれはそれで大人の娯楽という気がするし、疑問を持たない人の方が多数派なのだろう。そして、だからこそたくさんの悪しき文化、謎マナーも生まれたのだろう。

佐野さんが歌い終わり里中が立つ。やはり空気を読んで、話題になった昨年のドラマの主題歌を歌っている。俺はあの曲は有名なサビの一部しか知らないしキーも合わないが、錦織君と佐野さんは知っているらしくマイクなしで一緒に歌っていた。俺はなんとなく音の聞こえない手拍子をしたりやめたりしながら計算した。曲の間のロード時間なども含めれば一曲五分と計算できる。取ったのは二時間だから百二十分÷五分で二十四曲、終了前にアナウンスがあるはずだからぎりぎりまでは歌えず二十三曲といったところだろう。これを六人で回せば一人頭四回、最後に歌えば三回マイクが回ってくる計算になる。もちろん錦織君らが延長する可能性は大きいが、その場合はもう歌わなくてもそう目立たないだろうし、そこで帰っても一応言い訳はたつ。つまり三回、回ってくるマイクをどうにかごまかして避ければいいのだ。だがこれは机上の計算に過ぎない。現に皆木さんは、そんなに時間をかけて見るものでもないだろうにおすすめフードメニューのプレートをじっと見たまま地蔵のように動かない。加越さんは注文をずっと続けている（いくつ頼む気だ？）。どうもこの二人は戦力にならなそうだ。とすると百二十分÷五分÷四人となって一人頭六曲にまで増えてしまう。さすがにこれでは避け続けるのは無理だ。最後の一回は「俺もういいから」と歌いたそうな人にマイクを回してしまえるかもしれない。途中、トイレに立てば一時的にしのげるかもしれない。一曲歌った後なら「ちょ、喉やばい」とか言って逃げることも可能かもしれない。だが最低一回は絶対に歌わないと駄目そうだ。一曲。せめて一曲、基準を満たす曲がどこかにないだろうか。おそらく遠回しに選曲を促す意味で俺の眼前にデンモクが置かれており、誰も手に取らない。俺はとりあえず手を伸ばして膝《ひざ》に載せる。

　里中の次は錦織君である。だが現在、予約されている曲はその一曲だけで、再び佐野さんが歌ってくれる様子はない。もうすでに、マイクがこちらに回ってきてしまいかねない状況だった。

　里中が適度に声を裏返らせつつ歌い終えると、続いて錦織君が歌いだした。歌詞がマシンガンのようなテンポで流れ、二行しか表示できない画面ではあっという間に表示が切り替わって知らない人には何がどうなっているのか分からないあのタイプの曲だ。「マイクを長く持っている」ところからしても歌に自信があり[*3]、この速い曲を落ちずに歌えるからこそ最初に選曲したのだろうが、やはり純粋にすごい。加越さんも笑顔で拍手している。しかしこれが終わったら次には誰の予約曲も入っていない。カラオケで曲が終わった後、次の曲を誰も入れずに動きが止まり、画面上に静かに宣伝が流れ続けるあの時間は辛《つら》い。せっかく盛り上がっていた空気が止まってしまうし、現に今も佐野さんが「入れないの？」と言いたげにこちらをちらちら見ている。「俺のことはいいから先に行け！」と字面だけなら恰好《かっこう》いい台詞《せりふ》を吐きたいがその勇気が出ない。むこうは二曲目、三曲目に歌う曲も決まっているのに遠慮して入れないのかもしれない。つまり今、俺がボトルネックになっているのだ。溶けて消えたい。

まずい流れだと思ったが、まだお互いに遠慮する部分があるのは仕方がないことだった。里中はもとより、加越さんや皆木さんとは先月のオルレアン騒ぎの後、わりと接触する機会があり、里中が皆を誘ってくれて四人で飯を食べたりということを何度かしている。俺と皆木さんはほとんど喋らないため基本的に里中と加越さんが喋っているだけではあったが、まあ親しいと言えるかもしれない。だが残りの二人、錦織君と佐野さんは学科も違う。ただ第二外国語のスペイン語が一緒で、授業でいくつかのグループに分かれて発表をする際、たまたま席が近かったから一緒に組んだだけの関係だった。知らなかったのだがスペイン語の授業は毎年そういうスタイルらしく、先生に「好きな人同士五、六人でグループを作ってください」と言われた時は「苦手なやつが来た」と凍りついた。大学になってまでこれをやらされるのかと絶望したが、里中と加越さんが一緒に受講していた上に、人が多くて気付いていなかったのだが皆木さんもいてくれたので、奇跡的に四人まで無条件で集まれたのである。そうなればあと一人二人吸収するのは簡単で、錦織君と佐野さんはむこうから寄ってきた。様子を見るに二人とも加越さんや皆木さんに興味があったようで、おそらく彼女らは一般教養の授業でも最前列に座っていて、周囲の学生に顔を覚えられているのだろう。快活で喋りのうまい里中と錦織君のおかげで発表は無事に済み、それどころか聞いている他の学生から好評だったため「打ち上げに行こう！」となったのだが、その後、錦織君が言いだしたのだ。「カラオケ行かねえ？」と。

本来、カラオケはある程度以上親しい友達同士か一人で行くものだと思う。お互いに何を歌っても平気で、細かいマナーなど無視できる関係になってからの方が楽で楽しいに決まっている。だから誰も賛同しないだろう、と思っていたのだが、佐野さんが「行きたい！」と手を挙げたのだった。彼女の様子を見る限り、単にカラオケが大好きなよ

＊3　逆に自信がない人は手でマイクヘッドを覆うように「短く」持ったり、「すぐにスイッチを切れるように」スイッチに親指をかけたまま歌ったりする。

うだ。

それならどんどん続けて歌ってくれればいいのにと思うが、現在、彼女は俺がとりあえず手に持っているデンモクを借りてくれる気配もない。借りたそうにはしているが、さんざんいじったのに一曲も歌わずにハイと返してしまっていいものかどうか迷う。「あれだけ迷って結局一曲も入れてないのかよ」と思われそうな気がする。かといって歌える曲など思いつかない。少なくともサビは覚えている曲なら何曲かはあるはずだがタイトルが出てこない。「あ」から順番に曲を見ていっても多すぎて見つからず「き」あたりで諦《あきら》めた。いや正直なところ「歌えるかもしれない」という曲なら二、三曲あったのだが、実際にマイクを持った時にキーが合うかどうか分からないし、サビとAメロ以外が出てこなくて固まってしまうかもしれず危険である。もしそうなったら「演奏中なのにマイクを持った人は黙って固まり、マシンの流す伴奏だけが静かに続く」という地獄絵図になり場の空気が冷える。同時に俺は「入れたのに歌えなかった奴」として恥をかく。リスクが大きすぎる。だが歌える曲は見つからない。佐野さんにそのままデンモクを返してよいかも分からない。「ちょっと喉が痛くて」という言い訳も考えたが、これは相手に対し「喉が痛い人をカラオケに連れてきてしまった」という罪悪感を抱かせることになるのでいわば禁呪法にあたる。順番的に言って次は俺にマイクが回ってくる。俺は追い詰められていた。

だがそこに救世主が現れた。「失礼します。こちらコーラ二つとコーヒー牛乳、オレンジジュース、それとソルティドッグとハイボール、濃いめですね」

助かった。俺は入ってきた店員さんを見てどさくさまぎれにデンモクを手放せたが、加越さんが先にトレーを受け取ってグラスを配り始めてしまったので、中途半端に中腰になっただけだった。

「はい、コーラ。コーヒー牛乳って佐野さんだよね？　これ二つお酒だよね。よく分からないので自分の取ってください」

加越さんはてきぱきとグラスを配り、区別のためマドラーがついているアルコール類二つはまとめてテーブルに置いた。ハイボールとソルティドッグの区別ぐらいつきそうなものだが、知らないらしい。

ソルティドッグを取ってぐい、と飲んだ里中がむせる。「うえっ、何これ塩？　こういうのなの？」

「知らないで注文したの？」と錦織君が笑うが、加越さんは「えっ？　塩塗ってるの？　面白い」とグラスの塩を指にとって舐《な》めた。「ほんとだ。塩だ」

とりあえずドリンクの方に注意がいってくれて助かった。どさくさまぎれに佐野さんにマイクを回せないだろうかと思ったら、加越さんがマイクを取った。「次、私ね」

しばらくすると、画面に彼女が入れた曲が表示された。

「魔王　シューベルト／曲　ゲーテ／詞」

全員が唖然《あぜん》とする中、加越さんは豊かな声量とオペラ歌手のようなヴィブラートを駆使し、美しく壮絶に〈魔王〉を歌い上げた。

2

俺は間一髪、加越さんのおかげで助かった。〈魔王〉は妙にテンポの遅い演奏のせいもあって歌っている途中こそ静かだったが、演奏が終わると里中が「ブラヴォー！」と叫んで拍手をしたため場の空気が「困惑」から「とりあえず賞賛する」に傾き（実際にオペラ歌手のようにうまかった）、なんとか場がもった。加えて加越さんはハイとマイクを佐野さんに渡し、俺と皆木さんは絶妙に飛ばされた。それから佐野さんが歌い、錦織君が歌う間にさっき歌ったことで気分が盛り上がったらしき佐野さんが三曲目を入れたためなし崩し的に順番が崩れ、うまいぐあいに俺と皆木さんは忘れられる形になった。里中が二曲目を歌った後、きつくて飲めないソルティドッグのかわりにオレンジジュースを注文し、それに乗って俺もタブレットを受け取って同じものを注文できたのもありがたい。コーラはまだ残っていたが、飲むものを多く確保しておくに越したことはなかった。私も、私も、と手を挙げる人が続いて結局錦織君以外の全員が注文したためオレンジジュース×五という味もそっけもない結果になった注文を送信し、手を差し出してくる加越さんにタブレットを返し(彼女はずっとタブレットを抱え込んでいた……)錦織君の歌に戻る。このまま順番が曖昧《あいまい》になり、のった錦織君と佐野さんと里中が歌い続けてくれれば。二時間ぐらいならそのままもしのげるかもしれない。

だが、えてして物事というのはそううまくはいかないものである。俺が安心して心の中でほくそ笑んだ直後、歌っていたはずの錦織君が突如マイクをゴトリと置き、部屋のドアを開けた。「ごめん俺ちょっとトイレやばい。あと歌っといて！」

突然ヴォーカルを失ったカラオケマシンがなすすべもなく伴奏を続けている。どうしろと言うのだ、と思ったら里中がマイクを取って続きを歌いだした。『君の手を握る時間を』……何だっけ？」

里中は流れている曲がうろ覚えらしく、歌声はところどころ途切れた。佐野さんは部分的に知っているようで、里中が切れると別のマイクで間をつないでいたが、歌いながらちらちらと外を窺《うかが》っていた彼女も結局、マイクを置いて出ていってしまった。「ごめん。私もトイレ」

「待って。『あの頃の僕達はただ』あれ違ったっけ？」

結局、里中は半分くらいしか分からない曲を遠慮がちな音量で歌い、後奏の途中で演奏停止を押した。次に入っていたのも錦織君の入れた曲だったが、本人がいないためこれも演奏停止を押すと、場が静かになった。回転数が落ちていく。止まる。

里中がマイクを向けてきた。「藤村、一曲ぐらい歌わないの？」

　味方のはずのお前がなぜその台詞を言う、と心の中で勝手な叱り方をしつつ断る。最初からずっとソファの隅に座っている皆木さんは「私に話を振っても無視しますから」という鉄のカーテンをひいて黙っている。現在、二十一時二十二分。入店が二十時四十分頃だったから三分の一程度はしのいだことになるが、まだ先は長いのに雲行きが怪しくなってきた。部屋は静かになってしまい、隣の部屋から鳥羽一郎《とばいちろう》の〈兄弟船〉が聞こえてくる。隣は演歌好き同士で盛り上がっている幸せなカラオケのようである。

　しばらくして錦織君が戻ってきたが、部屋が静かになっているので開口一番「あれ？」と言った。続いて戻ってきた佐野さんも「なんかリラックスしてる」と笑って残っていたコーヒー牛乳をちびちびと飲みだした。この二人が動かないとなるといよいよまずい。「そういえば藤村君一度も歌ってなくない？」と、いつ言いだされてもおかしくない。この二人には冷静にならずに盛り上がっていてほしかったのに。

躊躇《ためら》っている余裕はなかった。俺は先手必勝で立ち上がる。「俺もちょっとトイレ」まだ三分の一しかしのいでいないのにこの切り札を使うのは勿体《もったい》ない気がしたが、自分が「エリクサー一個も使わないタイプ」*4であることも知っている。表面上は「ご自由にお取り下さい」というていでテーブルに置かれているが先端はしっかり俺に向けられているマイクを無視して立ち上がる。

「じゃ、私が歌う」

加越さんがデンモクを操作し始めた。それを尻目に廊下に脱出する。カラオケ店特有のカラフルな照明で顔面が赤と青の半々に照らされているのを感じつつ、ふぅ、と息を吐いた。とりあえず危機は脱した。切り札は使ってしまったが、この時間に使ってしまったならかえって、あとで再度使うことも不可能ではないかもしれない。なにしろ俺は開始時から積極的にコーラをがぶ飲みしてきた。これはあとで「コーラ飲み過ぎた」「腹が冷えたかも」と言ってもう一度トイレに行くための伏線なのだ。このさりげなくかつ大胆な伏線はアガサ・クリスティレベルだろう。ふふん、と一人ほくそ笑んだら目の前に店員さんが来ていて、慌てて顔の筋肉を引き締めた。にやついているのを見られただろうかと浮き足立ちつつ体を壁に這《は》わせ、俺たちの部屋に注文したドリンクを持ってきたらしき店員さんとすれ違う。ドアを開けてあげた方がいいだろうかと思ったら、ドアの方が中から勝手に開いた。おっと、と驚く店員さんを避《よ》けて皆木さんが出てきた。

「あ」

皆木さんは俺を見た。「私も」

＊4　ゲーム『ファイナルファンタジー』シリーズの話。「エリクサー」は同シリーズに出てくるアイテムの一つ。強力だが手に入る個数が限られており、次いつ手に入るかも分からないため使用を躊躇いがちで、ゲーム開始時からクリアまで、結局一個もこのアイテムを使わないままいってしまう臆病者が続出する。将棋で言うなら「取った飛車角を使わずに負けるタイプ」である。

あっ、俺の切り札に便乗したな、とすぐに勘づいた。確かにあの状況、俺がいなくなったら彼女にマイクが回ってくる可能性が大きかった。俺としてはそれで彼女が歌って「まだ歌っていない人も歌った」ということになってくれれば好都合だと思っていたが、今、一瞬こちらを捉《とら》えた皆木さんの視線は「抜け駆けをするな」と言っていた。読まれていたらしい。

部屋の中から「O《オ》 Freunde……《フロオオオオオオオ》」と朗々たる歌声が聞こえてきたがまあいい[*5]。とにかく廊下を進もうとし、皆木さんに腕をつかまれる。「トイレ、こっちだけど」

「あ、ありがとう」

男同士の「連れション」文化のようなものは男女間にはないわけで変な感じがするが、同じ理由で席を立ったことははっきりしているから同志という連帯感はあった。かといって別ににこやかに話すということもなく、特に振り返りもしない皆木さんのあとについて迷路のような廊下を進み、店内奥のトイレに入る。廊下は狭かったがトイレは広く、綺麗《きれい》だった。一応、尿意は全くの嘘ではないのだ。便器に向かい、便器の上に貼られたカラオケマシンのパーティー機能と「もりもりストロングポテト」の広告を見つつ用を足す。今頃、部屋の空気はどうなっているだろうか。俺と皆木さんがどちらも消えたから、「まだ歌っていない人」にマイクを渡す流れは消滅したかもしれない。いいタイミングで切り札を使えた。さっきは一番歌う二人が相次いでいなくなって肝を冷やしたが。

そこで、何か引っかかるものを覚えた。さっき佐野さんがさっと「トイレ」に立ったのが、何か不自然だった気がするのだ。今の俺たちのように男女で「私もトイレ」という流れは通常あまりなさそうにも思えるし、「私も」と言うなら、錦織君が出ていった直後に立ってもよさそうなものだが、少し間があいたようだった。なぜあのタイミングなのだろうか。

　考えてみたが何も浮かばない。もちろん、何の意味もないちょっとした違和感である。考えたからといって人生には何の影響もないし、理由を解き明かしたからといってポケットティッシュ一つもらえない。措《お》いておいていいだろう。用足しも終わったのだし。

　もう少しこのままトイレにいようかとも思ったが、トイレに突っ立って一体何をしていればいいのか分からない。ジャージを着たお兄さんが顔を赤くして入ってきたのをきっかけに、とりあえず出ることにした。

　携帯の時計を見る。二十一時二十四分。二分しか経っておらず、切り札なのに勿体ない気がする。やはりトイレにまた戻ろうか、とも考えたが、それは完全に意図的で言い訳不能の「逃げる」行為であり、ちょっと一線を越えてしまう。だがやはりすぐに部屋に戻るつもりはなく、結果、トイレの前で中途半端にぐずぐずすることになる。

　皆木さんが出てきて、俺を見ると無言で立ち止まった。二人とも何も喋らないが部屋に向かって歩き出すこともせず、まるで決闘中のようにお互いを窺いあいながら身じろ

＊5　ベートーヴェン作曲、交響曲第九番第四楽章の一部で通称〈歓喜の歌〉。歌詞はシラーの詩。

ぎをしていたが、後ろからスーツの男性が携帯で何か喋りながら歩いてきたので皆木さんが避ける。男性は喋りながらそのままトイレに入っていってしまった。小便をしながら携帯で喋り続ける人というのは時折いる。

そのまま二人、潜入中の忍者のように壁に背をつけて並ぶ。何だろう、この絵面は。

皆木さんが、向かいの壁を見たまま口を開いた。

「……藤村君、カラオケ苦手？」

「う」なぜ訊かれたのかはなんとなく分かった。「ごめん。逃げてきた」

「いや、私も便乗させてもらったから」

お互いに分かっていることを口にしあうと、もう喋ることがなくなる。幸いなことに二人とも横並びで向かいの壁を見ているだけなので致命的な沈黙ではなかったが、それでもそわそわと相手の様子を窺う俺に対し、皆木さんは微動だにせず壁の一点を見ている。さりとて携帯を出すわけでもないので、まったく話をする気がないわけではなく「喋らなくても別に平気」という態度なのかもしれない。同じ「喋らない人」だが、俺よりだいぶ精神が強靭《きょうじん》なようだ。

カラオケ店の廊下は賑《にぎ》やかなようで静かで、静かなようで賑やかだった。廊下に流れているBGM、フロントの方から聞こえてくるやりとり、並ぶ部屋のドア越しにうっすら聞こえる歌声と低音部の振動。音源はいくつもあるが、そのすべてが音量を絞られていたり遠かったり壁越しだったりするという変わった静けさである。しかしそんな空気感を観察していられるのも一分かそこらの話で、皆木さんが全く喋らず壁を見ているので早くも俺はそわそわしてくる。何か喋った方がいいのだろうか。むこうは俺と会話する気はないのだろうか。それなのに無理に喋ったら「興味ないことずらずら話しかけてきて鬱陶《うっとう》しい」「なんでこんなおどおどしてんの」「視線が泳ぎっぱなしで気持ち悪い」「あと無駄な動きが多い」と色々に嫌悪されるのではないか。よく考えてみれば、里中や加越さんはともかく、皆木さんとは直接のつながりはほとんどなく、会話もしていないのだ。いや、皆木さんに限ってそんなに性格が悪いわけがない、というのは分かっているのだが、理屈で不安は消えないのである。コミュ障をコミュ障たらしめている最大の要因はこの、他人を信用しない、ある意味では意地の悪さとネガティヴな方向にだけ無駄に豊かであることと推し量ってしまう悪しき想像力なのであった。

だが、悶々《もんもん》とするのもそこまでだった。俺はなんとなく頷《うなず》いて壁から離れた。皆木さんの圧に耐えられなくなったというわけではなく、男女二人で「トイレに行く」と消えたまま二人ともいつまでも戻らないと、それはそれでまずいぞ、と気付いたのだ。まして皆木さんは俺を追うように部屋を出てきている。

皆木さんもすぐにそれを察したのか、後についてきた。部屋のドアを捜しながら携帯の時計を見て、よし七分半潰《つぶ》せた、とみみっちいことを考える。

ドアを開けると異様な光景があった。

「Seid《ザアアアイトオオ》 umschlungen《シュルンゲン》, Millionen《ミイイイリオーネン》! Diesen《ディイイイゼン》 Kuss《コス》 der《デ》 ganzen《ガアアアアンツエン》 Welt《ヴエエエ》……!」

カラオケルームの狭さにはとても収まりきらない遠大な発声で加越さんがまだ歌っていた。錦織君と佐野さんだけでなく、さすがの里中まで呆然《ぼうぜん》としてただ聴いている。俺と皆木さんが中に入ると、加越さんは笑顔で手を振りつつもテンポを崩さず歌い続けている。ドイツ語なのに画面の歌詞も見ていない。あらためて変わった人だなと思った。とにかくいちばん目立たない隅の席につこうかと思ったが、隅は皆木さんが先に確保してしまった。協力関係なのかライバルなのか分からないなと思いながら、とりあえずすでに飲み物が配られていたのでオレンジジュースの置かれている席に座る。加越さんは美しく朗々と、カラオケにあるまじきことだが神々しさすら感じさせる声と立ち姿で歌った。ちなみに〈歓喜の歌〉は全部歌うと非常に長く、普通はダイジェスト版が入っているはずだが、この店のマシンはノーカットで入っているらしく、加越さんは長々と歌った[*6]。歌い終わると割れんばかりの拍手と「ブラヴォー!」の声がカラオケルームを満たし、俺は一瞬、自分がどこにいるのかを忘れた。

加越さんは笑顔でこめかみの汗を拭《ぬぐ》い、皆木さんの隣にとん、と座った。「よかった。盛り上がった」

確かに盛り上がったなと思う。カラオケで想定する「盛り上がる」とはだいぶ違うが。その一方で予想外の事態に適切なリアクションが浮かばないのか、その後すぐに続く人がおらず、不穏に思った俺はとりあえず何か働こうと思って置かれたままのトレーを片付けようとし、溜《た》まっている水で手が滑って落としたりしながらあたふたした。そうしている間に佐野さんが次の曲を入れてくれた。「……加越さんの次、なんかすごくやりにくい！」

それでもとにかく、皆、加越さんに圧倒されて「誰が歌ったか」などどうでもよくなった様子である。その後は俺や皆木さんにマイクが回ってくることもなく、「そろそろお時間です」のメッセージが画面に表示されるまで、二時間のミッションは無事に終わった。加越さんはその後暴走を始め、〈ハレルヤ〉〈鱒《ます》〉〈ヴェルディのレクイエム〉とたて続けに歌った。後半になると皆で「カラオケでクラシックを歌われた時の正しい盛り上がり方」をそれぞれ模索し始めたようで、「ブラヴォー！」「トレビアン！」と合いの手を入れられるようになっていた。

「ええと……延長？」錦織君が部屋のインターフォンを手に俺たちを振り返る。

＊6　ベートーヴェンの交響曲第九番〈合唱付き〉いわゆる第九は全部聴くと一時間以上になり、ひと仕事やりとげたような気分になる。年末によく流れるあの部分は第四楽章のさらに一部、合唱が入る通称〈歓喜の歌〉のところだけを取り出したもの。ちなみに「第九」で合唱が入るのはあそこだけなので、歌う人たちは第一楽章から五十分近く後ろにずらっと並んでただ座っている、というケースもある。その場合、彼らがついに動き出した時の盛り上がり感がすごい。

本来なら当然イエスとなっているのだろうし、錦織君も入店時はそのつもりだったと思われる。だが今の彼は本気で迷っている様子であったし、佐野さんもマイクを握ったまま沈黙している。たぶん「加越ショック」のせいだろう。なんせ四曲に一曲は加越さんがクラシックを入れてくる上、毎回素晴らしい歌声で周囲を圧倒するのである。錦織君も佐野さんもこんな人とカラオケに来たのは初めてのようだった。主に加越さんが注文したフライドポテトだの焼豚チャーハンだのの皿が空になって積まれているため「戦いが終わった」という印象もある。

「やー、だいぶ歌ったから俺はどっちでもいいけど」里中が特に意味のない意見を言う。

「でもすごかったな。加越さん」

そこでどさりと音がした。当の加越さんが皆木さんに寄りかかって体を傾けている。

「あれっ？」

「おっ」

「どした？」

体調不良というのはありうる。ただでさえ声量が必要で「力を抜いて喉先で歌う」ということができないクラシックを何曲も歌ったのだ。酸欠になっていてもおかしくない。だが俺が立ち上がれずにぐずぐずしているうちに、加越さんは皆木さんの膝にぱたりと倒れてしまった。

「おいおい」里中が立ち上がって覗き込む。「あれっ？　加越さん酔っぱらってんの？」

言われてみれば、加越さんは途中から変だった気がする。顔色こそ変わっていないが座っている間も常にゆさゆさと揺れ、目が合うとにこー……っと笑う、ということを繰り返していた。もともとマイペースな人だが、論理で解釈不能な振る舞いをする人ではないはずなのに。

佐野さんがさっと動いて、彼女の前に置かれているグラスを取る。ドリンクの注文は二回目のオレンジジュース五つ以降、打ち止めになっていたはずだが、そういえば今、テーブルに並んでいるのは四つのタンブラーと一つのシャンパングラスである。

佐野さんは加越さんが飲んでいたシャンパングラスを持ち上げてにおいを嗅《か》ぎ、底にわずかに残ったオレンジ色の液体をくっと飲んだ。

「たぶんミモザか何かだ。これ」

3

加越さんがベッドで眠っている。カーペットの上にじかに座っていると顔の高さが同じくらいになり、近い。いつもの綺麗な顔であり、シーツに頰を埋《うず》め、垂れた髪がひと束、口許《くちもと》にかかっているところなど、間近で見るとどきりとするくらいである。

だが彼女は酔い潰れている。

結局、カラオケの方は延長なしでお開きになった。当然といえば当然である。佐野さんいわくミモザはわりと濃さが自由に作れるカクテルらしいのだが、加越さんが飲んだものはそれなりに濃く作られていたようだ。それでも一杯でこうなるというのは相当弱いといえるのだが。

　酔っぱらって寝てしまった加越さんをどうするかは皆が困った。彼女自身は全く動かないが、最初は俺はもちろん里中も体に触るのを躊躇っていて、結局、皆木さんと佐野さんが二人で左右から抱えて退店し、店の前でタクシーを呼んだ。だがそこからが問題だった。誰も加越さんの住所を知らないのだ。なんとか後部座席に寝かせたはいいが目的地が告げられないし、運転手さんは「酔った人一人は勘弁して下さい」と言う（当たり前だ）。とりあえずうちに連れていこうかという錦織君を断り、ここから近い、という皆木さんのアパートに連れていくことにした。全員は乗れないが皆木さん一人だと運べるかどうか分からない。迷っていると里中が「手伝う」と乗り込み、それならば、と俺も続き、錦織君や佐野さんとはそこで別れた。皆木さんのアパートに着くと、加越さんを里中と二人で抱え上げて外階段を上ったのだが、運ばれる加越さんは親に連れられて歩いた幼児の頃でも思い出しているような顔で「ふふふー」と笑っていた。周囲の素面《しらふ》の面々があれこれ苦心惨憺《さんたん》する中、当の酔っぱらいだけがいい気分で笑っている、というのはわりとよくあることらしいが。

　二分待って、と言われた後、皆木さんの部屋に上がった。なにしろまったく動かない人を抱えているので「女子の部屋に上がり込んでいいのか」などと余計なことを考える暇はほぼなく、里中と二人、爪先《つまさき》を使って靴を脱ぎ捨て、背中を壁に、腰をドアノブにぶつけながら加越さんを部屋に運んでベッドに下ろす。ゆっくり下ろすこの作業が思いのほか大変で、なるほど介護の現場にはパワードスーツが必要だなと思った。だが加越さんを寝かせてほっとしたのもつかの間、搬送中にどこかで擦《す》ったらしく彼女の指からは血が出ており、皆木さんが救急箱を出してきて手当てするまでシーツに血がついたりしてひと通り騒ぎになった。

ようやくそれが収まり、俺と里中はローテーブルを前に座っている。俺は「女子の部屋に上がり込んでどうすればいいのか」「なるべく周囲のものに触らない方がよさそうだ」「きょろきょろ見回すのも駄目だ」「できれば呼吸も控えるべきだ」とびくびくしていたのだが、さすがというか里中は部屋を見回して「本棚でけえ」「えっ、何この充電器面白《おもしれ》え」と反応していた。俺も密《ひそ》かに「見たところ女子の部屋は男子の部屋とそう変わらない」ということを学習していたのだが、里中は皆木さんがカウンターキッチンから出てきたら腰を上げた。「じゃ、俺らこれで。悪いけど後、任せていい？　必要なものがあったら買って……」

途中で里中が黙ったのは、皆木さんがお盆に駄菓子を満載して出てきたからである。皆木さんは無言でそれをローテーブルに置くとぱたぱたとキッチンに戻り、湯気をたてるカップを二つ持ってきた。「紅茶とコーヒー。好きな方を」

ばらばらのカップの片方にインスタントコーヒー、片方にティーバッグの紅茶が入っている。受け取ると皆木さんは部屋の隅にあったクッションをばたん、とひと叩《たた》きし、壁際にあったシロフクロウのぬいぐるみを同じように叩き、二つを掴《つか》んで差し出してきた。「好きな方を」

クッションはともかくシロフクロウには座れないだろう、と思ったら里中が「じゃ、こっち。ありがとう」と言ってさっさとクッションを取った。こいつはマラソン大会の時に「一緒に走ろうぜ」と言っておいて先にダッシュするタイプだなと思った。仕方なくシロフクロウを受け取るが、ありがとう、と言ったところで座れない。まん丸いぬいぐるみだが座ったら平べったくなってしまう。可哀想すぎる。

「砂糖とミルクは」

「あ、俺両方欲しい。ありがとう」

遠慮なくそう言いつつコーヒーを取る里中を横目で見つつ紅茶を取った。皆木さんは自分用にはホットミルクを持ってきて、俺たちの向かいにぺたりと座った。すぐ帰ろうと思っていたが、彼女はそのつもりではないらしい。いいのかなと思ったが、家主がいいと言うのならいいのだろう。それに。

体重をかけないよう半分膝立ちのようになっていた俺は、やはりこれはきつい、とシロフクロウを尻の下から出し、傍らに置いた。振り返って加越さんを見る。よく眠っていた。

もともと里中と皆木さんには話さなければならないことがあったのだ。こうして他人に聞かれない状況で、落ち着いて話ができるのは好都合だ。俺は口を開いた。

「……犯人、誰だと思う？」

もらったスティックシュガーの封を切っている里中と、おそらくそれは自分用ということなのかコアラのマーチを抱え込んで食べていた皆木さんが、同時に動きを止めた。

「……『犯人』？」里中がスティックシュガーを逆さまにして中身をザーッと注ぐ。

「加越さんに酒を飲ませた犯人」

俺が答えると、里中はスティックシュガーの袋を置き、なぜかかき混ぜずにコーヒーをずず、と啜《すす》った。「『飲ませた』ってどういうこと？　加越さん、自分で飲んだんじゃないの？」

「加越さんはオレンジジュースを頼んだ」俺が注文を送信したのだ。「それに『未成年だから飲まない』ってはっきり言ってたのに、飲むかな？」

どうしても他人の目を見て話せないので俯いてローテーブルの縁《へり》を見たまま喋っているのだが、ちらりと視線を上げて窺うと、里中も皆木さんも沈黙し、考え始めている様子だった。

「確かに」皆木さんが言い、コアラのマーチを二つ同時に食べた。

「まあ、こんだけ弱いのになあ」里中はベッドの加越さんを振り返り、手を伸ばしてずれたシーツを直した。「でもさあ。自分で飲んでたのは間違いなかったよ？」

「一応、ミモザはオレンジジュースで作るから。間違って飲むことはありうる」俺自身はほとんど飲んだことはないが、知識としては知っている。

まあ毒薬や睡眠薬でなくてよかったとは言えるが、アルコールも「薬物」であり、判断力を低下させる効果はある。酔っぱらった経験が乏しい人なら尚更《なおさら》だろう。

里中は腕を組んで唸《うな》る。皆木さんも腕組みをした。テレビ台の上に置かれた目覚まし時計の秒針が、こちこちと音をたてて動いている。撫《な》でているシロフクロウの毛足の感触が温かい。

里中がこちらを見た。「俺たちからすれば『不可抗力』だったっていう可能性はないのか？　店員さんが間違えて持ってきたのを、加越さんが間違えて飲んだとか」

「ないとはいえないけど」俺は顔を上げて首を横に振った。「注文内容は『オレンジジュース五つ』だった。それがオレンジジュース四つになる、とかなら分かるけど、一つだけ間違えてミモザを持ってくるとか、あるかな？」

オレンジジュースとミモザはグラスの形も違うし、ミモザにはオレンジが差してあった。それにアルコール類はソフトドリンクと区別するため、必ずマドラーが入っている。作る側からすれば全く別の作業になる。それに「オレンジジュース五つ」と注文が入ったなら、それらはまとめて作るだろう。おそらくタンブラーに氷を入れてパックから注ぐだけだ。たとえば四杯目でオレンジジュースが切れたとしても、氷を入れた五つのタンブラーはすでに出しているわけで、四つだけ作って忘れる、ということはなかなかないと思う。それらのタンブラーはひとまとめにして置かれるはずだから、持ってくる店員もまず間違えない。

「『過失』は」皆木さんが法律学科らしい言いまわしをする。「誰かがオレンジジュースをキャンセルしてミモザにした。それが間違って加越さんのところに行った」

「ないと思う」

里中ほど気軽に話しかけられるわけではないのだが、頑張って皆木さんを見る。ひとの言ったことを否定するのに顔も見ない、というのは失礼だ。「それだと、ミモザにした人のところにオレンジジュースが来る。加越さんが飲んでるのを見て『それは自分のだ』と気付くはず」

「そうかあ」里中が顔を手で覆ってのけぞる。「思い出した。トレーごと受け取ったの、俺だ。そのままさっとテーブルに置いちゃったんだった。あの時気付いて言ってればよかった」

まあ、他人の注文内容までいちいち注意している人間はあまりいないだろう。「いや、俺も部屋にいれば気付いたはずだったから」

「いや、でも」里中が腹筋を使って体勢を戻す。「『不可抗力』でも『過失』でもないとしたら何？　『故意』ってこと？」

「そうだと思う。誰かがあとから注文をキャンセルして、来たミモザを加越さんの前に置いた」

里中が唸る。「配ったの誰だったかな。覚えてねえ」

皆木さんも頷く。

「でもさあ」里中が皿に盛られたポテトチップスをがしりと掴む。「配ったの、加越さん本人なんじゃないの？『やっぱり酒でも飲むか』って思って自分でそうしたとか。タブレットはずっと加越さんが持ってたわけだし」

「俺がトイレから戻った時、加越さんはまだ歌ってた」

ドリンクは俺がトイレに出た時に運ばれてきた。その時に加越さんの声が聞こえ始めた。そこから俺は七分半、席を外していた。戻ってみると、加越さんはまだ歌っていたのである。

「……なのに飲み物はすでに配られていた。誰かが置いたんだ。加越さんの席に、ミモザを」

注文したのは錦織君以外の五人。だが来たドリンクの中の一つはミモザになっていた。誰かがグラスを配ろうとしても、ミモザが誰のものなのか分からないのでは配りようがない。普通に考えれば、俺と皆木さんが戻るまでの間、グラスはトレーに置かれたままになるはずで、佐野さんや里中が先に自分のグラスだけ取ったとしても、オレンジジュース二つとミモザがトレーに残っているはずなのだ。だが俺が戻った時、俺の座った席にはオレンジジュースがあったし、皆木さんもそうだったということになる。となれば、彼女の席にミモザを置いた人間がいるのだ。トイレに立った俺たちはまだしも、歌っている加越さんは同じ位置に戻る可能性が大きいし、加越さんはフードメニューのタブレットをずっと持っていたから、それが置いてある席に戻るだろうという予想もつく。狙ってやることは充分に可能だった。

シロフクロウの腹の毛を撫でていると、俺の携帯が振動した。見ると、佐野さんからメッセージが届いていた。

佐野美智佳《みちか》（ID:michy-sano）
レシートを確認しました。やっぱりドリンクの注文、一つミモザになってた！
それと、私があのタイミングでトイレに行ったのは、錦織君がトイレと逆の方向に歩いていったのが見えたからです。どこに行くんだろう、って

お礼を返信し、加越さんは寝ています、と付け加える。

ここに来るまでの間、タクシーの中でメッセージを送っておいたのだ。カラオケ店のレシートを持っていないか、ということと、どうしてあのタイミングでトイレに行ったのか、という質問を。SNSだと直接話さなくていいから、こちらは気が楽だった。

もちろん自分たちの注文内容を確かめるだけなら退店時、店員さんに確認すればいい。どの部屋から何の注文が入ったかは履歴が残っているはずだし、キャンセルがあれば覚えている人もいるかもしれなかった。だが加越さんの騒ぎでばたばたしていたし、そもそもそういうマニュアル外の、どう切りだしていいか分からない質問を店員さんにするのは、俺にはハードルが高かった。おかげで未確認のままだったのだが、佐野さんがレシートをまだ持っていてくれたおかげで助かった。帰る途中にさっさとどこかで捨ててしまうかもしれないものだから、これは幸運といえる。

そのおかげではっきりした。ミモザの注文がちゃんと入っている以上、「不可抗力」の線はまずない。誰かが意図的にミモザを頼んだのだ。そして佐野さんのこの回答からすれば、犯人は。

4

「……どうやら、犯人は錦織君みたい」画面のメッセージまでは見えはしないだろうが、俺は携帯を持ち上げて二人に示した。「佐野さんは不自然なタイミングでトイレに立ったけど、それは部屋を出た錦織君がトイレの方向に行かなかったから、おかしいと思ったんだって」

「マジか」里中は驚いた後、クッションの上に座り直した。「ん？　待った。なんでそれで錦織君が犯人ってことになるんだ？」

「犯人はオレンジジュースの注文をキャンセルしないといけないけど、そのためには直接フロントに行かなきゃいけない。つまり、部屋を出た人が犯人なんだ」

送信した注文をキャンセルする方法は三つある。タブレットで「注文内容の確認・取消」をするか、室内のインターフォンでフロントにそう言うか、直接フロントに行くかだ。だがタブレットは注文後、ずっと加越さんが持っていた。彼女が手放すのを待ってもいいが、オレンジジュースだとすぐに来てしまうから、のんびり待っている余裕はない。かといってインターフォンも使えない。席のすぐ近くなのだ。目立つし、話す声も聞かれてしまう。

だとすれば、犯人は俺が注文を送信したすぐ後に席を立ち、フロントに急がなければならない。そして確かに俺が注文した直後、錦織君がいきなりトイレに立った。歌っている途中なのに、である。明らかに妙な行動だった。

もちろん、同じくトイレに立った佐野さんにも犯行は可能だ。だがもし彼女が犯人だというなら、皆木さんがやったように、錦織君に続いて「私も」と席を立てばいい。なのに彼女はしばらく待った上で、わざわざ不自然なタイミングで席を立った。これはおかしい。

何より、もし佐野さんが犯人だというなら、普通は錦織君より先に席を立つだろう。他の人が部屋の外にいたらどこかで鉢合わせし、トイレと言いつつフロントに行っていたことがバレる可能性があるのだから。

つまり、犯行可能なのは錦織君、ただ一人なのだ。

里中は皿の上に広げられたポテトチップスを思案顔でばりばり食べ、指をぺろりと舐めた後、あ、ときょろきょろして、皆木さんに箱ティッシュを差し出された。「ありがとう。……いや、しかし藤村。さっき言ったけど、トレー受け取ったのは俺なんだけど」

「本当は自分が受け取るつもりだったのに、里中の方が早かったのかも。お前、そういうとこはすごい素早く気を遣ってくれるから」

「いや」里中は照れたのか頭を掻《か》いた。「確かに俺、すぐ受け取ったけど」

「でも、それならどうしてミモザなの」皆木さんが手にコアラのマーチを持ったまま口を開いた。「たしか、メニューにはスクリュードライバーもあった」

里中は意味が分からずこちらを見た。俺は携帯を出し、「ミモザ」で画像検索する。

「……なるほど」

里中に画像を見せつつ頷く。画像検索で出たミモザは、どれもシャンパングラスに入っていた。一方、スクリュードライバーの方は、オレンジジュースと同じくタンブラーに入っている画像もある。

「すり替えるなら、ミモザよりスクリュードライバーを選ぶね」

皆木さんは頷いた。「スクリュードライバーは飲みやすいわりに酔うから、危険なお酒っていう認識もある」

里中も唸った。「なるほど。どっちもオレンジジュースっぽいしな」

そして、そう言われてみると、錦織君が犯人だとするならおかしい点を思い出した。

錦織君は、運ばれてきたグラスをすぐには配らなかったのだ。俺がトレーを片付けようとした時、トレーは溜まっていた水で滑った。冷たい飲み物だからグラスについた水滴がトレーに溜まるのは当然だが、一分や二分でそうはならず、しばらくの間、グラスを置いておかなければならない。錦織君が犯人だとするなら、トレーを受け取る役は里中に取られたとしても、グラスを配る役を他人に取られるわけにはいかないから、すぐに動いて配っていなければおかしい。

「……つまり、錦織君は犯人じゃないのか」

自分で言って混乱した。「不可抗力」でも「過失」でもないはずなのだ。だが「故意」だと考えると、唯一犯行可能なはずの錦織君が、犯人としてはありえないような行動をとっている。

不可抗力でも過失でもないのに佐野さんも錦織君も犯人でない。では故意でもないのだろうか？　すべてが「ない」ばかりだ。これは一体、どういうことなのだろう。

「どういうことだ？」

里中もそう言い、皿を傾けてポテトチップスの残りを手に盛り、その手にかぶりついた。複数人でポテトチップスを食べた場合、最後の細かいのを誰がどう食べるかはいつも悩むところだが、里中はわりと積極的である。そういえばこいつはピザの最後のひと切れなどもよく食べる。

後ろから、ん、と呻《うめ》くような声が聞こえ、振り返ると加越さんが目を開けてこちらを見ていた。なぜか嬉《うれ》しそうに微笑んでいる。

「加越さん、気分は」

小声で訊くと、ふふふふ、と笑ってまた目を閉じた。気がついたら他人の家で寝ているという状況なのだからもう少し困惑してもよさそうなものだが、まだ酔っぱらっているらしい。顔色が白いままなので分かりにくい。

いずれにしろ「被害者」である彼女自身から話を聞くのは難しそうである。というより、これだけ酔っぱらったとなると記憶が飛んでいるかもしれない。

「とりあえず大丈夫そうではあるな」里中がそう言い、こちらを見て苦笑した。「なんかずっと藤村見て笑ってんな」

「えっ。何それ」振り返るが、加越さんはすでに寝ている。

里中が笑う。「落ち着け」

皆木さんもコアラのマーチの箱に手を突っ込んで奥の方を探りつつ俺を見ている。

「仲いいよね」

どちらに対して言ったのか分からない。だが俺でも誰かと「仲いい」と言われることがあるのか、と思うとくすぐったかった。コミュ障は人間関係に免疫がないのですぐ舞い上がるのである。普段はクールな仮面をかぶっている者もすぐ剝《は》がれる。

「まあ、俺も加越さんとか皆木さんとこうして飲んでるってのはなかなか不思議な」里中は言いながらテーブル上の駄菓子に手を伸ばし、袖口《そでぐち》を自分のカップに引っかけた。

「うお危ねえ」

カップは一瞬傾いただけでこぼさずに済んだが、見ると、里中の袖口はボタンがとれてガバッと開いている。

「駄目だなこれ」

皆木さんが立ち上がろうとする。「つける？」

「いや自分でやるけど。っていうかボタン本体がなくなってるから」袖口を見て指でつまんだりしていた里中は、俺の視線に気付いて眉《まゆ》を上げた。「藤村、どうした？」

「いや」

どう答えてよいか分からない。だが気付いたのだ。確かめることは一つ。

「里中。その袖、カラオケにいた時からそうなってたのか？」

「うん。だからさっきも……」里中は訝《いぶか》しげな表情になり、俺の目を覗き込むように見る。「いや、これがどうかしたのか？」

俺は目をそらす。どうかしたのか、と言われれば、確かにどうかしたのである。本人に自覚はないようだが、今の里中の証言で、足りなかったピースがようやく埋まった。なぜ加越さんがミモザを飲む羽目になったのか。犯人は誰なのか。起こったことは「過失」なのか「故意」なのか、それとも「不可抗力」なのか。誰の手によるものなのか。

俺はローテーブルの下で携帯を操作し、ＳＮＳでいくつかのメッセージを送った。返信はすぐにあった。

ローテーブルを少し前に押し、皆木さんを見て立ち上がる。

「ちょっと出かけてくる。加越さんをお願いします」

犯人に会って、話を聞かなくてはならなかった。

5

さすがに時間が時間ということもあり、房総大学の南門周辺は暗く、ひと気もない。前を通る道も別に幹線道路ではないので車も少なく、少し離れたところに西千葉駅のロータリーで待機するタクシーの灯《あか》りが見えるだけである。そのエンジン音がかすかにブルブルと響いてくるのが感じとれる程度に静かであり、好都合だと思った。顔の見えにくい暗いところの方が喋りやすいし、周囲が静かな方が大きな声を出さなくてすむ。暗いものの、交差点の街路灯と西千葉駅構内から届く光のおかげで相手の表情が見える程度の明るさがぎりぎりある、というのはちょうどよかった。

急いで走ってきたため乱れていた呼吸がようやく静まり、背中にうっすらかいた汗が乾く頃、錦織君がやってきた。家に帰って一度着替えたらしく、パンツは同じだが羽織っているシャツが替わっている。

とりあえず、こちらから話しかけなければならなかった。大丈夫、暗いんだし多少視線が泳いで挙動不審になったって笑われない、と自分を鼓舞し、それでも相手をまともに見るのは避けつつ口を開く。「あ、呼び出してすいません」

「いや」

錦織君はそれだけ応《こた》えると、はあああああ、と長く息を吐いた。「……その、加越さんは大丈夫？」

「メッセージ送った通りです。皆木さん家《ち》で健康に寝てます」

「そう」

錦織君は呼び出されて怒っているとか動揺しているとかいった様子ではなく、どうも、落ち込んでいるようだ。そう見当がつくと、少し気持ちに勢いがついた。正直なところ、錦織君が怒りだしたら回れ右をして逃げるつもりでいた。

「加越さんのオレンジジュースを、ミモザにすり替えた？」

そう訊くと、錦織君は再びはあ、と息を吐き、うなだれて両手を膝についた。「……ごめん。出来心でちょっと」

「いや、分かってます」

むきになって反論されなくて助かったと思う。仮に反論されたとしても丁寧に理屈を言えば黙らざるをえないだろうが、俺にはそもそも「丁寧に理屈を言」う自信がないのだ。そのためには、とっさにたくさんのことを整理して淀《よど》みなく喋らないといけない。つっかえず重複せずに喋れる自信がない。

「ミモザが運ばれてきたのを見て諦めたの？」

確認の調子で言ったのがよかったのか、錦織君は「はい。まあ、そこでひとまず」と素直に答えた。膝に手をついたままの姿勢で下を向いているから表情は分からない。だが街路灯の白い光が当たって浮かび上がるうなじのあたりに怒りや攻撃性は感じられない。おそらく、やってしまったことを本気で反省しているのだろう。

そうであるならば、これ以上責めるつもりはなかった。それを確かめるためにわざわざ会ったのだ。俺は「錦織君が反省している場合」のため用意してきた台詞を頭の中で暗唱し、声がかすれないように唾《つば》を飲み込んでから言った。

「別に、今回のことは錦織君一人のせいじゃない」

錦織君は顔を上げた。「え」

「錦織君がオレンジジュースをキャンセルして注文したのはスクリュードライバーとかだよね？　なのにフロントが間違えてミモザを持ってきてしまった。だから部屋に来たドリンクを見た時点で加越さんに飲ませるのは諦めて、その後は何もしなかった。なのに加越さんはそのミモザを飲んでしまった」

錦織君は腰に手を当て、右下、左下、と視線を移す。「……まあ、その」

どうやら、予想の通りだったようだ。オレンジジュース五つの注文をキャンセルしてミモザに変更できるのは錦織君だけ。だがそれなら、なぜ錦織君はもっとオレンジジュースに似たスクリュードライバーなどにしなかったのか。なぜグラスを配らずにずっと放っておいたのか。「ハイボール濃いめ」という注文をしていた錦織君がスクリュードライバーを知らなかった、とは考えにくい。であれば、矛盾を解決するロジックはこれしかなかった。錦織君の「故意」に店員による「不可抗力」が加わって、彼の犯行は失敗したのだ。

この「事件」、言ってみれば犯人は「全員」だった。それに「故意」だけではなく「過失」も「不可抗力」も全部存在する。解答は「全員」で「全部」なのだ。そもそも、最初に「故意」なのか「過失」なのか「不可抗力」なのか、という形で悩んだ時点で間違いだった。どれか一つでなくてはならないという決まりなどないし、犯人が一人でなくてはならないという決まりもない。

「ミモザが来た時点で諦めたなら、『未遂』ってことでいいと思う」

厳密に言うなら、法的にはおそらくそういうことにはならない。「酔わせるつもりで」「被害者が注文したオレンジジュースを黙ってキャンセルして酒に替え」「結果、被害者が酒を飲んで酔った」のだから、途中、注文と違う酒が来ようが、配《くば》らずに待っていたところたまたま被害者のところに酒が行こうが「既遂」である。騙《だま》して酒を飲ませる行為は「人の生理的機能を害した」と言えるから、刑法上は傷害罪（第二百四条）だ。

だが錦織君は本気で反省しているようでもあるし、これ以上、上乗せして責めてもあまり意味がない気がした。

錦織君は頭を掻いた。「法律とかよく分からんけど。……すまん」

「ただし」一応それでも、釘《くぎ》を刺しておかねばならないことはある。「……言ってなかったけど、加越さんはムスリムだった。酒はハラールでないから、今すごく悩んでる」

「えっ」

「いや。う、嘘なんだけど」

急いで言おうとしてつっかえた。その可能性だってあったんだぞ、というところまで言わなければ話が完結しないのだが、うまく舌が回らずすぐに声が出ない。かといって一拍置いてしまってからあらためて言うのもハードルが高い。

だが「なんだよ」と言いかけた錦織君は、頭を掻いて再びうなだれた。「……そうか。そういう可能性もあるのか」

そうなのだ。それだけではない。彼女がもし過去に何らかのトラウマがあって飲酒に恐怖心を抱いているとか、宗教的理由でなくとも個人の主義主張として酒を飲まないと決めているとか、そういったことがあったとしたらどうだろうか。それ以前にアルコールに対しアレルギーなどがあったら危険である。

もちろん、そういう可能性まで言いだしたらきりがないのかもしれない。だが、そうだとしても、今回はものがアルコールである。本人が気付かないうちに飲ませる、という行為は、許容される限度を超えているだろう。それに。

「……女性に対して『酔わせてやろう』っていう考え方はやばいと思う」

「いや、それはその、別に」

さすがにそこはすんなり首肯しがたいらしく、錦織君はもごもごと抵抗する様子を見せたが、すぐに諦めたようである。街路樹の幹に手をついて、傾いた体を支えるようにする。「……いやー……まあ……あかんわ。だよな」

動機は予想した通りだった。錦織君は加越さんを狙っていて、「酔わせればもしかして『お持ち帰り』できるかもしれない」と考えていた。

俺はそれを危険かつ悪質な考えだと思う。もちろん錦織君は無理矢理飲ませるつもりはなかっただろうし、まして酔っぱらった加越さんといい雰囲気になったとしても、まさかレイプなどはしないだろう。だが「酔わせていい気分にさせればもしかしたら」というのは、つまり「相手の判断能力を低下させ、それに乗じてセックスをしようとする」行為である。それは飲み物にレイプドラッグを混ぜたり、泥酔させてホテルに連れ込む犯罪者のそれと、ベクトルにおいては同じだ。

もちろん、人間というものは百パーセントの判断能力を有している時間の方がむしろ珍しいくらいだから、程度問題ではある。単に「雰囲気を作るために飲むように誘う」のなら別に何の問題もないと思う。だが「相手を騙して飲ませる」のは一線を越えていると思う。これを許容したら、女性は男性と酒のある場所に行った際、自分が頼んだ飲み物が強い酒にすり替えられていないか、男性が頼んでくれたノンアルコール飲料が実は酒でないか、常に警戒して確認していなければならない、ということになる。

「あー……」街路樹の幹に手を当てたまま、錦織君はずるずると下に下がってしゃがみこんだ。「……はい。分かってます。反省してます」

「……まあ、その。加越さんには黙っとくんで」

それでいいのか、と悩みはした。ミモザが来てすぐに、一応は諦めたこと。二人きりではなく皆の、特に女子も一緒にいる場だったこと。頼もうとしていたのが一発で酩酊《めいてい》するような強い酒ではなくスクリュードライバー程度だったこと。それらを考えれば、悪質性も危険性も低い。本人も反省している。ならば、それでいいだろうと思った。それを確かめるために直接会ったのだ。

正直なところ、そう判断する自分を疑問に思ってもいる。確かに解決したのは俺だ。だが、だからといって「犯人」の罪を俺一人が判断して、その処遇を俺一人で決めてしまっていいだろうか。謎を解いた者の特権とでも考えるべきなのだろうか。それは傲慢《ごうまん》というやつなのではないか。推理小説などではしばしば名探偵が独断で犯人を見逃したり、自殺するのを止めなかったりするが、以前から疑問に思っていたのだ。なのに今の俺は、それこそああした名探偵たちと「ベクトルにおいては同じ」ことをしているのではないか。

だが、そう思ったからといってどうにかできるものではなかった。「皆の意見を聞きたい」と言って、錦織君がしたことを、その動機を皆の前で話す方が正しいとでもいうのだろうか。名探偵が犯人の処遇を独断で決めるのが「傲慢」なら、何でも皆に話して意見を聞けばいい、という態度は「無責任」である。どちらの判断をしても、誰かから批判されそうな気がする。

……だから嫌なんだ。

気を遣っても遣わなくても、動いても動かなくても駄目。正解がないのに不正解だと批判されるのが人間関係というやつだ。世の中の普通の人間は皆、高速で当意即妙に会話をしながらそうしたことまで的確に判断しているらしい。信じがたいことだ。

見えないようにこっそり溜め息を吐いた。ごめんなさい、と丁寧に謝る錦織君には「じゃ」というだけで背を向け、来た道を帰る。だんだん、逃げるように早足になった。

角を曲がり、錦織君から自分の背中が見えなくなっていることを確認すると、俺はその場に立ち止まって長く息を吐いた。とりあえず、できた。暗いし一対一だったことも大きかったが、たった一人で犯人の自白をとれた。もっとも俺は途中つっかえまくり、大部分は錦織君が自ら喋っただけなのだが。

それに、推理も当たっていた。犯人は一人ではないし、ただの「故意」でもない。

ポケットの中で携帯が震える。来る途中にＳＮＳで送っておいたメッセージに、「もう一人の犯人」から返信が来ていた。

佐野美智佳（ID:michy-sano）
そうだったんですね。納得しました。ごめんなさい！
確かに私のミスでした。ドリンクを配ったのは私です。藤村君も皆木さんもオレンジジュースだって言ってたし、里中君は自分でオレンジ取ったし、私もそうだから、加越さんが注文を変えたのかなって思ってミモザを置いちゃいました。加越さん、

飲まないって言ってたのにね

……そう。犯人は「全員」である。そして「故意」か「過失」か「不可抗力」か、ではない。すべてが関与している。

そもそも、錦織君が「故意」でミモザを注文しただけでは、加越さんは飲まない。一つだけ来たミモザを加越さんの席に置いた、別の人間がいるはずなのだ。

ドリンクを配った人間は消去法ですぐに分かる。俺と皆木さんはいなかったし、加越さんは歌っていた。里中はトレーを受け取っただけでテーブルに置いている。錦織君でないなら、残ったのは佐野さんだけだ。錦織君が「故意」に注文したスクリュードライバーは店員のミスという、こちらにとっての「不可抗力」によりミモザになり、錦織君は断念した。しかしそれを佐野さんが「過失」により、加越さんの席に置いた。過失ではあるが、「二人目の犯人」は佐野さんだ。

もっとも過失である以上、責める気はなかった。俺は加越さんが元気であることと、「自分も加越さんが自分でミモザを頼んだと思っていた」という嘘を返信し、話を終わりにした。

そして皆木さんのアパートに戻った。

「おうお帰り。どこ行ってたんだ？」

「いや、ちょっと」

まるで家主のように出てくる里中の質問をかわし、ふたたび靴を脱いで玄関を上がる。開いたままのドアの向こうから、部屋にいる皆木さんがこちらを見ていた。

とりあえず、これで事件解決である。

6

皆木さんの部屋に戻ると、充満する体温と油脂と塩分の混ざった生暖かい駄菓子の空気が強烈に顔を包み込んだ。ローテーブルの上に広がった駄菓子の包装紙と、新たに加わったグラスとペットボトル。なんとなく「退廃」のにおいを感じさせる一方で「実家」的にほっとするものもある。不思議なことだが、一度出て「帰ってくる」だけで、初めて入った他人の部屋でも「ホーム」という感じを受けたりするのだ。

洗面所を借りて手を洗うと、皆木さんがさっと立ってキッチンに入る。「次、コーヒーにする？」

「あ。……ありがとうございます」

丁寧語が抜けないなあ、と思う。それに帰りがけにコンビニで手土産でも買ってくればよかったと後悔した。家主の責任感もあってか、皆木さんは手早くあれこれ動いてくれているのに。

「どこ行ってたんだ？」里中はＳＮＳでも見ているのか、携帯に視線を落としたままである。しかし、ちょっと見ない間にもう何度も来ているかのようにくつろいでいる。

「いや、ちょっと。事件について」

俺はキッチンを振り返った。皆木さんは新たなコーヒーを淹《い》れてくれているようで、キッチンのあれこれに隠れたむこうで肩とか足だけを時折覗かせつつ動いている。ちょうどいいタイミングだ。里中一人が相手ならすんなり喋れる。

「加越さんが飲まされた件だけど、里中」携帯を持ったままの里中を見る。「たぶんお前もちょっと関与してる」

「えっ」

里中はベッドを振り返り、俺と加越さんを見比べた。加越さんはぐっすり寝ているようで、今はむこうを向いている。

「……俺？　なんで？」

「関与ってほどじゃないけど。ただのちょっとした過失だし」

床のカーペットの上にじかに座るのが落ち着かず、ローテーブルの下で胡座《あぐら》をかき直したりする。あまり深刻にとらえてほしくはないのだが。「里中お前、トレー受け取った時にマドラー落とさなかった？」

そう言って、説明のために里中の袖口を指さす。ボタンがとれて袖口が開いている。さっきもそれでカップを引っかけていた。

「トレーって、オレンジジュースとミモザの時にか？　いや」里中は反射的に首を振った様子だったが、俺が袖口を指さしているのに気付き、開いた袖口をぱっと押さえた。

「……いや、そういえば！　確かに落とした。別に使わなそうだからどっかに置いといたけど」

やはりそうだったのだ。「犯人」は錦織君と佐野さんだけではない。

なぜなら、錦織君がミモザを注文し、佐野さんがそれを加越さんの席に置いたというだけでは、加越さんはまだミモザを飲まない。オレンジジュースとは明らかに違う、アルコール飲料の外見をしているからだ。だとすれば、加越さんがミモザを、少なくともノンアルコールだと勘違いする原因を作った別の犯人が、さらにもう一人必要になる。

最初の注文の時、来たドリンクを受け取って置いたのは加越さんだった。そして彼女はその時、まずアルコール類と他を分けていた。ソルティドッグとハイボールの区別がつかないほど酒に関する知識がなかったのに、「これ二つお酒だよね」とは分かっていた。加越さんは酒のことはよく知らなかったが、「この店ではアルコール飲料にはマドラーが入ってくる」というルールは分かっていたのだ。

それなのに彼女が間違えてアルコール飲料を飲んでしまったということは、ミモザのグラスにはマドラーが入っていなかったのだ。店側のミスという可能性もあるが、ソフトドリンクと同じタンブラーで出されるスクリュードライバーなどならまだしも、シャンパングラスで出されるミモザに偶然マドラーを入れ忘れるという「不可抗力」の可能性は小さい。一方で錦織君による「故意」でもない。ミモザが置かれる前の時点で彼は犯行を諦めていたのだから。

とすると、マドラーはどこかの時点で抜けてしまったのではないか、と考えられる。佐野さんがグラスを配る時点か、里中が受け取る時点か。だが佐野さんはシャンパングラスに残ったほんの少しだけで「ミモザか何か」だと見抜いたから、酒には詳しい。マドラーのルールに気付かないというのは考えにくく、もし彼女がマドラーを落としてしまっても、すぐに戻すか、グラスに添えていただろう。となれば「犯人」は、ソルティドッグがどういうものなのかも知らないほど酒の知識がない里中だ。

アルコール飲料にはマドラーが差されていて、それが識別の印なのだ、ということを教えると、里中は「ぐわあああ」と、日光の下に出された吸血鬼のような声をあげてのけぞった。「マジか。ていうことは俺のせいか」

「いや、そんなに気にするほどのことじゃないんだけど」

「でも俺がマドラーちゃんと戻しとけば、加越さんは飲まずに済んだわけだろ」

その点は間違いないのだが。

ローテーブルに突っ伏して唸る里中を見て、わざわざ言わなければよかったか、と少し後悔する。しかし関与している以上、そのことを知りもしないでいい、とは思えなかった。

「そうか。俺も関与してたか……」里中はごつりと音をたてて、両手で支えたグラスの上に顔から突っ伏した。

「いや、ごめん。気にするほどのことじゃないんだけど」だが、それならそれでいい。俺はついでに言ってしまおうと考え、財布を探って千円札を二枚出した。「じゃあ悪いけど、コンビニでつまみ類、買ってきてくれる？　金は出すから」

「おう」里中は顔を上げた。額に、グラスの縁の形に丸く跡がついている。「いや俺が金、出すって」

「いや、俺もお邪魔してるわけで」腰を上げかけた姿勢の里中を押す。「頼んだ」

「おう」

「あと、ちょっとゆっくりしてきてほしい」

「おう？」

俺の渡した二千円をなぜか裸のまま握りしめていた里中は、ぴたりと動きを止めてこちらを見た。

「頼む」

理由を問い質《ただ》されると困るのだが、さすが里中、おそらく自分用と二つカップを持ってキッチンから顔を覗かせた皆木さんと俺を見比べ、了解、と言って靴を履いた。どういう了解の仕方をしたのか気になるが、まあいい。

「皆木さん、俺ちょっと酔い覚ましにしばらくブラブラしてくるわ。あと、角にローソンあったよね？　つまみ買ってくる」

振り返って頷く皆木さんに手を振り、里中はドアを開け放して出ていった。

そのままでは閉まりきらないらしいドアを、皆木さんがぱたんと閉める。それから部屋の俺を見る。まあ、喋らない方だけ残ってしまっている。里中が戻るまでの間、どう過ごせばいいか悩んでいるのかもしれない。

だが皆木さんはすぐにキッチンから出てくると、カップをローテーブルに置き、どこに座るのか一瞬悩む様子を見せたものの、俺の右側に座った。コーヒーのお礼を言うと、横目でこちらを見て無言で頷く。向かいではなく右側に座ってくれたのはありがたかった。カラオケの時もそうだったが、各々視線が合わない向きなら、別に相手を見なくても黙っていても「無視」という感じになりにくいのだ。あるいはこれは、喋らない皆木さんが身につけた処世術の一つなのかも知れなかった。隣に座ると距離は近くなるが、これはこれでありがたい。下を向いて囁《ささや》くような声でも届く。

振り返り、加越さんがむこうを向いたまま寝ているのを確認する。とりあえず二人になれた。角のローソンまでは徒歩二、三分だが、里中はいろいろ察してくれているだろうから、買い物をしてすぐに戻ってくるということはないだろう。今のうちに話さなければならない。

しかし、やはりそうすぐには切り出せなかった。皆木さんは必要がなければ自分からは喋らない。こちらがいくら沈黙しても、遠回しに口を開いてくれるようアピールしても、特に喋るほどのものがない時は喋らない。テレビもついていないし、里中がいなくなった途端に部屋の空気が静かになって、ゆっくり下に沈殿してくるようでもある。俺は「すぐに口火を切ればよかった」と後悔した。今、言うと重大発表のような雰囲気になってしまう。たいしたことではないのだ。だが里中が戻る前に確かめておきたいことではある。

「……あのう、加越さんがミモザを飲んだ原因」

皆木さんは両手で温めるように持っていたホットミルクのカップを置き、こちらを見た。俺はまともに見つめ返すべきかどうか迷ったが、皆木さん特有の、対象を観察して目に入る情報をすべて分析するような視線にまともに向き合うことはできず、結局目をそらしてしまう。

しかし言うべきことは分かっていた。

「……皆木さん、何かしなかった？」

これだけでは意図が伝わらないか、と迷ったが、皆木さんに視線を戻すと、彼女はいつもの無表情でこちらを見ている。だがよく見ると、無表情なりに目を大きく開け、驚いているのかもしれないと思える様子だった。

どうやら、この推理も当たっていたようだ。犯人は「全員」だ。つまり錦織君と佐野さんと里中と、この皆木さんも犯人なのだ。しかもおそらく、彼女は「故意犯」である。

「加越さんのところにミモザが置かれたとしても、普通は飲まないわけで。……一口か二口は飲むかもしれないけど、途中で気付くわけで。疑問に思うわけで」自分の語尾が気になる。「わけで」ばかりだ。「誰かが何か言うとか。『気のせいじゃないか』とか言って、加越さんの疑問を排除しないと、そのまま飲み続けることはないと思うわけで」

皆木さんは沈黙していた。彼女の淹れてくれたコーヒーが、ほのかに香ばしい香りをさせて俺の前に鎮座している。ローテーブルの周囲だけ、駄菓子の匂いがコーヒーの匂いに変わってゆく。

事件時、加越さんが酒を飲むまでにはいくつもの障害があった。まず錦織君が「故意」に、こっそり注文をキャンセルしてオレンジジュースをスクリュードライバーに変えようとした。だが店側のミス、俺たちからすると「不可抗力」によって、ミモザが来た。錦織君はそこで犯行を断念したが、佐野さんが「過失」で、ミモザのグラスを加越さんの席に置いてしまった。それだけならまだ、マドラーを見れば加越さんはそれが酒だと気付くはずだったが、里中が「過失」でマドラーを落としてしまった上に戻さなかった。一つの故意と二つの過失だ。だが故意はもう一つあったはずなのだ。加越さんは自分の前に来たミモザのグラスを、不審に思いながらも最初は飲んだかもしれない。だが一口飲めばさすがに分かるはずなのだ。「これはさっきのと違う」と。加越さんは一杯目にはオレンジジュースを頼んでいるのだから。つまり、そのままであれば、加越さんはせいぜい一口か二口を飲むだけで終わってしまう。

この最後の障害を越えるためには、もう一人の「犯人」が必要だった。たとえば、疑問に思った加越さんに対して「それ、オレンジジュースだよ」「さっきと違う？　そうかな？」などと言い、彼女に生まれた疑問を打ち消す役の誰かが。

そして他人に悟られずにそれができるのは、加越さんの隣に座っていたこの皆木さんしかいない。彼女が「四人目の犯人」なのだ。それも「故意犯」の。

皆木さんは黙って目をそらした。俺に目を覗き込まれるのが怖い、とでもいったふうである。だが、彼女が仮に「故意犯」だとしても、すでに飲んでいた加越さんを後押ししたに過ぎないのだが。

疑問点は一つである。「……どうして加越さんに、飲ませようと思ったの？」

「別に、それは……」

皆木さんは顔をそむけ続けることに無理があると思ったのか前を見たが、眼鏡を直すと、すぐに下を向いてしまった。「……ただ、加越さんが酔った方が盛り上がると」

ああそういうことか、と、すとんと腑《ふ》に落ちた。普通の人は分からないかもしれない。だが俺には分かる。カラオケにいる二時間、ずっとそのことを考えていたのだから。

皆木さんが脚の位置を変えようとした拍子にローテーブルにぶつかり、かたん、とカップが揺れた。コーヒーはまだだいぶ入っていたが、揺れた液面はぎりぎり縁に届かず、こぼれはしなかった。

皆木さんの動機は簡単だった。加越さんが酔っぱらえば盛り上がるし、注目はそちらに行く。加越さん自身もより積極的にマイクを持つようになるだろう。結果として、皆木さんは歌わずに済む可能性が大きくなる。

これこそ本当に「出来心」というやつだろう。俺は言った。

「……まあ俺も、加越さんが酔っぱらって歌いまくってくれれば、とは思ってた」

皆木さんはさっきの里中と同じくぐったりと前のめりになると、さっきの錦織君と同じく、長々と息を吐いた。

「……ごめん」

「いや、それは加越さんが起きたら」

「そうだね」

皆木さんは上体を起こすと手の中のカップを傾け、顔の方を近づけるようにしてホットミルクを飲んだ。教室内ではわりと近寄りがたい印象があるのだが、こうしていると「もしかしたらこの人は自分と似たような臆病《おくびょう》さとか脆《もろ》さがあるのではないか」と思えてくる。

「……カラオケ、苦手なんだよね」

「……俺も」

「会話も苦手だし」

「俺も」

「高校の頃までは、休み時間は本を読むことにしてた」

「その度胸はなかった」

なんだまるっきり俺と同じではないか、と思う。俺も高校の頃、だいぶ悩んだ。クラスに友達が一人もいない休み時間。誰かに話しかけることもできず、周りだけが盛り上がり、皆が独りぼっちの自分を後ろから観察してクスクス笑っているかもしれない時間。どうせ寝たふりをしたりトイレに行ったりしてやり過ごすなら、せめて本でも読んでいようか、と。

本を読むという選択肢は魅力的だった。集中できるからまわりの空気を忘れられるし、誰とも喋らない理由ができるし、時間を無駄にしなくて済む。だが俺はそれを選ばなかった。「いつも本を読んでいる人」というイメージがつき、勝手に「気難しそう」とか「話しかけられるの嫌そう」とか思われて独り確定になるのが怖かったのだ。

だが皆木さんは選んだらしい。俺とは別の選択をした「同類」だ。おそらく彼女は、迷ってそわそわする前に自分からバリアを張ってしまう、というやり方を選ぶタイプの「同類」なのだ。

「俺も高校の頃、もう本でも読んでようか、って思ったことはあったけど」

「藤村君、クラスに友達いなかったの？　いそうに見えるけど」

「いや、ゼロだった。入学式の後、教室で会話に乗り遅れて」

「分かる。乗り遅れるとあっという間にグループできちゃうんだよね」

その後里中が帰ってくるまで、皆木さんとは「友達のいない生活」の話題で盛り上がった。なんだこの人普通に喋るじゃないか、と思ったが、おそらくむこうもこちらを見てそう思っていただろう。話したいこと、ずっと溜め続けてこのチャンスに吐き出したいことはたくさんあったし、むこうも同様だっただろう。すべて話す必要はなかった。

皆木さんも似たような体験をしていて、その話に「分かる」と一言言えば済むものも多かったのだ。「里中はいい奴」「加越さんは泰然としていてすごい」という感想も、二人とも共通していた。

俺は体の中が温かくなるのを感じていた。また友達ができた。しかも、同類の。

買い物から帰ってきた里中は、ドアを開けるなり目を丸くした。「盛り上がってんな」

「おかえり」

「ありがとう」

里中を迎えると、後ろで加越さんが呻きながら身じろぎし、がば、と起きた。目をぱちぱちさせて周囲を見回す加越さんは、「ごめん」「大丈夫？」と一斉に声をかけられて大いに混乱していた。

普段あまりうろたえることがない、というより目の前に突然火星人が降りてきてハローと挨拶《あいさつ》してきても落ち着いていそうなマイペースの人であるだけに、自分の置かれた状況が飲み込めず、目を見開いて里中の説明を聞いている様子は新鮮だった。

しかし、それを見ていた俺の頭に、ふっ、と浮かんだことがあった。「犯人は『全員』」。本当に全員だったとしたら。

あの場には六人の人間がいた。残る二人。つまり俺と加越さん自身だ。

たとえば俺は本当に、加越さんが酔っぱらっていることに、ずっと気付かないままだったのだろうか。下を向いてばかりだったとはいえ、いつマイクが回ってくるか不安で、周囲の状況を窺っていた。普段の加越さんの様子を一番よく知っているのも、おそらく俺だ。なのに加越さんがいつもと違うということに、本当に気付かなかったのだろうか。

　そして加越さん自身だ。彼女は本当に、酔っぱらうまでミモザに気付かないままだったのだろうか。隣で皆木さんが囁いたとはいえ、グラスを一杯まるまる空けるまでには相応の時間がかかったはずである。途中で酔いが回ってきていることに気付かないまま、一杯飲みきるものだろうか。あの場では俺も皆木さんも、彼女が酔っぱらって歌いまくってくれるなら、ありがたいと思っていた。加越さんはそれを察して、途中でアルコールに気付いても「もういいや」と飲み続けた。そういう可能性はないと言いきれるだろうか。

　いずれにしろ、もう終わったことなのだが。

　加越さんを見ると、彼女はこちらを見て、にっこりと微笑んだ。

第四話　団扇《うちわ》の中に消えた人

1

賑《にぎ》やかで窮屈な人混みの中を歩きながら「どこからこんなに人が集まってくるのだろう」と思った。前も後ろも右も左も人だ。連休中とはいえなぜこんなに人が集まっているのだろうか。千葉のどこにこんなに人がいたのだろうか。こんなにいるのに普段はどこに引っ込んでいるのだろうか。彼らはどこから来たのか。彼らは何者か。彼らはどこに行くのか。考えていたら前を歩く初老の男性に接近しすぎて踵《かかと》を蹴《け》ってしまい、すいませんと言って間合いをとったら今度は遅すぎて左後方から肩にぶつかられた。それを避けようとしたら間に割り込まれ、一緒に歩いていた皆木さんと距離ができてしまった。皆木さんはあれよあれよという間に後方に離れていき、しかし俺は周囲の人を押しのけてまで彼女の隣に戻るべきかどうか分からず流されるままになる。必死で人をかき分けてまで隣に戻ったら「なんでこの人こんな必死なの気持ち悪い」と思われるかもしれないのだ。皆木さんは皆木さんなりにこちらに近付こうとしているようにも見えるが、なにしろ常日頃から能面程度にしか表情がない人なので真意が分からない。俺同様人混みが苦手ではあるようだ。

前方の初老の男性を避《よ》けて前に出ようとしたが、甕《かめ》のような体型をした巨大なおばちゃんがアメリカンドッグを頬張りながらのしのし歩いていてこの人がどうしても避けられない。振り返るが、何の部活なのかお揃いの黒いジャージを着た女の子四人組が視界を塞《ふさ》いでいて後方も見えない。後ろにいたはずの加越さんの姿がない。里中たちがすぐ前にいるはずなのだが、甕のおばちゃんが邪魔して辿《たど》り着けない。もっとも追いついたところで、里中は連れてきた経済学部の男子二人の相手で忙しく、俺にかまっている余裕はなさそうだった。ではせめて移動速度を落として後方の加越さんと合流、と思うが、この人出では立ち止まれない。たこ焼き屋の屋台が目に入り、ちょうど食べたいと思っていたところだと気付く。横に脱出して人波からいったん出て、たこ焼きを食べつつ加越さんを待つのはどうだろうかと一瞬考えるが、結局そうした思い切った行動はできず、俺はそのままの速度で流され、たこ焼き屋は後方に離れていく。もっとも加越さんを待ち伏せたところで人波をかき分けて近くに行くことができるか自信がなかった。「すいません」と言って人波をかき分けるのはコミュ障にはハードルが高いのだ。それにそうまでして近くに戻っても「なんだこいつ必死ですり寄ってきて気持ち悪い」と思われやしないだろうか、という不安がある。まさか加越さんが今更そんなことを思うわけがないのだが、コミュ障は「自分が歓迎される」というイメージをどうしても持てない。

そういうわけで俺は流されるままに里中たちから遅れ、ついに今、皆木さんともはぐれた。コミュ障は人混みに弱い。人混みで自分の意思通りに動くにはある程度の強引さと先に前に出てしまう積極性、それに加えて軽く周囲に声をかけられる社交性が必要だが、コミュ障はいずれもない。そのため人混みに呑《の》まれたコミュ障は大抵同行者と一緒のペースで歩くことができず、静かに離れて消えていく。そして一時間とか二時間後になって同行者に「あれ？　あいついなくない？」と思い出される（または思い出されもしない）のである。

腹が減ったな、と思う。焼きそばにじゃがバターに唐揚げに海鮮串《くし》焼き。食べたいと思う屋台は無数にあった。なのにここまですべて素通りしてきた。同行者に「〇〇食べたいからちょっと待って」と言って引き留める決心がつかなかったのと、人波に逆らう積極性がなかったのと、そもそも屋台で注文するという手続きのハードルが高いのが原因である。

コミュ障は「注文」が苦手である。注文という行為は適切な音量と明瞭《めいりょう》な発声でこちらの意図を店員さんに伝えることが必要になる行為で、人間相手に分かりやすく自分の意思を伝える、という時点でそもそもコミュ障にはだいぶハードルが高いのである。声は大きすぎても小さすぎてもいけない。どこを見て言えばいいのか分からない。丁寧すぎると気持ち悪がられる気がするが横柄にもなりたくない。そしてカフェでもファストフードでも、店員という生き物は必ずあれこれと訊《き》き返してくる。断るのが大変な「無料でポイントカードをお作りできますが」。いいえと言うべきなのかはいと言うべきなのか混乱する「Tポイントカードはお持ちでなかったですか」。いつ飛んでくるか読めず予定を狂わせる「お持ち帰りですかこちらでお召し上がりですか」。こちらの無知とこれらが失策をあざ笑う「こちらセットですと二十円ほどお安くなっておりますが」[*1]。これら「早く答えろグズグズすんな」という威圧的なハイテンポで次々飛んでくる。捌《さば》くだけで精一杯なのに予定外の「ただいまキャンペーン中でしてこちらのクジを一枚」まで飛んでくる。普通の人間たちが平然とこれらのやりとりをしているのを見ると卓球の世界大会でも見せられているような気分になる。なぜあれについていけるのだ。なぜとっさに返せるのだ。やりとりの間にトマト抜きだのクリーム増量だのといったアドリブを入れる猛者《もさ》もいる。彼らは何なのだろうか。なぜそうまで臨機応変にトークを盛り上げられるのだろうか。全員DJとかなのだろうか。だからコミュ障は買い物が不自由である。世の中の店舗がすべて券売機式になってくれればいいのにと本気で祈っている。

したがって、すべて対人でマニュアルがなく、しかも周囲の喧噪《けんそう》を押しのけて注文しなければならない「屋台」というやつは、コミュ障にはいささかハードルが高いのであった。そもそも屋台の店員さんというのは怖い。ボソボソ声で注文したりしたら「ああん？　聞こえねーよ！」と怒鳴られ叱られる気がする。だから俺は、せっかく周囲に食べたいものが山ほど溢《あふ》れているにもかかわらず、これまでのところ何も買えていない。オムそばもおやきもふりふりポテトも、何も食べられていない。このままでは何のため

＊1　被害妄想である。店側としてはその場の利益を捨てて親切で教えているわけで、良心的な証拠。

に来たのか分からない。当初は里中たちが「これ食べようぜ」という流れになったら便乗して「あ、俺も」と手を挙げればいいか、と姑息《こそく》なことを考えていたのだが、ここまでの人出になるとは予想していなかった。みんなそんなに房州《ぼうしゅう》うちわが欲しいのだろうか。

もっとも、メイン会場であるうちわ販売所はまだこの先である。千葉県には竹と和紙で作った伝統の「房州うちわ」なる特産品があり、数年前から県内中の職人が一箇所に集ってうちわを売りまくる一種のフェスが、どういう流れなのかここ西登戸《にしのぶと》で開かれるようになった。最初の一、二年は街角のフリーマーケットのような牧歌的な雰囲気だったらしいのだが、優美な伝統柄からクリエイターによる現代的なオリジナルデザインまで、種々色とりどりのうちわがずらり並ぶ様はテレビ的にもSNS的にもおいしい絵であるらしく、ここ数年で急に知名度が上がって規模が大きくなったらしい。大学の近所で開かれる有名なイベントということで名前は知っていたし、会場周囲の路地にはすごい数の屋台が出るからそれだけでも面白い、と言われてのこのこ来たのだが、甘かった。これでは会場に着いても誰にも合流できないし、俺は一人ではこういうところで買い物ができないので、このままだと一人できょろきょろして文字通り「会場を回るだけで」腹を空《す》かせたまますごすご家に帰り、家の近所のいつものコンビニで買った弁当で腹を満たす、という流れになりかねない。何のために出てきたのか分からなくなってしまう。

もっとも、言いだしっぺの里中たちも現在のところ、それぞれに目算が外れている様子である。そもそもの発端は里中が経済学部の友人たちから「加越さんたちを誘ってくれ」と頼まれたことにあるらしかった。法学部と経済学部は選択必修などで授業がかぶることが多いが、加越さんと皆木さんは「いつも前の席にいる例の美人二人」としてわりと顔を知られているらしく（加越さんはつまらない講義だと寝ているが……）、お近づきになりたいと考える法・経済学部生がわりといるらしい。今回、一緒である経済学部の永栄《ながえ》君と竹下《たけした》君もそうで、里中に「あの二人と遊びにいきたいからどこかに誘ってくれ」と頼んだ、ということのようだ。見上げた積極性である。

なのに二人の頑張りはこれまでのところ今ひとつ報われていない気がする。加越さんは最初こそ一緒だったものの、ずらりと並ぶ屋台に目を輝かせあちらで広島焼きを食べこちらでぶどう飴《あめ》を食べ、「甘いもの食べるとしょっぱいもの食べたくなるし、しょっぱいもの食べると甘いもの食べたくなるし無限ループだよね」と言いながらいちいち屋台に引っかかるので、結局人波に呑まれて後方に消えてしまった。皆木さんは正反対で、永栄君と竹下君に左右から話しかけられても例の無表情と無口さで最低限の受け答えしかしないうちにやはり人波に呑まれて離れてしまい、結局永栄君竹下君とはほとんど会話らしい会話をしていないようだ。里中はというとお目当ての女子二人とほとんど話せなかったゲスト二人の相手に忙殺され、さっきも一所懸命に動き、喋《しゃべ》って、場を盛り上げようとしていた。あれはもはや「接待」と言うのではないか。手伝ってやりたいのは山々だが無理だし、などと思ううちに三人は離れていく。みんなバラバラで、当初の目《もく》論《ろ》見《み》通りに楽しんでいるのは加越さん一人という気がする。これでいいのだろうか。

携帯が振動し、加越さんからのメッセージが来ていた。**「はぐれちゃったので横道から先回りしてます。前にいるよー」**とのことだが、続けて送られてきた写真にはお好み焼きが写っている。さっき広島焼きを食べていたと思うのだが。[*2]

……まあ、「友達と一緒にイベントに行った」と言い張れるだけでも収穫ありだ。

俺は卑屈にそう思う。自分は「友達がいない寂しい奴」ではないし、「休日にすることがない暗い奴」でもないのだぞ、と一応言い張れるというだけで、なんだかこの社会における最低限の存在許可証は確保できたような気分になる。里中や加越さんを数えてよければ「大学の友達」もいることになるし、入学時に予想していたほど寂しい大学生活ではないと主張できる。存在許可証って何だ、寂しくて何が悪い、と反駁《はんばく》する気持ちももちろんある。だが保育園の頃から「おともだちと仲よくしましょう」と言われ、一人で遊んでいると「問題のある子」扱いされて十何年も過ごしてきたから、「友達がいない奴は問題がある」「かわいそうな人である」「友達が多い奴は偉い」「幸せである」という非論理的な固定観念がどうしても抜けないのだ。調べたわけではないが、平均するとむしろコミュ障の方が、通常人より強くこの固定観念にとらわれているのではないかと思う。というより、とらわれているからこそ恐怖でコミュ障になるのだろう。俺は今、こうして一人、無言で人混みを歩いている時間を楽だと思っている。その一方で

「この状態はよくない」と焦っている。アンビバレントな感情を自分の中に感じる。なんだかなあ、と溜《た》め息が出るが、すぐにそれどころではなくなった。携帯が振動して、里中からメッセージが届いたのだ。

里中瑛太《えいた》（ID:Eitarian）
ちょっとヤバい
永栄が財布盗まれたらしい

2

思わず周囲を見回し、それから背伸びをして前方の里中らを確認する。里中は携帯を操作して皆にメッセージを送っているようだったが、永栄君と竹下君は確かに、普通でない様子でそわそわしつつ周囲を見回している。そちらに集中して耳を澄ますと「警察」「ヤバい」「マジかよ」といった単語がかすかに聞こえた。本当に盗まれたらしい。

＊2　関東の屋台では大阪風お好み焼きを「お好み焼き」、広島風お好み焼きを「広島焼き」と表記することが多い。

いくら持ってきたのか知らないが、そう少額ではないだろう。学生には痛手だ。

加越美晴（ID:sir-pirka）
犯人の特徴は覚えていますか？
どんな方法でいつ盗まれたかは推測できますか？
この混雑だと、まだ犯人も会場から逃げていないはずですが。

即この返信をするというのはなんとも冷静な話だと思う。しかし指摘は当たっている。
俺は再度周囲を見回す。前方にはすでに鮎《あゆ》の塩焼きに持ち替えている甕おばさん。背中になぜか「WAI-KIKI」と書かれた変なTシャツを着た若い男性。カップ酒を持ちつつお互いの額をぺちぺち叩《たた》きあっている酔っぱらいの中年男性二人（兄弟だろうか？　よく似ている）。後方には何で盛り上がったのか一番背の高い子が隣の子にヘッドロックをかけつつ笑いあっているジャージの女の子四人組。横に広がる彼女らを迷惑そうに避ける眼鏡の男性。人混みには老若男女がほぼ均等な割合でいて、房州うちわって広く愛されているのだなと感心するが、一見して泥棒に見えるような人はいない。

里中瑛太（ID:Eitarian）
尻《しり》ポケットに入れてたら後ろから来た奴に抜き取られたんだそう

あっと思ったらもう犯人は人混みの中

加越美晴（ID:sir-pirka）
着衣と体型は？

警察かと思うが、十数秒の間を置いて里中から返信がある。

里中瑛太（ID:Eitarian）
小柄。年齢性別よくわからない
青と赤のパーカーに茶髪
パーカーはアメリカ国旗　星条旗？の柄　青と赤と白
だいぶ派手で目立った

永栄君は財布を抜き取られたほぼその瞬間に気付いたのだろう。背伸びをして前を見ると、里中が「はい、はい」と応答しながら電話をかけているのが見えた。一一〇番をしているようだ。その両隣で永栄君と竹下君が何か囁《ささや》きあっている。背の高い竹下君はともかく小さい永栄君はぴょんぴょん跳ねて必死である。犯人を捜しているのだろう。何故によその国の国旗をでかでかと印刷した服で町を歩くのか不思議ではあるが、犯人の「星条旗柄のパーカーに茶髪」はかなり目立つはずなのだ。周囲にはぎっしり人が歩いているが、永栄君の財布を抜いたのがついさっきだというなら、そんなに遠くへは行っていないだろう。このぎしぎしの人混みの中、一人だけ早足になろうものなら絶対に目立つ。だが、そういう人間は今までのところ、いなかった。

もう一度爪先《つまさき》立ちになり、人の頭越しに周囲を見回す。前方に逃げたか、屋台の前に出て人波から外れ、後方に逃げたか。斜め前に茶髪でパーカーの男性がいたが、色はグレーだった。酔っぱらいのおっさん二人組は新たな酒の肴《さかな》を見つけた様子で、りんごあめ屋の前で立ち止まって談笑している（りんごあめで呑むつもりだろうか？）。いつ持ち替えたのか甕体型のおばさんはフランクフルトを持っている。この人の髪は茶色だが服装は違うし、さすがにこの体型だったら永栄君も言及しているだろう。WAIKIKIの男性の周囲には同年代の男性が五、六人いたが、皆、服装が違う。後方の黒ジャージの女の子四人もだ。見える範囲に該当者はいない。前方の里中たちも見つけた様子はない。皆木さんはそもそも本人がどこに行ったか分からない。

……この周囲にいるはずなのだが。

悪い予感がした。このまま見つけられないでぐずぐずしていると、犯人は視界の外まで逃げてしまう。今のところ駆け出したり周囲の人間を押しのけたりして目立っている人間はいないが、人波は一定速度でメイン会場に向かって路地を進んでいるから、少しずつ人が入れ替わっていく。里中は通報したようだが、この人混みでは警察官がここに辿り着くのも時間がかかる。そして辿り着いたところでどうなるだろうか。この人混みで一人一人身体検査などしていられるのだろうか。

　爪先がごつりと何かを蹴った。足元を見ると、誰かの落とした財布だった。黒い長財布だが、蹴ったため開いていて学生証が覗《のぞ》いている。

　とっさにしゃがんで拾った。この学生証は房総大学《うち》のだ。

　学生証を抜いて見ると、予想通りの名前があった。経済学部経営会計科、永栄亮太郎《りょうたろう》。

　これは盗まれた永栄君の財布だ。妙に薄いと思って中身を見ると、札入れの紙幣だけが綺麗《きれい》になくなっていた。カード類や小銭は無事だ。

　そのことで逆に、永栄君は財布を落としたのを勘違いしたのではなく、明確に「盗まれた」のだとはっきりした。スリや置き引きがよくやる手口なのだ。カード類までは抜かず、現金だけを抜く。千円札一枚だけを残すケースや、時には自ら拾得物として財布を届ける、というケースもある。そうすることで自分の罪悪感をごまかすのだ。「帰りの電車賃は残しておいてやった」「財布を落とした方が悪い」「だからこのくらいは勉強料」「むしろ届けてやった」――窃盗犯のような最低ランクの人間にも最低なりの自尊感情があり、「自分はそれほど悪くない」と主張したいのである。

　それでもとりあえず、財布と小銭だけでも戻ってきたのはありがたい。俺は携帯でSNSを開き、財布を見つけた、とメッセージを入れようと思った。

　だがそこで指が止まった。今、俺が「財布を見つけたよ」と言って渡して大丈夫なのだろうか？

永栄君とは初対面だ。そしてまだ一度も言葉を交わしていない。むこうにとってはあくまで目当ては加越さんか皆木さんだというのが分かったから「積極的に消極的になって」やりとりを避けつつ離れたのだ。こちらとしても初対面の人と関わらずに済みそうだと、むしろありがたかった。当然の帰結として、むこうからすれば俺はどうでもいい人間であり、むしろ邪魔な存在ですらあるということになる。信用などとはほど遠い段階の人間関係だ。よく知らない人間の行動ほど悪意に解釈しやすい、というのは心理学を紐解《ひもと》くまでもない経験的事実だが、それを踏まえた上で考える。もし俺が紙幣の抜かれた財布を「落ちてたよ」と渡したとして、永栄君ははたして素直に「ありがとう」と言ってくれるだろうか。永栄君は礼を言いつつも内心で思うのではないか。――「こいつが盗《と》ったんじゃねーの？」

思わず、財布をバッグにしまっていた。周囲の人に見られたらまずい。俺は今、財布を二つ持っている状態なのだ。

それと同時に一つ、都合の悪いことも思い出した。俺は今日、いつもより多めに現金を持ってきているのである。房州うちわは手作りだけあってそれなりの値段がするし、屋台で買い物をする際、皆に気軽におごる流れになるかもしれないと思っていたのだ。会話で盛り上げられないからせめておごりまくって友達の支持を得ようという、一歩間違えればたかられて自らいじめを招きかねない卑屈なやり方だが、コミュ障としてはわりとありふれたこうした姿勢が、俺にはまだ潜在している。だが俺の財布に入っている「妙に多い現金」を見て、永栄君はどう思うだろうか。

財布を拾わなければよかったのではないかと思うと同時に、拾った財布を「捨て直してしまおうか」とも考えた。だがそれはできない。財布をなくした場合、一番大変なのが各種カード類の再発行だから、財布だけでもあるとないとでは大違いなのだ。それに、拾った時点で永栄君の財布は俺の占有下にあることになる。つまり今捨てれば「捨て直した」などという謎概念では解釈できず、単純に「人の財布を捨てた」ことになる。これでは俺が犯罪者だ。*3

うまく説明して疑われないように返せないか。考えてみるが何も浮かばなかった。仮に浮かんだとしても、コミュ障の俺がイメージ通りに喋れる可能性など限りなくゼロに近い。

俺は周囲を見回す。犯人らしき人間の姿はない。ぐずぐずしていたら逃げてしまう。そして財布も返せない。八方塞がりだ。

だがそこで、前方から加越さんの大声が響いた。

――ご通行中のみなさん、すみません！　ちょっと止まってください！

雑踏の喧噪も屋台の呼び込みも、遠くから聞こえてくるメイン会場内の案内音声も

＊3　他人の物を捨てたら、壊さなくても器物損壊罪（刑法第二百六十一条）になりうる。

ちすくませた。

軽々と飛び越す大声で、加越さんは周囲の通行人数十人の、おそらく大部分を同時に立

——ただいま、この付近で窃盗事件が発生しました。財布のスリです。

聞き取りやすいように一字一句ゆっくり区切って声を張っている。人波の流れは緩やかになり、ついに止まった。加越さんの位置は前方二十メートルほど。SNSで書いていた通り、先回りして前から来たのだろう。道の真ん中に立って叫んでおり、その周囲に人が滞留している。

——窃盗犯はまだこの周囲にいます。繰り返します。窃盗犯がまだ近くにいます。

すごすぎる、と思う。たった一人でこの群衆を止めてしまった。今や何十人という知らない通行人の視線が彼女に集まっているが、それをものともしていない。確かに犯人がまだここにいて、警察も呼んだというなら、これが一番合理的なやり方ではある。しかしそれは理屈にすぎない。知らない人ばかりの群衆に向かって「止まれ」と叫ぶなど、世界の中心で愛を叫ぶよりはるかに恥ずかしい。

——ご通行中申し訳ありませんが、しばらくこのままでお待ちいただけますでしょうか。ただいま警察が参ります。

お待ちいただけますでしょうか、と彼女が言った瞬間、もうざわめきが起こっていた。皆、最初は「何事だ」とせいぜい興味本位程度だっただろう。なのに待てと言われた。間違いなく、このざわめきの内容物は不満と非難が中心だ。後ろから「えー何?」「な

んで進まないんだよ」という声も聞こえた。さっきから後ろにいた、黒ジャージの女の子四人組と眼鏡の男性だった。

ざわめきがそこここからぷつぷつと湧き始めた。最初はちゃんと聞いていなかった人たちも、列が進まなくなっておかしいと思い始めたようだ。

――お願いします。犯人がまだこの周囲にいるはずなんです。警察が来るまで、どうかご協力ください。

背伸びして再び見ると、加越さんは両手を広げて人の流れを止めている。通行人のざわめきが強くなり、押し問答が始まりそうだった。通行人からすれば警察への協力など義務でもなんでもないし、赤の他人が財布を盗まれたところでどうでもいいのだ。

だが、そこで奇跡が起こった。ざわつく通行人に対し、一人で向き合う加越さんを見かねたのだろう。屋台の店主たちが動いた。

まず横のイカ焼き屋の親父が、彼女に倣って手を広げながら人波に頭を下げ始めた。

「ちょっとすんませんね。ちょっとお願いします。ちょっとだけ」

その隣の焼きそば屋の親父が長机を押してきた。「お嬢ちゃん、これに乗って喋んな、これ」

「ありがとうございます」加越さんは躊躇《ちゅうちょ》なく靴を脱ぎ、焼きそば屋の親父が前に出した長机に飛び乗る。彼女の全身が見え、ぐんと目立つようになった。「ご協力をお願いいたします。先程一一〇番通報はしましたので」

「あっちにおまわりさんいたからよう。俺が呼んできてやるよ」俺の横でじゃがバター屋の親父が怒鳴り、はいすみませんよ、と言いながら自分の店を放り出して出てきた。

「お嬢ちゃんがんばれ」

加越さんはありがとうございますというシャウトをここまで届かせた。

なんだか、すごい流れになってきた。こうなるともはや事件であり、騒動である。非日常の空気が場に広がる。

中年男性のものらしき「何やってんだよ。早く行けよ」という不満の声が後ろから飛んでくる。加越さんはもう一度状況を説明しだした。

「お嬢ちゃん、これ鳴らして注目させな」型抜き屋の親父がハンドベルを投げ渡す。

「おい何止まってんだよ」中年男性が苛《いら》ついた様子で人をかき分けて出てくる。「警察でもねえのに勝手なことしてんじゃねえよ」

「ご協力をお願いします」ケバブ屋の親父が男性の前に出た。

巨漢のトルコ人なので威圧感があり、中年男性は黙った。そこにすかさず横から焼きそば屋の親父がすり寄る。「まあちょっとね。ちょっとご協力お願いしますよ。ほらこれサービスしちゃいますから。これでも食べて」

中年男性が不満げに焼きそばのパックを受け取ると、親父はぺこりと頭を下げた。

「じゃ、サービスで三百七十円にしときます」

金取るのかよ、というつっこみが、おそらく周囲で無数に湧いた。

「犯人がまだ近くにいます」加越さんが長机の上で叫ぶ。「髪が茶色で、上半身は星条旗——アメリカ国旗柄のパーカーです。青地に星、赤と白のストライプの入ったあれです」

ぽつぽつと湧いていたざわめきが、染みが広がるように広がって隣同士でくっつき始め、急速に場が賑やかになる。皆が周囲を見回し始めた。里中たちもきょろきょろしているが、当の永栄君は「勘弁してくれ」とでも言いたげに頭を抱えている。まさか加越さんがこんな行動にでるとは思っていなかったのだろう。おそらく彼は今「俺のせいでお騒がせしてしまった」と思っている。

周囲の人も皆、それぞれに困惑しているようだった。刑事事件に直接関わった経験のある人は少ないだろうし、ほとんどの人の気持ちは「勘弁してくれよ」なのだろうが、それでも皆、周囲を見回している。WAIKIKIの男性は頭を掻《か》き、甕体型のおばちゃんはフランクフルトの残り半分を一気に口に挿入した。酔っぱらいのおっさん二人組は前方を見て「いいぞー」「よっ、美人」などと加越さんに声をかけている。状況が分かっているのだろうか。

俺は背筋が冷えていくのを感じていた。これはまずい。周囲からはすでに不満が出始めている。

当然だった。スリの犯人が近くにいる、という状況。たとえば、もし一対一で頼んだなら、大部分の人が「捜すのを手伝うくらいなら吝《やぶさ》かでない」と答えるだろう。少しくらい足止めをくらうのも納得してくれるだろう。だが匿名の集合体たる「群衆」になると、人は突然利己的に、意地悪になる。

屋台の親父たちが次々と協力してくれたのは幸いだった。最初に声をあげてくれたイカ焼き屋の親父がMVPと言うべきで、彼の一言により場の空気が「協力」の方に傾き、他の親父たちが雪崩をうった。

だが何の関係もないのに足止めされた通行人たちは違う。現時点ではまだ、さっきの中年男性以外に、明確に不満を述べる者はでていない。だが警察が来ず、もう五分――いや三分もすれば、他の人も不満を言い始める。「自分たちは無関係なのになぜ協力せねばならないのか」「そっちの話だろう」「強制するな」――すぐにそちらに傾く。犯罪被害に遭った人のために、窃盗犯を逮捕するために、五分間だけ立って待つ。それだけのことにすら、大部分の人間は反発する。警察や祭り会場の係員などの「権力者」に言われれば大人しく待つが、いち大学生に強制されるいわれはない、と考える。冷静に見れば随分冷酷なことだが、「普通の人間」というものはそもそも、その程度だ。

前方を見る。今はまだ、腕組みをして立派なヒゲを生やした巨漢のケバブ屋が威圧してくれているから保《も》っているが、この混雑だ。一一〇番で、またはじゃがバター屋の親父が連れてきてくれる警察官がここに来るまで五分ではきかないだろう。抑えきれない。絶対に。

加えてこの状況では、俺が財布を出すこともできない。これだけ皆を待たせて「被害者の友達が財布を持っていました」では大ブーイングになりかねない。それがたとえ財布だけで、現金は抜かれていたとしてもだ。皆「財布が戻ったなら、いいじゃねえか」と不満を言う。「なんだよ。あったのかよ」「その程度なのに皆に迷惑をかけるな」と。

周囲を見回す人が減ってきて、かわりにどちらかの脚に体重をかけて立ったり、携帯を出していじり始めたり、長机の上の加越さんを撮影し始める人が増えてきた。皆、ひと通り自分の周囲を捜しはしたが、茶髪に星条旗パーカーの該当者が見つからないと分かって興味を失ったのだろう。

人の流れは今や完全に止まっている。加越さんたちのところで人波はせき止められ、その前方にしばらくの空白地帯ができている。そのあたりにぽつぽつ立っている人たちが、何事かとこちらを振り返っていた。人混みの中から筍《たけのこ》が生えるようにあちこちでにょきにょきと腕が伸び、手に持った携帯がカシャカシャと音を立てる。それに対して「おい何撮ってんだ」という不満の声があがる。横の女性二人組が「ねえこれ、いつまでなの?」と文句を言い始めた。なんだか胃がきゅっと締めつけられるようだ。まだ二、三分しか経っていないのに、もう雰囲気が悪くなってきた。それにこの周辺の人たちはまだいい。周囲に犯人がいるかもしれないという意味では当事者なのだから。だが俺たちよりはるか後ろの人たちはどうだろう。わけもわからずただ足止めされることになる。

……早く犯人を見つけて、足止めされている通行人を解放しなければ。

だが俺は、決定的にまずいことに気付いていていた。

前方約二十メートル、加越さんのところで分断された群衆。犯人は後ろから永栄君の尻ポケットの財布を抜いて逃げたのだから、永栄君より前方にいる可能性が大きい。すぐに人波を出て後ろに回ったとしても、俺よりそれほど後ろには行けないはずだ。となると、この周囲の数十人。

しかし、それをいくら捜しても、該当者がいなかったのだ。星条旗パーカーというのは見間違いかもしれないが、似た色のパーカーもいない。何よりはっきりした茶髪の人がほとんどいない。

……どういうことだろうか。

雲行きが怪しくなってきた。早く犯人を見つけないと、おそらくあと数分以内に加越さんたちへの不満が爆発し、大ブーイングになる。ブーイングで済むならまだしも、苛ついた群衆だ。酒が入っている者もいる。加越さんが危険だ。

なのに、犯人の姿がどこにもない。

3

「繰り返します。犯人がまだ近くにいます。髪が茶色で、上半身は星条旗――アメリカ国旗柄のパーカーです」加越さんが長机の上で叫ぶ。「お願いします。周囲を捜してください。この中に犯人がいるはずなんです」

「いねえよ」誰かが怒鳴った。「早く行かせろよ」

この距離では加越さんの表情の変化は分からない。だが長机の上から場を見下ろしている彼女の方がはっきり分かっているはずだった。いないのだ。該当者が。

そもそも茶髪の人間という時点で少ないのだ。WAIKIKIの男性の周囲には同年代の若い男性が五、六名いるが、髪が茶色いのは一人で、服装は似ても似つかないデニムジャケットだ。型抜き屋の前に明るい茶髪の女性がいるが、肩下まで届くロングだし、ひと目で女性と分かる人なので、もし永栄君が見たらそう言っていただろう。後ろにいるジャージ四人組のうちの一人も茶髪だが、髪型がポニーテールだ。そして星条旗パーカーにいたっては、見間違えそうな服装の人間すらいない。

追い詰められている感覚はあったが、それ以上に不可解だった。犯人はどこに消えたのだろう？

この路地には横道はない。もっと先まで行けば加越さんが先回りしてきた路地に入れるが、それは今の加越さんよりだいぶむこうであり、犯人はそこまでは行っていないはずだ。路地の左右は民家で、塀を乗り越えて逃げるなどということは目立ちすぎて不可能だ。まさかマンホールに落ちたなどというわけはないし、ジェットパックで空を飛んだわけもない。路地はいわば大きな密室で、出口はないのだ。

では、屋台の中に隠れたのだろうか。どこかの屋台の親父本人が犯人か、犯人の仲間なのかもしれない。

しかし、左右の屋台を見るとそれもなさそうだった。犯人が隠れられそうな屋台の親父は軒並み加越さんに協力しているし、そもそも屋台に出入りするだけでだいぶ目立つ。これだけの人間が屋台を物色しながら歩いているのだ。バレずにやれるはずがない。

里中と竹下君がぐるぐる回って周囲を見ている。犯人が見つからなくて焦っているのだろう。永栄君は「俺は関係ない」と周囲に弁解でもするように、ただ顔を伏せている。犯人が見つからなければ、俺たちは自分たちの都合だけで群衆を足止めし、「迷惑をかけた」責任を負わなくてはならなくなる。

……脱いだか。

考えられる可能性はそれだった。星条旗柄のパーカーは犯行後にさっと脱ぎ、バッグに入れるなりして隠す。髪はどうだろうか。さっと外せるウィッグだったのかもしれない。そもそも、星条旗柄の派手なパーカーも茶色い髪も、被害者にそう印象づけるためにあえて派手にしていた、ということなのではないか。

俺は周囲を見回す。それなら該当者がいないことにも説明がつく。だが。

無理だ、と思った。これだけ人が密集した衆人環視の状況だ。パーカーを脱いでウィッグを外すとして、そんな目立つことをすれば絶対に見られる。なにしろ近くの人の髪の色が突然変わるのだ。周囲の人間が誰も気付かない、などということがあるはずがない。

……だとすると、考えられる可能性は一つしかない。

嫌な考えだったが、検討しないわけにはいかなかった。つまり、スリ自体が永栄君の狂言だった、という可能性だ。犯人の恰好《かっこう》が「星条旗柄のパーカーに茶髪」というのも、それでいながら性別も年齢も分からないのも、永栄君が「この場にいそうにない服装」を選んだからではないか。

もちろんそうすると、永栄君がどうしてそんなことをするのか、という問題が生ずる。だが人間はどんなことでもしうる生き物だ。まわりの、特に狙っている加越さんや皆木さんの同情をひきたかったとか、そう言っておけばおごってもらえるだろうとか、普通に考えればまともな人間がするはずのない思考回路の人間も、世の中にはたくさんいる。たった数千円のために強盗をして人を刺す奴だってざらにいるのだから。

そこまで考え、それから首を振った。それも、違う。

なぜなら他ならぬ俺が、永栄君の財布を拾っているからだ。事件が永栄君の狂言だとしても、彼が財布をそこらに落とす必要はない。どこかに隠して「盗まれた」と騒げばいいだけだ。定期や学生証やカード類の再発行はひどく手間も金もかかるのに、わざわざ財布ごと失う必要はない。もちろん、俺が拾ってくれると期待して捨てるなどというのは見込みがなさすぎる。

では、どういうことなのだろうか。窃盗犯は本当にいた。だが路地には出口がない。衆人環視だから屋台や民家に隠れることもできない。パーカーを脱ぐこともできない。なのに犯人は消えている。

そんなはずがない。この路地の幅十メートル。前後二十五メートル。そこにいる数十人。この中に犯人がいなくてはおかしいのに。

周囲のざわめきが大きくなる。前を歩いていた初老の男性が電話をしている。「前に進まなくてさあ」と、苛ついた口調で誰かに事情を説明しているようだ。後ろを振り返るが、じゃがバター屋は空のままで、警察官もまだ来ない。

黄色地に黒で書かれた「ほくほく じゃがバター」の文字を見て、屋台の屋根に上って逃げたのではないか、と思いついた。だがそれもすぐに自分で否定した。確かに死角だが、おそらく乗れば屋台が崩壊する。そもそも乗る時点でだいぶ目立つ。

後ろでかしゃりと音がする。斜め後ろの眼鏡の男性が携帯で加越さんを撮っていた。

本当はあれもいけないことのはずなのだが。

周囲の人が苛ついてきたのがなんとなく分かり、俺は息苦しさを覚える。永栄君の財布が入ったバッグを手で撫《な》でる。あの時に。財布を拾った時にすぐ永栄君に声をかけて返していれば、ここまでの騒ぎにはならなかったはずなのだ。永栄君は「とりあえず財布が返ってきただけでもまし」と考え、特に警察に言いもせず、それで少しだけ気まずい雰囲気のまま祭り見物は再開される。だが俺には、その「ひと声かける」ができなかったのだ。俺が盗んだと思われるのではないか、などというのはコミュ障特有の被害妄想に過ぎなかったかもしれないのに。

そしてその結果、この状況である。

なんとかしなければならなかった。だがどうにもならなかった。警察でもないのにこの場の人たちを一人一人身体検査していくなどできない。それを申し出る度胸はもちろん、里中たちに提案する勇気もない。それに、自分に関係のないことで足止めされた上に犯人扱いされたら、大抵の人間は怒るだろう。

里中たちが人波をかきわけて前に出ていった。加越さんに話をして、閉鎖を解くことを提案するのかもしれなかった。そろそろ限界だということは彼らも感じているだろう。

あらためて周囲を見回す。路地は狭く、それを屋台とのぼりがますます狭めている。そこにこの人出だ。両手を広げることすらできない人口密度。これが問題だった。ただの「衆人環視からの人間消失」ではないのだ。永栄君の見間違いや狂言でないというなら、犯人は何かのトリックを用いてこの場から消えたということになる。だがこの人口密度では、トリックのために何か変わったことをすればたちまち見咎《みとが》められる。たとえばこれが花火大会などなら、クライマックスのスターマインが始まる瞬間などに事実上「衆人環視」でなくなることもあるかもしれない。だがこの祭りではそれすらなかった。となると犯人は目立たず、周囲の誰にも見咎められずにトリックを実行しなければならない。そんなトリックなどあるだろうか？

「あ、お待ちの間りんごあめいかがですか。うちはね、ちゃんとサービスします。一つ三百円」

横の屋台からりんごあめ屋の親父の声がする。先の焼きそば屋の親父をまともにだしに使って商魂たくましいが、一つ五百円のところをそれだからまだきちんと「サービス」をしているといえるだろう。だが親父はかすかに困ったような笑顔を浮かべている。

おそらく、加越さんも屋台の親父軍団も、この展開は予想していなかったのだろう。目の前の人混みの中に犯人がいるのなら、皆で捜せばすぐに見つかる。でなければ犯人はプレッシャーに負けて逃げ出す。どの程度の捕物になるかはさておき、すぐに解決するはずだと思っていた。だが犯人が見つからない。客は動かないし買い物という雰囲気でもない。前方では、ケバブ屋の親父こそ無言で衛士のごとくだが、焼きそば屋と型抜き屋の親父はそろそろ困り始めている様子だった。どうしようか、というふうに顔を見合わせているのが見える。

りんごあめ屋の親父はとうとう、店頭から商品をぱぱっと取り、屋台から出た。「もう一つ二百八十円でいいや。りんごあめいかがですか」必死に場をつなごうとしてくれていることに対する感謝と、そのわりに値段の刻み方が細かいことへのつっこみ。それに親父の屋台にあるりんごあめが赤だけではなく白、水色、緑に紫と、かなり色彩豊かであることを発見した驚きという、別種の感情が同時に湧く。いや、りんごあめの色などは一番どうでもいいのだろうが。

と、思いかけたところで気付いた。りんごあめ。屋台の親父がまとめて抜いて持っていって、屋台を見ると赤に交じって白や水色や緑や紫もあることに気付いた。つまり。

「りんごあめいかがですか」

突然至近距離から話しかけられてぎょっとした。親父が人波をかきわけ、ここまで来ていたのだ。とっさに、「あ、はあ」と返してしまい、親父が笑顔になる。「ありがとうございます。何色がいいですか白、水色、緑に紫もあります。味は一緒ね」

一緒なのかと思ったがそれはまあ当然だった。というより、買うなどとは一言も言っていない。だがすでに親父には「買う」と解釈されてしまい待つ体勢になられてしまっている。ずるいぞ、と思うが今から前言を「翻して」キャンセルできる空気ではなかった。押し売りにやられたようだ、と思いつつ言われるままに二百八十円を出し、水色のりんごあめを受け取る。

買ってしまった。いきなりのことでびっくりして、まだ心臓が鳴っている。いや、腹は減っていたのだ。それに成り行きとはいえ屋台で買い物ができた。結果としてはよかったのかもしれない。安かったわけであるし。

いや、それどころではない。

りんごあめを見ているうちに気付いたのだった。方法はあるのだ。この強度の衆人環視状態から、誰にも気付かれることなく「消える」方法が。目立つことを何一つせずに人間を一人消せるトリックが。そして、犯人がその方法を用いたのならば。

俺は携帯を出し、里中にメッセージを送った。りんごあめを持っているため左手だけで文字入力をせねばならず何度も誤字を出したが、とにかく急いで入力した。

藤村京 (ID:nightowl at the bottom)
犯人がなぜ消えたのか分かりました
犯人を見つける方法があります。

そして加越さんが皆に向かって言うべきことを書いていく。説明が難しかったが、そこは文字入力のありがたさだった。文章はいい。発する言葉を事前に何度も吟味できるし、口でする と長ったらしくなるような説明もできる。漢字・カタカナが使えるから聞き間違いをされるおそれがないし、何より相手が見る前なら、発言を削除してなかったことにできる。日常会話がすべて文字入力でされるようになったらいいのにと思う。そして送信する。皆木さんはまだやりとりをしたことがないし、永栄君も竹下君もＩＤを知らないから、加越さんと里中にそれぞれ単独で送れば充分だろう、と人見知りの本領を発揮して画面をタップする。里中からはすぐに「マジで?」という全く意味のない返信があったが、その約一分後、加越さんからも返信があった。

加越美晴 (ID:sir-pirka)
ありがとう! 実行します。おかげで犯人逮捕できそう。

まだ分からないぞ、と思いながらも、とりあえずほっとした。

4

　ざわめきの中で前方に耳を澄ます。人間には「選択的聴取」という能力があり、賑やかな状況でも特定の物音だけを集中して聴き続けることができるというが、なるほどと思った。やりとりの内容までは分からないが、長机から下りた加越さんと里中が話し合っており、里中が「いけるっしょ！」などとノッているのが断片的に聞こえてくる。それを確認したら、俺はもう祈るのみだった。群衆に向かって話しかけるのは加越さんか里中でないと無理だ。りんごあめの串を握って待つ。

　周囲のフラストレーションはすでにそこここで状況を決壊させ始めていて、「おい、いつまで待たせんだよ」「ねー何やってんの？」という不満の声が連なり、そろそろ場の空気全体が流れを変えそうだった。

　だが、もうそれも終わる。

　どうするのかと思ったら、加越さんと里中が二人同時に、焼きそば屋の長机に乗った。何かが始まることが分かったのか、群衆が一瞬、静かになる。

「……お待たせしてすみません。ここまで、ご協力ありがとうございました」加越さんがすっかり慣れた様子で、まるで終わったかのような台詞《せりふ》を言う。「犯人の特定方法が分かりました。繰り返します。犯人を見つける方法が分かりました」

見知らぬ大勢の人に向かって喋る、という経験がある人はなかなかいない。加越さんはどうしてこんなに手慣れているのだろうと思う。隣で彼女を見ている里中も、似たような感じで驚いているのかもしれなかった。

加越さんは視線を皆の上に均等に振りまきながら言う。

「犯人は一人で来ている人間です。ですのでみなさん、すみませんが、もし二人以上で来ている方は、お互いを確認して、一緒に来たと分かるように並んで立ってください」

最初に加越さんが喋り始めた時と同様、皆が周囲を見回し始めた。加越さんが同じ指示をもう一度、ゆっくりと繰り返す。彼女の隣では里中が、長机には乗れなかったようだが傍らでは竹下君が目を光らせている。

皆の間に、講義終了後の大教室のようにざわめきが広がる。後ろで賑やかな声がして、振り返ると黒ジャージの四人組は、戸惑いながらもお互いくっつきあっていた。二人組でーす、という声がし、見ると酔っぱらいのおっさん二人が肩を組んでいる。酔っぱらいはこういうのが好きである。WAIKIKIの男性と周囲の人たちは困ったように突《つ》っ立っており、驚くべきことに甕のおばちゃんは俺の前にいた初老の男性をぐい、と摑んで引っぱった。二人連れで来ていたらしい。

やはり皆、犯人扱いされてはたまらない、と思ったのだろう。もともと縁日に一人で来る人はあまりいない。あちこちでお互いを呼びあったり、特に何もしないが寄り添ったり、説明するように加越さんたちを見たり、ちょっとした「相方探し」のレクリエーションのような状況になっている。一方、斜め後ろの眼鏡の男性は顔をしかめ、腰に手を当てて立っている。一人で来た人にとっては嫌な状況だろう。

だが、どうやら決定である。俺から見ても明らかだ。

里中が叫び、こちらに向かって指さした。「いた！　あそこの人たちだ！」

おい叫ぶな、と思ったが、この人混みで声をあげて里中を止める勇気が出ない。隣の加越さんも止めようとしていたようだったが、里中はそれにも気付かずに叫んだ。

「あそこです！　犯人はあいつら！　そこの、Tシャツの、何あれ『WAIKIKI』って何？　なんか英語でそう書いてあるTシャツのあいつです！」

里中は俺の前にいたWAIKIKIの男性を指さし、飛び跳ねんばかりにしている。「あいつと、そのまわりにいる若い男性五人？　六人？　あいつら全員です！　捕まえてください！」

里中が誰を指さしているのか、周囲の人々にも伝わり始めたようだ。WAIKIKIの男はTシャツの文字を隠すように防御の姿勢をとるが、すでに周囲の人たちは全員、そちらを見ていた。あちこちから声があがる。「なんだ」「どいつ？」「あそこのじゃない？」「あれ全員？」後ろのジャージ四人組と斜め後ろの眼鏡の男性は背伸びをして彼らを確認しようとしている。酔っぱらいのおっさん二人が「あいつらか！」と露骨に指さしながら近付いてきた。甕のおばちゃんは緑のりんごあめを齧《かじ》りつつ、犯人たちをじっと見ていた。夫らしい隣の初老の男性の方はそちらに行こうかどうしようかと迷っているようだ。

いきなり指さされたためWAIKIKIの男性もその周囲の五、六人も、最初は戸惑っているようだった。お互い顔を見合わせるような、それをしないようこらえているような中途半端な状態でおろおろしている。今や指さされたのが彼らだということは周囲の人たちにも認識されており、彼らのまわりには空間ができつつあった。それではっきりした。WAIKIKIの男性が主犯。その周囲の同年代六人が補助。確かに、六人のうちの一人がショルダーバッグを持っている。星条旗パーカーと茶髪のかつらはあの中だろう。

衆人環視からの人間消失。だが、その真相は単純なものだった。赤いりんごあめの陰に他の色のりんごあめが隠れているのを見ただけで、俺が気付くほどに。

犯人は七人組だったのだ。俺の推理では何人なのかまでは分からなかったが、少なくとも最低五人は必要だった。実際にスリをする主犯と、主犯を囲んで姿を隠す補助が最低四人。現実には四人では隙間ができすぎて危険だから、五人か六人は必要だろうと思っていた。

人間消失の真相はそういうことだったのだ。人混みの中だからといって衆人環視とは限らない。人混みの中についたてを置けば、その中で星条旗パーカーを脱ぎ、茶髪のかつらを取って変身しても、誰にも見えない。そして、ついたてはパーティションなどではなく、人混みの中にあっても誰も気にしない唯一の物——つまり、人間である。財布を盗んだ後、主犯であるWAIKIKIの周囲を壁役の六人が囲み、星条旗パーカーで茶髪の男がWAIKIKIのTシャツと黒髪に変身するところを隠す。人間の壁だ。パーカーとかつらは壁役の一人が受け取ってバッグに入れる。おそらくは財布を盗る時も、壁役の六人は主犯と被害者をさりげなく囲んでいただろう。背が高めの六人で囲めば、背の低いWAIKIKI男も、被害者の永栄君も周囲から見えなくなる。

「そこの人、バッグの中を見せてもらえますか？」加越さんの声がした。いち早く長机から飛び降り、人波をかき分けてこちらに向かっている。

七人組を囲んでいる人たちも彼らをじっと見ている。彼らもそのことに気付いたのだろう。自分たちだけが匿名の「群衆」から切り離され、可視化されている。彼らはようやくお互いに視線を交わし始めた。

「ねえちょっと、あんたたち」

驚くべきことに、最初に声をかけたのは甕のおばちゃんだった。りんごあめをもぐもぐやりながら七人に近付いていく。「あんたたちがやったの？　駄目でしょう。出しなさい財布」

「そうだ。出せ」誰か男性が怒鳴った。

大勢は決した。あとは警察官が来るまでこのまま皆で囲んでいればいい。

里中が馬鹿正直に指さしたのは計算外だったが、作戦は当たった。「一人で来ている人が犯人」と嘘をついて揺さぶりをかけ、そこでの反応を見てこの七人をあぶり出す。

加越さんが言った「犯人は一人で来ている人間だから、複数人で来た人はそれを示してください」という言葉。その言葉が真実であるかどうか、根拠があるかどうかはどうでもよかった。とにかくそう叫びさえすれば、周囲の群衆は単純に、誰ともくっつかない人間に疑いの目を向ける。理屈も何もなく疑われ、下手な振る舞いをすれば「あいつが犯人だ！」と叫ばれてもみくちゃにされるかもしれない。だから犯人でも何でもない人たちは、そうなってはたまらない、と考え、お互いくっつかざるを得ない。

だが犯人グループはそうはいかなかった。彼らは「自分たちがグループであることを隠したい」のだし、トリックの性質上、近くにいながらお互い他人のふりをしてきたはずである。そうなると困るのだ。一人です、と偽り続ければ加越さんの言葉通り、周囲に疑いをかけられる。だが今更「実はつるんでました」と集合したら、それもそれで不審がられる。犯人たちだけが、「どちらに転んでも困る」という状況になるのだ。まして加越さんがどんな意図で「犯人を見つける方法が分かりました」と言いだしたのかも分からない。もしかして自分たちがグループであることをあぶり出すための罠《わな》ではないか――そうも考えてしまう。結果として彼らだけが、集団で来ていながらすぐに集まらずにおろおろ迷う、という状態になる。

そして今そうした通り、彼らがお互いに他人のふりをした場合、それ自体が犯人だという証拠になる。

なぜならこの「房州うちわ祭り」には老若男女、まんべんなく客が来ているからだ。容疑者は数十人。仮に百人だと計算しても、老若男女まんべんなくいる中で、若い男性だけが七人も一箇所に集まる、というのは、彼らが連れでない限り確率的にありえない。なのに彼らは、お互いに「連れではない」という態度を取った。この時点で彼らが嘘をついていると分かる。つまり「同年代が一箇所に集まっていながら連れではない、という態度を取る、五人から八人程度の集団」がいたら、そいつらが犯人なのだ。

犯人たち七人を囲んで見ている人たちは、もちろんそんな理屈は知らない。だが七人がひとかたまりになったことで「あいつらだ」と確信してはいるらしい。おい、とか、バッグ見せろ、といった声も飛んでいる。ほんの数十秒前、自分たちを足止めしている加越さんたちに向けられていた敵意が、今度は犯人たちに向いている。

「いや違うんで」

WAIKIKIの男が動き出した。「服装違うし」

男に続き、周囲の六人もそれぞれに顔を伏せ、やや強引に人波を割って後方に、つまりこちらに逃げようとする。杖《つえ》をついた老年の男性が手を伸ばし、勇敢にも「おいちょっと待て」とWAIKIKI男の腕を摑んだ。男が腕を振り払い、その勢いで男性がよろめくと、周囲にざわめきが起こる。七人組は強引に人波を分けてこちらに来ようとする。

おいこっちに来るぞ、と思った。なぜこっちに来るのだ。周囲の人たちも同じことを思ったらしく、七人組の進行方向にいる人たちが身を引いて人波が割れる。

「道を空けてください」加越さんの声がした。

「空けてください。てめえ、そこのてめえら待て」

里中の声もする。七人組が足を速め、WAIKIKIの後ろにいた男が邪魔になる女性を突き飛ばした。悲鳴があがる。俺は下がろうとして、後ろに人の壁ができていることを知った。おい。待ってくれ。聞いてないぞ。

その時、俺の腕をとんとん、とつつく手があった。

振り返ると、皆木さんが眼鏡を外し、こちらに差し出していた。持っていてくれ、ということらしい。

空いた手で受け取ると、皆木さんが飛び出した。WAIKIKIの男が来る。皆木さんが男に真横から急迫した。

「セェェ！」

かけ声とともに皆木さんの体が回転する。顎《あご》にもろに回し蹴りをくらったWAIKIKIの男が、見事な万歳をして仰向《あおむ》けに倒れた。後ろから来た仲間の男がWAIKIKIに倒れかかられてバランスを崩す。皆木さんはその男の顎に正拳《せいけん》突きを叩き込んだ。男二人がもろともに倒れ、周囲から悲鳴とざわめきが起こる。

「うわ」

「何だよ」

後から来た壁役の男たちは、いきなり二人が倒されたので驚愕《きょうがく》している。皆木さんは黒髪をなびかせて男たちに突進し、三人目の男の襟首を摑んで引き寄せ、膝《ひざ》で金的を入れて引き倒すと、後ろの男の顔面に掌底を入れて跳ね飛ばす。

「うおっ？　何だ？」

驚きの声は里中のものである。俺は口をあんぐりと開けたまま、皆木さんに渡された眼鏡を握りしめていた。一体何が始まったのか。捕物、大立ち回り。しかしその中心はまさかの皆木さんである。

周囲の驚愕をよそに、皆木さんは一人だけ早送りになったようなスピードで動く。男の髪を摑んで引き寄せ、こめかみを肘《ひじ》で打つ。別の男の袖《そで》をとって引き寄せ、脇固めというより腕を叩きつけるような動作で肘を折る。硬く乾いたものが折れる音がここまで聞こえ、男の悲鳴がそれに続く。残っているのはもうあと一人だけだった。体格のいい最後の一人は殴りかかってきたが、皆木さんはその拳《こぶし》を右、左、と難なくさばき、下段回し蹴りで膝をついた男の頭頂部に踵落としを入れて倒した。周囲の人たちも状況が呑み込めてきたようで、うおおう、という歓声があがる。焼きそば屋の親父がピューと口笛を吹き、型抜き屋の親父がカラカラカランと鐘を鳴らす。

だがその皆木さんが急にバランスを崩し、膝をついた。最初に回し蹴りをくらったWAIKIKIが身を起こし、後ろから彼女の足を摑んで引っぱっていた。皆木さんは後ろを見るが、足首を摑まれていて動けない。二番目に倒された男が起き上がって彼女に摑みかかる。

だが、その男の体がふわりと宙に浮いた。

ケバブ屋の親父がいつの間にか来ていた。親父は暴れる男を問答無用で頭の上まで持ち上げ、プロレスのボディスラムの要領で地面に投げ落とす。ごつり、という音がここまで聞こえた。アスファルトだが死んでいないだろうか。WAIKIKIの男は皆木さんを離して逃げようと地面を這《は》っていたが、ケバブ屋の親父はその男の足を摑んで引きずり、両手で高々と頭上に持ち上げた。

「Kadınlara karşı nazik olun!」

地面に叩きつけられたWAIKIKIは「ごえ」と変な呻《うめ》き声をあげて動かなくなった。

後ろの方から「すみませーん！　道をあけてくださーい！」と繰り返す声が聞こえてきた。警官が来たようだ。

「皆木さん、大丈夫？」

人垣から加越さんが飛び出してきて皆木さんに寄り添う。皆木さんは怪我こそないようだったが、俺から眼鏡を受け取ろうともせずに頭を抱えて唸《うな》っていた。「残心が全くできてなかった……」

ケバブ屋の親父は倒れた男たちを見て目を閉じ、何かを祈っていた。

5

「突き飛ばしたこと自体は『相手方の反抗を抑圧するに足りる程度』だよね」

「うん。でもあの男は主犯じゃないかも」

「役割分担があったら共同正犯じゃなかったっけ？　それなら全員正犯だから、WAIKIKI以外が暴行をしても事後強盗だよね」

「強盗までの共謀はなかったから、他の男は……」

「そっちが問題だよね。事後強盗罪を真正身分犯ととらえれば六五条一項で……あれ？　本件は大阪高判昭和六二年七月一七日とは関係がないのかな？　むしろ共謀の射程の問題だから最判平成六年一二月六日？」

「加越さんよく裁判例の日時まで覚えてるね」

　コミュ障でも専門の分野についてはベラベラ喋るし（ただし目は合わせない）、慣れた相手となら尚更《なおさら》であるから、ベンチに並んで座っている加越さんとは一見、会話が盛り上がっているように見えるだろう。しかしこの話題で盛り上がってよいのかどうかが正直なところ分からない。何かの事件をニュースで見たり実際に関係したりした時、この件は法的解釈がややこしくなりそうだと分かると途端に議論を始める。たとえば居酒屋で注文したハイボールが薄かったら債務不履行の成立を、登校中に自転車を避けて足をくじいたら傷害罪の成否を、皆が目を輝かせて議論し始める。法学部生にはそういう癖がある。だが不謹慎な気がする。周囲はわりと賑やかで人の出入りもあるため、今のところ受付にいる職員さんたちが俺たちを見て不審がるような様子はないのだが。

　千葉中央警察署一階のロビーは窓の大部分にブラインドがかかっており、外の様子はあまり見えない。玄関の自動ドアも色ガラスだからはっきりとは分からないが、窓越しに見える日差しの色が変わってきているようだった。柱の時計を見たら、午後五時過ぎになっている。

加越さんと議論していた通り、WAIKIKI一味の七名は全員、その場で逮捕された。じゃがバター屋の親父が呼んできた警官は一人だけであり、応援が来るまではその一人も相当あたふたしていた様子だったが、なにしろ全員きれいに伸びており、取り逃がすようなことはなかった。だが事件がややこしかった。俺たちは永栄君の被害金額を主張して彼に然《しか》るべき額を戻さなければならなかったが、WAIKIKIが持っていた現金は証拠品として保管されてしまい、永栄君への補償は後日になるとのことだった。それどころか皆木さんとケバブ屋の親父は犯人をやっつけているため、きちんと事情聴取を受けて正当防衛であるということを説明しなければならなかった。通行人を足止めした加越さんも自分の行動について釈明する必要があったし、俺は犯人を特定する根拠となった自らの推理を説明しなければならなかった。ばらばらに行われた事情聴取は長引き、全員が終わって戻ってくるのを待っていたら結局この時間である。中央警察署は祭り会場からは遠く、今から戻る流れにはならないだろう。

俺はWAIKIKIたちの罪状を考える加越さんの隣で溜め息をつく。加越さんのむこうで皆木さんが、まだ耳を赤くして顔を手で覆ったまま「……実戦とかいってはしゃいで残心もないとか平常心全くなくてつらい……いきなり上段はいいとしても一撃で倒した気になって後ろ取られるとか恥ずかしすぎる……」とぶつぶつ言い続けている。時々、急に喋りだすタイプの人である。落ち込む彼女の肩を加越さんがぽんぽんと叩く。

「でも」加越さんも、困ったような顔で言った。「……結局、お祭りのメイン会場まで行けてないね」

頷《うなず》くしかない。「……仕方がないけど」

正面にあるエレベーターのドアが開き、背の高い人が出てきた。竹下君である。俺たちの中では最も事件に関わりが薄かったはずだが、事情聴取の順番の関係で時間がかかったようだ。

竹下君はベンチに並ぶ俺たちに気付くと、一瞬迷うようにしてからこちらに来て、どう言うべきか分からない、という顔で「あ、どうも……」と頭を下げた。

「……あ、永栄、帰るそうなんで。俺もトイレ行ってから帰ります。じゃ」

加越さんは「またね」と手を振ったが、俺と皆木さんは声をかけずに黙っていた。竹下君の方も、まるで俺たちとは言語が違ってうまく話せないから困っている、とでもいうような表情で、気まずそうに「じゃ」と繰り返してそそくさと廊下の奥に向かった。正面玄関はこちらなのだが、エレベーター裏のトイレに寄り、そのまま裏口から出ていくつもりらしい。それはつまり、意識的なのか無意識なのか、俺たちと顔を合わせたくないということのようだ。

長身が目立つその後ろ姿を、三人とも黙ったまま見送る。

事件は解決したのに、気まずいというか、やりきれないというか、この感じは何だろう。

「……確かに、お祭りは台無しになっちゃったね」

隣で加越さんが溜め息をついた。見ると、彼女は体を縮めて上を見ていた。「……失敗だったかなあ」

皆木さんが何か言いたげに彼女を見たが、結局何も言わなかった。加越さんがこちらを見る。

「……藤村くん、ありがとう。助けてくれて」

「いや」眩《まぶ》しくて目をそらす。もったいなすぎる言葉で、どうにも持てあます。

「藤村くんが犯人を見つけてくれなかったら、私、すごいピンチだったと思う」

「いや」それしか言えないのが情けない。

「私、最善の判断をしたつもりだったけど」加越さんは頭を抱える仕草をし、うー、と唸った。「余計なこと、したのかなあ」

「いや……」

それを言うなら俺だってそうなのだ。皆には事情聴取の合間に白状しているが、俺が財布を拾ったことをすぐ永栄君に言えていれば、ここまでの騒ぎにはなっていなかったはずだった。皆の意識は被害金額の方に向き、犯人を捕まえよう、ではなく「ひどいね」「警察に言おうか」という話にはなり、おそらく永栄君は首を横に振る。皆で彼におごりながら、あとはそれだけで、普通に祭りを楽しめたはずだった。

永栄君たちにとってはそちらの方がよかったのかもしれなかった。大騒ぎを起こし、警察沙汰《ざた》になり、結局、祭りどころではなくなってしまった今と比べれば。

「……私ね、変、ってよく言われるんだけど」

加越さんが、エレベーターのドアのあたりを見ながら言った。

「……これまでは別に、気にしてなかったの。みんなと違う、っていう意味で『変』だっていうなら、それがどうしたの、って思ってた。ただ『違う』だけで別に迷惑なんかかけていないし、色々な人がいた方が社会全体の生存戦略としては有効なんだし、って」

すらすら言ったということは、これまでも何度か同じテーマで悩んだことがあったのだろう。加越さんはまだエレベーターの方を見ている。

「……でもひょっとしたら、どういう理屈かは分からないけど、みんなに迷惑をかけているのかもしれない。皆と違う、っていうことは、それだけで何か、すごく迷惑なのかも」

「いや、そんなことは」

ない、と言いたかった。だがそう断言する勇気が出なかった。俺自身も変わり者だから自己弁護にしかならない気がする。それに。

今は誰もいない廊下の方を見る。竹下君は困った顔をしていた。厄介なものに関わってしまった、とでもいうような。

そして永栄君自身からは結局、一度も「ありがとう」と言われていない。

俺たちは彼らに迷惑をかけたのかもしれなかった。現に祭りは台無しになったし、結局金もすぐには返ってこないのだ。そして「大騒ぎになってしまった」という、そのこと自体が、彼らからすれば多大な迷惑なのかもしれない。もうこいつらには関わりたくない、と思うほどの。

どうしても溜め息が出る。「人づきあい」というやつは、「普通」というものは、かくも難しい。というより、そんなことを難しいと思っているからこそコミュ障なのかもしれなかった。

正直なところ、加越さんまで落ち込んでいる様子なのは意外だった。いつものんびり飄々《ひょうひょう》としているし、躊躇《ためら》いなく加越シャウトを飛ばすから周囲のことなど気にしていないのかと思っていたのだが。

その隣の皆木さんも俯《うつむ》いている。まあ基本的に無表情かつ無口で、周囲からは「何を考えているか分からない人」扱いをされているのかもしれないが、少なくともいい人ではあるから、この人なりに不手際と考える部分があって、落ち込む要素があるのだろう。こうして見てみると里中はともかく俺と皆木さん、それにもしかしたら加越さんも、実はそれぞれ形の違うコミュ障なのだろうかと思えてくる。

ベンチの俺たちは沈黙し、その横で、受付の職員さんたちがやりとりをする声がロビーに飛び交っている。

無事に事件を解決したのに、なぜこんな雰囲気なのだろうか。

だが、再びエレベーターのドアが開くと、里中が出てきた。「お待たせ。いやあ事情聴取とか初めてだわ。すげえ緊張した」

そのわりに楽しそうである。里中は笑っていた。「にしても、さすが藤村。あっという間に犯人のトリック見破って、しかも特定までするとは。マジすげえ」

「いや」俺は目をそらした。

里中は嬉しくてたまらない、という光り輝く笑顔で、周囲の目もかまわず興奮気味に言う。「加越さんもありがとう。あそこでシャウトできるのさすがだわ。やんなきゃと思っても俺、絶対できない」

「いやー……まあ……」加越さんも目をそらした。

「それに超驚いたんだけど皆木さん！　超すげえ！　七人倒したとかマジ最強！　めっちゃ恰好良かったけど何？　格闘技やってんの？　空手？　黒帯とか？」

「いや……二段」皆木さんも目をそらした。

「いやあ、なんか俺のまわりすげえ人ばっかかでほんとすげえ。超いいもん見せてもらったわ」

「いや……迷惑だったかも。結局祭り行けなかったし」

俺が言うと、里中はぶんぶんと首を振った。「いや何言ってんだよ。泥棒その場で捕まえたじゃん？　普通にめでたしめでたしだし」

「……そうなのか？」

「財布盗られて泣き寝入りして雰囲気悪いまま祭り行くより、今日の経験の方が絶対思い出に残るだろ。これ三十年後も呑みながら話題にできるって絶対」

里中は笑った。そして俺たちに言った。「ありがとう！」

俺たちはなんとなく顔を見合わせた。それから、誰からともなく肩を震わせ、笑った。

「おっ？　どした？」

一人情況が分からず混乱する里中を見ながら、俺は笑った。

そして思った。こいつと友達でよかった。

第五話　目を見て推理を話せない

1

視力というものは本当に大事である。俺は高校一年まで両目とも1・5を維持して、小学校の頃は健康診断のコメント欄に「すばらしい」と書かれた実績があるのだが、高校二年から急速に近視が進行して1・0になり、0・8になり、現在では裸眼だと時折不自由するレベルになっている。悪くなり続けているようだからいずれは眼鏡デビューなのだろうが、そういえば眼鏡デビューとは具体的にどうすればいいのだろうか。眼鏡屋さんに行って「眼鏡ください」と言えばそれでいいのだろうか。医師の診断書などが必要なのだろうか。漠然と「眼鏡ください」と言うだけでは「え？……それだけじゃ何も分からないよ〇〇とか〇〇は準備してないの？　じゃあ〇〇なのか〇〇なのかはどっち？　分からないの？　ただ『眼鏡ください』で眼鏡作れるわけがないじゃないか小学生かよ」と自分の非常識を笑われるということはないのだろうか。初めて眼鏡を作る時に眼鏡屋さんにどう言えばいいのか、という知識はなく、携帯で検索してもそれらしい情報は出ず、本当に「眼鏡ください」でいいのかどうか今ひとつ確信が持てないままでいる。情けないことに、未《いま》だに眼鏡を作らない原因は金銭的余裕でもライフスタイルでもなく、単にそれなのだった。里中あたりに連れていってもらえればいいのだろうなと思うが里中は俺のお母さんではない。

　コミュ障は「申し込み」が苦手である。ウェブ上の予約や会員登録は普通にできるが口頭でアドリブを利かせねばならない電話予約はなかなか決心がつかない。三分で済む電話一本のために数日かけて決心をし、電話口では心臓をバクバクさせて息をひそめ、三コールで相手が出なかったら「状況が悪い。出直そう」と判断して切ってしまったりする(↓最初に戻る)。いわんや直接訪問をや、である。美容院、ホテルの宿泊、宅配便の発送に飲食店の予約。コミュ障は日々、申し込みの壁の前でもじもじUターンをしながら生活しており、Amazonや楽天に足を向けて眠れない。

　そんな状況だから俺は、とりわけ非日常で手続きに不明点が多い「眼鏡を作る」をずっと後回しにしていた。そしてその怠惰を今、大いに後悔している。立ち止まり、わいわい喋《しゃべ》りながら離れていく五人組の背中を振り返って窺《うかが》いつつ、追いすがってフォローをすべきだろうか、と悩んでいる。まあ自分がどうせ動かないのは分かっているのだから、相手を無視したことに対する弁解としての葛藤《かっとう》である。

　大学のキャンパスが広いものだから油断していた。どんなに広くても空間的には有限であり、ましてや同じ学科の同じ学年ともなれば行動範囲も似通ってくる。実際、俺にとっても房総大学の広大なキャンパスは八割以上が工学部だの研究棟だのといった未踏の

＊1　その必要は全くない。

地で、普段は一般教養棟と法学部棟、あとはせいぜい図書館と生協付近を使うに過ぎないのだ。したがって「はっきり友人とは言えないまでも顔見知りで、顔を合わせたら挨《あい》拶《さつ》くらいはするべき相手」と、休み時間に不意にすれ違うことなどいくらでもあるのに、その危険が頭から抜け落ちていた。

二限終了後、生協前の広場から図書館に向かう途中、学科の人たちの群れが前から来たのだった。いつも一緒に行動していて、学部棟の、法学部生に与えられた「学生談話室」または三階階段前のラウンジスペースで喋っているから密《ひそ》かに「ラウンジ組」と呼んでいる人たちだった。総勢十名程度になるラウンジ組はメンバーが半固定で、山本さんとか二《に》反《たん》田《だ》君とかいったレギュラーメンバーに「準レギュラー」や「ゲスト」といった立ち位置の人が入ったり入らなかったりしていつも四、五人くらいの集団になっている。里中は「準レギュラー」、加越さんは「ゲスト」といったところだろうか。俺はもちろん「視聴者」だから、ラウンジ組のレギュラーだけなら別に挨拶するほど親しくはなかったのだが、五角形の隊列を組んで向かってくる中の中列右側が顔見知りの美川さんで、しかもまずいことに今、ちらりと目が合ってしまったのである。

俺は瞬間、判断に迷った。美川さんは面識もあるしIDも知っている。以前、西千葉駅前で人間消失事件を解決して感謝されてもいる。しかし日常何かやりとりをすることもなく、授業でも顔を合わせない。「以前イベントで突発的に関わってその時にIDも交換したが、それ以後やりとりのない人」というのはおそらく「知人」にあたるのだろうが（里中なら「友人」にしてしまいそうだが）、この「知人」というやつが難しいのだ。挨拶くらいはする方がいいのだろうか。それともやりすぎなのだろうか。挨拶をしなかったら「無視された」と思われるかもしれないが、したらしたで「よく知らない人なのに妙に絡んできて気持ち悪い」と思われるかもしれない。どちらを選んでも失敗のリスクがある。前者の方が起こりやすいが後者の方がダメージは大きい。しかしこれでもし選択を誤った場合に俺の印象が悪くなるというのはひどくないか。こんな運次第の二択、どうしようもないではないか。だが美川さんは来る。どちらかを選択しなければならない。合理的な第三の選択などないし突然出てきてすべてを都合よく解決してくれる機械仕掛けの神もいない。

無論、こういう時には積極的に消極的な選択をするからコミュ障なのである。俺はなんとなく視線をそらして「すみません気付いていませんでした」の演技をしつつすれ違った。そしてその刹那《せつな》、美川さんがこちらをしっかり見ており、声をかけようとした感じで口を開きかけていたのを見た。あっと思う時にはもうすれ違っていた。

しまった選択を間違えたと思い、立ち止まって振り返る。しかしそれすらだいぶタイミング的には遅く、ラウンジ組五人がだいぶ通り過ぎた後だった。もちろんむこうは俺を気に留めることなく、談笑しつつ離れていく。

俺は溜《た》め息をついた。ああ、またやった、と。こうやって俺は自ら「話しかけにくい人」になってゆくのである。そして「感じの悪い人」「何を考えているか分からない人」になり、特に誰にも関心を払ってもらえなくなるのである。自業自得ではないか。

そして俺も、ああいうふうに。

俺は離れていくラウンジ組の五人を見て、あることに気付いていた。五人は「二人－二人－一人」の五角形隊列で歩いている。前列は山本さんと二反田君で、二人はいつもいる、ラウンジ組の中心人物である。中列は井桁《いげた》さんというこれもラウンジ組の中心メンバーと美川さんである。そして後列が姫田《ひめだ》君という、これもレギュラーというか学生談話室にいつもいる人だ。だが。

おわかりだろうか、というナレーションが頭の中に流れる。この五角形隊列には、グループ内のヒエラルキーがそのまま表れている。

五角形の隊列を組んでいる以上、前列は前列同士、中列は中列同士で話をするのが基本となる。だが前列はいつでも振り向いて自ら中列に話しかけることができるのに対し、中列が前列の人間と話をするためには、呼びかけるか触れるかして前列に振り向いてもらわなければならない。つまり中列は前列が同意した範囲内でしか話ができない。主導権は完全に前列にあるのである。加えて前列は、歩く方向もスピードも決定する権利を持つ。だが、話はそこでは終わらない。さらに後ろにたった一人「後列」がいるからだ。

たとえば六人で「二人－二人－二人」の隊列を組むなら、後列はただの「中列のもう一つ後ろ」に過ぎない。後列同士で話し、中列には許可をもらった範囲で話しかけ、前列には中列の仲介がないと話しかけられない。それだけだ。

だが五人で「二人－二人－一人」となると話がだいぶ違う。後列の人間は、自ら相手の注意をひいて許可を得なければ誰とも話ができない「あぶれ者」なのである。中列の二人はお互いの方を向いているから、その外側に回って無理矢理「二人－三人」の隊形にしたところで状況は変わらない。自らの必死さが際だってよりみじめになるだけなのである。何度も経験した俺には分かるのである。あの位置は、辛《つら》い。

無論、隊列などどうでもいいという人間関係も存在する。そういう場合は気軽に前後が入れ替わるし、前の人間がずっと後ろを振り返って三人や四人で話すような形態になったりする。後列になった人間もそれは一時的なものだと分かっているから、携帯を見たりのんびり周囲を見回したりしてわりと気楽そうにしている。

だが遠ざかっていくラウンジ組の五人は、そういう雰囲気ではないことがすぐに分かった。前列の二人は前列同士で、どうやら山本さんのデジカメの画面を二人で見ているようなのだが、後ろの三人に見せる様子はない。中列は中列同士で、芝生で練習中のジャグリングサークルなどを指さしたりしながら話していて二人とも振り返らない。後列はずっとちらちら中列を見て話に入りたそうにしているのに、である。そして歩くペースがわりと速く、前方のペースに合わせなければならない後列は遅れて離れたり歩調を速めて近付いたりを繰り返している。普通なら男子同士で話すことが多いはずなのに、もう一人の男子である二反田君は前列にいて、姫田君を気にかける様子もない。

俺には想像がついた。間違いなく歩き始めた時点で、前列二人は前に、中列の二人も後列になるものかとばかりに大急ぎでその後ろについたのだろう。後列――姫田君はそれに乗り遅れたか、中列の二人がすっと前に出たかして後ろに置かれ、あの状態なのだ。

俺は後列の姫田君に向かって念を飛ばした。……分かるよ。俺もいつもそこだった。

ラウンジ組が離れていく。後列の姫田君が突然立ち止まり、しゃがんだ。気分でも悪くなったのかと思ったが、姫田君は俯《うつむ》いて靴をいじっている。靴紐《くつひも》がほどけてしまったらしい。

中列の二人は振り返らない。おそらく気付いてもいないのだろう。後ろを歩く人が無言でいきなり立ち止まったことに気付くのは困難だ。本当は立ち止まる前にひと声かければいいだけのことなのだが、それができないということもまた、状況をよく表していた。姫田君は前を見て、手元を見て、置いていかれまいとせかせかと手を動かすが、焦ったせいでかえってうまくいかないのか、何度も結び直している。

前の四人が姫田君から離れていく。結局、誰一人振り返らないし、歩調を変えることもないまま、四人はお互いを見て喋っている。姫田君が顎《あご》を上げてそれを見る。

いたたまれなくなり、俺はそちらに背を向けた。乾いた秋の風が巻き、石畳に落ちた枯れ葉を回す。俺は姫田君に背中を向けて図書館に向かう。

情けない自分自身の姿を、後ろから見ていたみたいだった。

2

コミュ障にとって辛いのは「声をかけていいか」迷う親しさの人であって、迷わないくらい親しくなれば、我々コミュ障も通常人とさして変わらない。それまで一言も喋らなかった奴が、親しい友達が輪に入った途端に急にベラベラ喋り始めた、というのはよくあることで、むしろ「話しかけてもいいんだ」というお墨付きさえもらえれば、それまで喋らなかった反動もあって、コミュ障は平均より饒舌《じょうぜつ》である。

ただしそれは、相手が相応のリアクションをくれる通常人であるならば、である。掛ける相手が「0」であった場合自分がいくつであっても0なのであって、相手がこちらと同じコミュ障だと、どんなに親しくても沈黙が続く。

斜向《はすむ》かいの席で黙々と箸《はし》を動かす皆木さんは、いい加減「お墨付きのある相手」のカテゴリに入れていいはずなのだが、それでも話しかけるのが難しかった。むこうもそうなのか、さっきから眼鏡を直す頻度が高い気がする。お互いに無言のまま、相手の動きを読みあいつつ出方を待ちつつ隙を窺う。一太刀で生死が決まる剣豪同士の仕合のようだと思うが、傍《はた》から見れば「あそこの席の二人は何やら挙動不審だが」といった程度だろう。

房総大学西千葉キャンパス内には二箇所の食事処があるが、片方はお値段高めで実質的に教官用なので、学生は皆、生協一階か二階のフードコートに集まる。したがって友人知人とフードコートでばったり、ということもよくある。席を探している途中ですでに着席している知人と会う、というのが最も困るパターンで、「一緒に食べよう」と申し出るかどうか迷ってダンスを踊るように行きつ戻りつステップを踏んだりする。たとえばそのテーブルが満席とか、知人以外の全員が知らない人とか、すでに大方食事を終えている様子なら迷わないのだが、ちょうど着席したところに通りかかったりすると判断がつかない。突撃して同席すると「何こいつ」「なんで入ってくんの」と思われるかもしれないが、「じゃあ」で去ったら「なんだよ一緒がそんなに嫌なのかよ」と思われるかもしれない。人生は理不尽な二択の連続である。

そういう状況が怖いので、俺はわりと毎日、周囲を窺いながら列に並ぶ。そしてこの間の美川さんのような微妙な知人を見つけた場合は携帯をいじったり「やっぱり先に本屋に行く」といった演技をしたりして「やり過ごす」のである。

だが今日のようなイレギュラーも時として発生する。三限終了後なのでランチタイムほど混まないし、知りあいは誰もいなそうだなと思って日替わり定食を注文し、サラダバーを回って「ネバネバ海藻サラダ」を取り、壁際のお一人様席は空いているだろうかと窺いながら会計の列に並んだら、後ろから腕のところをつつかれたのである。コミュ障は予定外の事態に弱い。振り返る時の俺はホラー映画で背後から何かに迫られていたことに気付いたヒロインの顔をしていたに違いなく、皆木さんだけでなくその後ろの眼鏡の男子までぎょっとした顔をしていた。

　あれこれの事件を経て普段から会話をするようになり、もういい加減親しくなってきたはずなのだが、里中も加越さんもいない状態ではどうしていいのか分からないのは相変わらずであった。むこうが喋ってくれればそれに応じて返しの選択肢も浮かぶのだが、相手は氷像のごとき無口の皆木さんである。結局、会計の列に並んでいる間は何度か振り返っただけで一言も交わさなかった。会計後もお互いトレーを持ったまま数歩離れた距離で突っ立って、ばらばらに周囲を見回して席を探していた。一緒に食べるかと確認する意味合いで目配せをしたが、むこうもおそらくOKの意味合いで目配せをしてくるだけで、やはり一言も交わさなかった。四人掛けのテーブルが空いているのを見つけてそちらに行くと皆木さんもついてきたが、向かい側でうろうろした後、なぜか正面ではなく斜向かいに座った。それをどう解釈したらよいのか分からないこともあって、これまでのところ無言でそれぞれ食事を続けているという奇妙な状態が続いている。なんだあそこの二人、という目で周囲から見られているのではないか。俺がとりあえず冷める前に食べてしまおうとしています、という顔をして日替わり定食に集中すると、皆木さんもそれを察したか、天麩羅蕎麦《てんぷらそば》とミルクレープとベイクドチーズケーキに集中したようだった。なんちゅうアンバランスな組み合わせだ、と思うが飲み物はパックの野菜ジュースなので、本人なりに栄養バランスをとっているつもりらしい。元来ひとが何を食べようが外野がとやかく言うことではないのだが、しかし会話の糸口候補は一つ増えたな、と思う。「ケーキ二つ食べるって珍しいね。好きなの？」これをC案とし、基本路線はこちらとするが、状況に応じてA案「学食、一階派？」またはB案「この時間に会うの珍しいね。三限何取ってるの？」も視野に入れ、臨機応変に対応すべし、と頭の中でブリーフィングをする。決行は皆木さんの完食後、ふた呼吸おいた時。それまでに自分は日替わり定食及びサラダを完食のこと、と頭の中で唱える。一言話しかけるだけでこの騒ぎである。

それでも、天麩羅蕎麦を食べ終えて箸をフォークに持ち替える時、皆木さんが意味ありげに手を止めてこちらを見たので決心がついた。こちらはまだネバネバ海藻サラダを残していて予定より早いが、大相撲の立ち合いと同じ。その空気になったと察したなら時間前に立って会場を盛り上げるべきだ。俺はC案を決行すべく「ケーキ二つ」と言いかけたが、そこで携帯からメロディーが鳴った。誰のだ、と思ったが俺のである。三限終了後、親からかかってきた留守録のメッセージを聞こうと操作した際、一緒にマナーモードも解除してしまっていたらしい。反射的に取り出してしまい、ああC案が中途半端だ、と嘆くが、もう中断してしまった以上、仕方なく携帯の画面を見る。電話の着信ではなくSNSのメッセージ受信だ。

里中瑛太（ID:Eitarian）
すまん！　お前の推理力が必要になった！　談話室来てくれ！　すまん！

いきなりすぎて関東弁では追いつかない気がしたので「なんやねんそれは」と関西弁でつっこむ。しかし二度も「すまん！」と言っている以上、何か緊急ではあるようだった。

藤村京（ID:nightowl at the bottom）
何があったの

里中瑛太（ID:Eitarian）
山本さんが姫田を疑ってて二反田と井桁さんも加越さんを見てる。状況的に姫田だろって言ってるんだけど正直証拠がないと思うけど加越さんもさう言って姫田の無罪主張してる。美川さん泣きそう。加越さんが三対一以下で論理的じゃない流れでまずい。密室トリックを明らかにするような推理があればいいんだけどさういうのは俺無理。助けて

何があったのだろうか。
部分的に旧仮名遣いになっているのはよほど焦っているのか、それとも周囲に隠してこっそり入力したためミスをしたのか。よく分からないが、とにかく緊急事態ではある

ようだ。山本さん、二反田君、井桁さん、姫田君、美川さん、となるとラウンジ組だが、ラウンジ組と加越さんが揉《も》めているということだろうか。確かにラウンジ組の、特にレギュラーメンバーはいつも一緒にいて結束が固いため、一人と揉めると全員が攻撃してくるという雀蜂のような性質を持っていそうだし、加越さんは必要とあれば蜂の巣でもつっつく人だが、どちらも別に好戦的な性格ではないはずだ。それにしても里中は説明が下手すぎる。口頭だと普通なのにSNSだと下手になるというのは珍しい。

しかしとにかく、緊急ではあるらしい。ようやく皆木さんと会話が始まりそうなタイミングだったしサラダもまだ食べていないが、里中だって以前、サークルの用事を中座して飛んできてくれたことがあるのだ。ネバネバ海藻サラダを放棄するくらいで迷ってはいられない。俺は立ち上がった。「ごめん。里中が呼んでる。なんか緊急事態っぽいから行くね」

皆木さんはミルクレープを頬張ったまま目を見開き、俺が立ち上がると、残ったベイクドチーズケーキを見て逡巡《しゅんじゅん》した後、傍らのペーパーナプキンを抜いて包んだ。いい判断だ。加越さんならその場で食べているだろうな、と想像する。しかし、持っていってどうするのだろうか。バッグには入らない。歩きながら齧《かじ》るつもりだろうか。

法学部棟三階の学生談話室は本来どういう意図で与えられたのか分からないが、数人で話しあいながらレポートを書いたり、壁際のラックにずらりと並んだ判例集や法律雑誌を見たり、単に雑談をしていたりと用途は色々である。学生にとっては学内に「自分たちが好きに使っていい部屋」というものがあることがありがたいようで、いつ行っても二、三人はいる。ラウンジ組を始めとするよくいる人たちは自分の部屋のように長机で寝たり脚を投げ出したりしてリラックスしているし、昼・夕食の時間帯とは無関係にカレーや焼きそばの匂いがしたりもする。行き慣れた人にとってはその生活感が安心するのだろうが、俺からみれば「よその家の生活感」であり逆に入りにくい。そのため入学以来数度しか行ったことがなかったのだが、今はドアの前でぐずぐずしている暇はなかった。皆木さんもついてきてくれたので（結局フードコートを出たところで立ち止まってベイクドチーズケーキを食べた）、やや心丈夫でもある。

ドアを開ける瞬間からもう、苛《いら》ついた声が聞こえていた。――じゃあ他に誰かいんの？

声の主はドアを開けた正面にいたのですぐに分かった。山本さんである。その傍らに立っている二反田君や少し離れた位置の美川さんはドアが開く音でこちらを見たが、山本さんは長い脚を組んでどっかり椅子に座り、体を捻《ひね》って加越さんの方を向いたまま動かなかった。「……そもそもさあ。なんで加越さんが出てくんの？　関係なくない？」

半身の山本さんに対し、加越さんは椅子を相手の方に向け、きちんと脚を揃えている。

「自分の利益に関係がないからって、不公正を見過ごすわけにはいかないでしょ。そもそも姫田君側の言い分をちゃんと聞いたの？」

「聞いてどうすんの？　どう見てもあいつだし。なんで姫田の味方なの？」

「特定の誰かの味方はしない。証拠もないのに決めつけるべきではない、と言ってるだけ。それにその『どう見ても』って、具体的にどんな根拠があって言ってるの？」

　ふてくされたような仕草で背もたれに体重をあずけ、しかし攻撃的に加越さんを睨《にら》んでいる山本さんに対し、加越さんは表情を変えず、膝《ひざ》の上で手を重ねてきちんと背筋を伸ばしている。一見すると生活態度を叱られた不良少女とその担任教師のように見えてしまうこの二人が揉め事の中心であることはひと目で分かった。二反田君はまるで山本さんを補佐する執事のような位置に立って加越さんを見下ろしているし、少し離れた机に頰杖《ほおづえ》をついている井桁さんも、加越さんをじっと見ている。美川さんはおろおろして加越さんと山本さんを見比べているが、体の向きは完全に山本さんの側である。立つ位置と体の向きだけで状況が分かった。そして両者の間であちらを向いたりこちらを向いたり忙しい里中が、俺たちを見てさささ、と寄ってきた。「助かった。藤村」

　里中に名前を呼ばれたら、その場の全員が一斉にこちらを見た。いやたいした者じゃないんですすみません、と回れ右をしたくなるが、それは無理なので顔を伏せ、黒子の動きで里中に近寄り囁《ささや》く。「これ、どういうこと」

「助かった。あのさ、事件なんだけど」

　里中が寄ってきて小声で答えかけたが、山本さんの強い声がそれをかき消す。「だからなんで姫田の味方すんのか訊《き》いてるんだけど？　なんで張りあってんの？　なんで逆張りしてくんの」

「どうしてそういう解釈しかできないの？　状況からして、犯行可能な人間はいなかったんでしょう。その部分を解決するまで誰かを疑うべきじゃない」

言い返す加越さんの言葉に、反射的に反応してしまった。「犯行可能な……？」

それほど大きな声を出したつもりはないのだが、再び視線が集まってしまう。俺は里中の方を見て助けを求めたが、里中はあたふたと皆の方に向いて言った。「あ、そう。ほらそこ。とりあえずそこを考えない？」

里中は手を無意味にひらひら動かしながら早口で言い、とにかく二人の争いをいったん収めたい様子で、やや大声になって俺に説明し始めた。

「窃盗事件なんだ。元喫《モトキツ》知ってるよね。四階の廊下の隅の。あそこにパソコンあるだろ？　あれが盗まれてたんだ。その犯人が姫田君じゃないかって言われてたんだけど、状況を見ると姫田君どころか誰も犯行不可能みたいに思えて」

里中が俺と後ろの皆木さんを交互に見ながらやや大声で喋り始めたため「里中が喋る番」といった雰囲気になり、うまい具合に加越さんと山本さんが言い争う空気は一時、消えた。二反田君は腕を組み、井桁さんはやれやれと溜め息をつく。

状況が分からない俺はとりあえず、里中、口頭では順序よく説明できるのに、どうしてSNSだと混沌《こんとん》とするのだろう、と考えながら聞いていた。

3

実際、里中の説明は上手で、俺はものの三分で状況を理解した。ちょっと後ろを見たが、皆木さんも頷《うなず》いているので、彼女も把握したらしい。

法学部棟四階には学生談話室と似たような立ち位置の、法学部生から「元喫」と呼ばれているスペースがあり、俺も一度、発表の打ち合わせのため数人で使ったことがある。天井まであるパーティションで廊下の端の部分をまっすぐ区切って作られた仮設の部屋のような一角で、元は喫煙室だったのだが、建物内が全面禁煙になった時に用済みになり、そのまま放置されている。もともと喫煙室だったため、室内にはソファセットやマガジンラック、電気ポットにコーヒーメーカーからデスクトップ型パソコンまで揃っており、ちょっとしたカフェスペースのようになっている。もっとも何年も前に禁煙になったのに未だにかすかに灰臭いし、置かれているポットやカップ類は、たとえ綺麗《きれい》でもいつ誰が使ったか分からないでは、俺はちょっとあそこでお茶をする気にはなれない。他の学生たちも同じなのかほとんど利用せず、もともと法学部生しか知らない場所なので、ドアのカードキーはこの学生談話室に置いてあり、使いたい人が勝手に取っていくという適当なシステムになっている。里中から揉め事の内容を聞きながら壁を見ると、今もドア横の定位置に、見覚えのある銀色のカードキーが下げられていた。

このカードキーが問題なのだった。学生課にはマスターキーがあるらしいが、そもそもカードキーというものは簡単に合鍵《あいかぎ》が作れるものではなく、この部屋にはあれ一枚しか存在しない。だが一週間ほど前、その一枚に傷がつき、使用不能になってしまったのだ。ほとんど使わない部屋とはいえ鍵がないのは困るし、そもそも学生課から預けられた鍵を壊してしまったら問題である。ことが大きくなる前に内密にカードキーのメーカーに相談し、キーを新規発行してもらったらしいのだが……。

ついさっき、新規発行された鍵で元喫に入った山本さんたちは、元喫のデスクトップ型パソコンとマウスがなくなっているのを発見した。学科内でのつきあいがほとんどない俺は知らなかったのだが、最近、学内で備品が盗まれ、さらには図書館でも席に置いてちょっと目を離した隙にバッグがなくなる、という事件が起こっており、注意喚起がされていたらしいのである。法学部周辺でも事件は起こっていたというから、学内連続窃盗犯の仕業だろう、ということになったのだが、そこで問題が発生した。元喫のドアはオートロックであり、この学生談話室にあるカードキーを使わなければ開けられない。だが犯行時すでにカードキーは破損して、新規発行待ちの状態だったというのである。これでは誰も現場に入れない。加越さんの言っていた「犯行可能な人間はいなかった」というのは、そういうことらしかった。

「……教官が犯人なんじゃないの？　教官は学生課のマスターキー借りられるんでしょ」

俺は小声で里中に訊いた。目立ってはいけなかった。皆が謎を解けずに頭を悩ませている以上、得意顔で仮説をベラベラ喋るのはよくないのだ。皆がその仮説を検討済みなら「そんなこととっくに考えた。馬鹿にしているのか」、未検討なら「得意顔で言いやがって。馬鹿にしているのか」と、いずれにしろ反感を買いかねない。いささか理不尽かつ性格の悪い話だが、日本社会においては、皆が分からないことを解き明かしたり皆が知らないことを説明したりする人間は、必ずしも歓迎されないのである。

だが里中は通常の音量で答えた。「それはないだろ。学生課にモロ記録が残るし」

「じゃあ、偽物のカードキーを用意した」

「……ん？　で？」

さすがに言葉が足りなすぎて伝わらなかったらしい。あまり大声で訊き返されても困るので、俺は急いで付け加えた。「偽物のカードキーを用意して本物とすり替えた。偽物のカードキーに傷をつけて『犯行不可能』に見せかけて、盗《と》った本物で現場に出入りする」

「えっ？　あっ、なるほど」

理解するまで数秒かかった様子の里中がドア横のフックを見たが、すでに皆木さんがケースに入っていたカードキーを外して持ってきていた。ついさっき届いたという新規のカードキーは梱包《こんぽう》が解かれた段ボール箱と一緒に長机の真ん中に置いてあるから、壁の定位置にかかっていたこちらが傷のついた旧カードキーである。皆木さんはひらひらと裏返して見たが、特に何も言わずに渡してきた。表裏共に爪で引っかいたりしつつよく見てみたが、見たところ模造品ではなく本物のカードキーだ。裏面には黒い磁気ストライプを斜めに横断する形で擦り傷のようなものが入っており、確かにこれでは使用不能である。

「駄目だね」里中に旧カードキーを渡す。「じゃあ、犯行はカードキーに傷がつく前だったっていうのは？」

「それは……」

里中は答えを求める様子でラウンジ組の方を振り返る。山本さんも二反田君も黙っていたが、長机に顎を乗っけたイヌっぽい姿勢のまま、井桁さんがむこうから答えた。

「ないよ。私、犯人見たから」

皆木さんが眉《まゆ》をひそめて井桁さんを見るが、山本さんたちは知っているようで、口をへの字にしたまま無言である。加越さんもその話は聞いているのか、背筋を伸ばしたまま黙っている。

「一昨日《おととい》の夜だけど。不自然にでかいボストンバッグ持った男が元喫に入ってくの、見たから。言っとくけど私、一人じゃなかったからね。証人もいるし」

里中はこちらを見た。「そいつ、カードキーで元喫のドア開けて入っていったんだって。で、三、四分して出てきた。来た時はペラペラだったボストンバッグが膨らんでた」

だったよね、と里中が確認すると、井桁さんは顎を長机につけたまま頷く。ごり、と痛そうな音がして「いたい」と呟《つぶや》く声が聞こえた。顎くらい上げればいいのに。

しかし、それが嘘でないとすると、確かに犯人は、新規発行待ちのはずのカードキーをどこかから手に入れていたことになる。俺が考え込んでいると、里中らが喋っている間、沈黙させられていたことに焦《じ》れた様子で山本さんが言った。

「ほらあ。だから明らかじゃん。姫田しかいないって」

「いや、待った。あの、山本さん」里中が防壁を作るように両掌《りようてのひら》を見せる。「一応ほら、藤村にもそこらへん、なんで姫田君なのか説明してくれるとありがたいんだけど」

「だから」山本さんは苛ついた様子でこちらを見る。「新しいカードキー注文したの、姫田だもん。あいつがなんとかして早めに新しいの受け取ったんだって。それ以外なくない？　何回言わせんの？」

俺は一回目なんですが、と思ったが、加越さんが先に言った。

「私も何回も言ったよ。メーカーのサイトを見ても『最短一週間』って書いてあった。それを『なんとかして早めに』受け取る、っていうのは具体的にどういうこと？　それも分からないのに、姫田君を犯人扱いするのはおかしい」

「だから」

「いやいやいやいやいや。でさあ、俺、途中からだから知らないんだけど」里中がすり足で二人の方に行った。「そもそもなんで姫田君が注文したの？」

「あいつが傷、つけたし」二反田君が腕組みをしたまま言った。「一万円くらいだから自腹だろ。学生課に相談したら面倒だし」

学生に一万円はわりと痛いのだが、同じ国立大に行っていても、学生間で金銭感覚はだいぶ違う。奨学金という名の借金とわずかな仕送りとバイトで生活し、続く授業料値上げに休学を申し出たり水商売を始めたりする苦学生がいる一方で、シャンプードレッサーだのウォークインクローゼットだののついているマンションに住んでいる貴族もいるから、姫田君の懐具合は分からない。

「……私はそこも気になってた。傷をつけたのが姫田君だっていう証拠はあるの？」

加越さんが訊くと、山本さんが煩《うるさ》そうに答えた。「そもそも普段から元喫出入りしてるのあいつしかいないし」

「でも、壊したのは他の人かもしれない」

「なんでいちいち逆張りしてくんの？　そこ、わざわざつっこむ必要ある？」

「だって今のところ、姫田君が犯人だっていう合理的な根拠は一つもない」

「あるよちゃんと。そもそもあいつ自白してたんだから」二反田君が彼女を見下ろす。

「訊いたら認めたんだって。本人が」

「どんな調子で訊いたの？　何人かで一緒に問い質《ただ》したんだよね。囲まれて威圧的に訊かれれば、やっていなくてもはいって答える可能性もあるでしょう」

「はあ？　んなわけないし」

「刑事訴訟法の授業で習ったでしょう。大抵の人間は、威圧されれば身に覚えのないことでも『私がやりました』と言ってしまう。自白の補強法則はどうなるの」

「刑事訴訟法って」山本さんがせせら笑う。「弁護士気分かよ」

「立派な窃盗事件。それに仮に刑事事件にならない事案でも、刑事訴訟法の考え方は有用だと思う」

「あーはいはい。そうですね」

山本さんは呆《あき》れ顔で手をひらひらさせ、二反田君と顔を見合わせてやれやれというジェスチャーをする。井桁さんは「つきあっていられない」という顔で窓の外を見ている。美川さんは体こそラウンジ組と同じ向きにしていたが、気持ちは板挟みのようで、左右を見ながらおろおろしていた。この場にいない姫田君を除けば、彼女が一番可哀想な立ち位置のようだ。

それを見て、ようやく俺にもこの「揉め事」の全体像が理解できた。現場になった元喫は、法学部生以外、ほとんど存在すら知らない。加えて問題のカードキーはこの部屋にあるから、普段この部屋に来ない人が突然借りたりすれば目立ってしまう。つまり、現場が元喫であるという時点で、容疑者はほぼ法学部の、それもラウンジ組を始めとする一部の学生にまで絞られてしまうのだ。全員が該当者である彼らからしたらはなはだ居心地の悪い話であり、彼らが「どうせ犯人は姫田だろう」「姫田でいい」という「空気」に無批判に乗っている理由はそのあたりにもあるのだろう。

理解できたらできたで、渋い気持ちになる。俺は少し前、ちょうどこの四人と一緒に歩いている姫田君を見ている。それ以外にもラウンジ組を見かけたことは何度かあるから、彼の立ち位置についてはなんとなく理解していた。彼はラウンジ組の中で最も浮いており、他のメンバーからしたら「優先的に切り捨ててかまわない人間」なのだろう。当の姫田君もこの場にいないことだし、満場一致で欠席裁判のまま犯人にしてしまおうというわけだ。素晴らしい民主主義である。

加越さんは何か言いかけたが、さっと腕時計を見て眉根を寄せると、無言で立ち上がった。ラウンジ組の視線が彼女に集まる。

「……とにかく、今のところ姫田君が犯人だっていう根拠は何一つない。そもそも鍵を開けて現場に入る方法がない。それなのに『なんとなく』で犯人扱いするのはやめるべき」

加越さんはきっぱりと言ったが、山本さんがすぐに声を荒らげた。「だからあいつ以外に誰がいるかって訊いてるんだけど？　元喫使ってるのもあいつだし、鍵壊したのもあいつだし、新しいの注文したのもあいつじゃん。なんでわざわざ絡んでくるわけ？」

「証拠が何もない。井桁さんだって、鍵を開けて現場に入ったのが誰だったか、よく見てないんでしょう？　むしろどうして姫田君だけを容疑者にして、他の人を疑わないの？」

「はあ？　うちらがやったってこと？　ふざけんなよ」

山本さんは加越さんを睨み上げた。彼女が「うちら」と言ったため、二反田君と井桁さんも挑戦的な目で加越さんを見たが、加越さんに怯《ひる》む様子はなかった。

「『なんとなく』で決めつけるのは間違いだと言っているだけ」

「なんでこんな意地になって絡んでくんの？　加越さん、関係ないでしょ？　姫田とか庇《かば》ってどうすんの？」

「個人的な利益以外の動機で物事に関わるのがそんなに不思議？　不公正を見過ごすわけにはいかないし、本当の犯人を取り逃がすわけにもいかない。私たちは法律を学ぶ学生でしょう。証拠も論理もなく特定個人を攻撃して、恥ずかしくないの？」

「何かっこつけてんの？」ついに山本さんが音をたてて立ち上がった。「前から思ってたけどさあ。あんたの『真面目です』アピール、いろいろ痛々しいんだけど。あんたなんか勘違いしてない？　国立受かって浮かれちゃってんの？　講義でこれ見よがしに一番前に座って、手挙げて質問とかしちゃってるし。海外ドラマの観過ぎとかそういうの？」

俺はとっさに拳《こぶし》を握りかけたが、当の加越さんは無表情で、冷ややかに山本さんを見つめているだけだった。その沈黙に、山本さんはうす笑いを浮かべて周囲を見回す。二反田君は「やれやれ」のジェスチャーと同じようなうす笑いで、井桁さんは目を閉じた無反応で応じた。

「学生が真面目に勉強をするのは当たり前。講義は一番聴き取りやすい席で聴くのが当たり前。分からないところがあれば手を挙げて質問するのが当たり前。変なのはあなたの方」

「はあ？　どう見ても一人だけ浮いてんの、そっちなんですけど」

「私だけが浮いているというなら、私以外の全員が変、というだけ」

「ちょ、何それ」山本さんは盛大に噴き出し、加越さんを指さして二反田君を見る。「やばい。この人マジ者《モン》だった」

「あなたは『皆がどちらを向いているか』でしか物事を判断できないんだね」加越さんは無表情のまま山本さんを見ている。「もうすぐ二十歳《はたち》になるのに、是非善悪の判断を一人でできないなんて。……あなたはこれまで何を学んできたの？」

山本さんが椅子を蹴《け》った。ごつ、とこもった音がしただけだったが、里中と美川さんが身を縮める。

加越さんよりやや背の低い山本さんは、頭を傾けて加越さんを睨《ね》め上げ、はっ、と乾いた笑いを漏らした。

「……あんたさあ。友達いないでしょ？」

「私に友達がいるかどうかが、私の主張の正当性と何か関係がある？」

やめて、と声が聞こえた。加越さんでも山本さんでもなく、少し離れて立っていた美川さんの方からだった。見ると彼女は手で目をこすり、子供のようにしゃくりあげて泣いていた。

「やめてよう……」

二人、というか俺や里中を含む全員が予想外だったところからの抗議で、山本さんも加越さんも戸惑ったようだった。美川さんはしゃくりあげながら泣き続け、加越さんは彼女を見ると、一つ溜め息をついてバッグを持つと、無言で出ていった。去り際、俺の方をちらりと見たが、困ったような顔をしただけで何も言わなかった。

ドアが閉まる、かちゃり、という音がしても、美川さんはまだ泣いていた。

正直なところ俺には「大学生にもなって泣く」人がいるというのは意外だった。そういうのはせいぜい、制服を着ている間だけだろうと勝手に思っていたのである。しかしよく考えてみると、大学生はもとより、大人が泣いてはいけないという理屈もないのだった。仮に百歳の古老が泣いたとしても、それだけで責められる理由はない。それにこの美川さんは「常に誰かの妹でいたい人」のような雰囲気があるから、本人としてもそれほど突飛なことではないのかもしれなかった。

井桁さんがやれやれという顔で立ち上がり、美川さんの肩を叩いて慰める。

もちろん山本さんは気分を害したようで、加越さんが出ていったドアを見る。「……何泣かしてんの。こんな空気悪くしといてごめんも言わねえのかよ」

何が「空気」だ、と思うが、二反田君も「なあ?」と頷きながら、山本さんの隣の椅子を引いて座った。「いやあでも、怖かったな。まさか日常会話で『自白の補強法則』とか聞くとは思わなかった」

「ね！　変だよねあの人。前から思ってたけど」

「まあ、真面目なのはいいことなんだろうけどな……」

「どうせ弁護士志望でしょ？　時々いるよねああいうの。ああいうのが『人権派弁護士』とかになるんだろうね」

「ああ。国相手に訴訟したりとか」

「人権、人権って騒ぐ奴。署名運動とかしちゃう感じの」

あざ笑うような言い方なので、思わず「おい」と言いそうになった。古くはハンセン病に薬害エイズに免田《めんだ》事件。現在でも旧優生保護法に水俣《みなまた》病に袴田《はかまだ》事件。国家や大企業といった強者の手で理不尽に人生を奪われた被害者が、日本にはたくさんいる。そしてそうした人たちのために手弁当で働いている弁護士もいる。どこからどう見ても「正義の味方」以外の何物でもない彼らに向かって安全な所から冷笑を浴びせることに、何の疑いも持っていないらしい。

……何だ、こいつらは。

悪い意味の「大衆」。おそらく、理不尽に人権を侵害された経験がないのだろう。彼らがこれまで理不尽な目に遇《あ》わなかった、ということ自体がすでに「正義が通る社会」の恩恵なのに。その恩恵をたっぷり受けておきながら、「正義」を実行しようとする人をうす笑いで馬鹿にする連中。

一瞬、不快感で顔が歪《ゆが》むのを自覚した。そういえば、他人に対してこれだけはっきりと怒りを覚えたのは久しぶりだった。怒るとかそれ以前に怖くて関わってこなかったせいである。

だが、山本さんも二反田君も笑っていた。

「なんかもう、リアクションに困るよね。会話が通じない感じ」

「たまにいるよな。『私空気読みませんから』っていう人」

「文化が違うよねー。アメリカとか行けば？　って思う」

「そういえばあの人、なんかハーフだっけ？」

「ああ、アイヌだっけ」山本さんは苦笑し、訳知り顔で頷いた。「だからか」

どかん、と激しい音が部屋内に響いた。俺は思わず身をすくめ、音のした方を振り返った。

皆木さんが長机に正拳突きを落としていた。

長机の表板はべこりと円形に陥没している。皆木さんはそこから拳を抜き、穴を開けた机に視線を落としたまま言った。

「それ以上、喋ると」皆木さんは俯いたまま、拳を固めて構えた。「……次は、あなたたちの頭蓋骨《ずがいこつ》がこうなる」

その場の全員が唖然《あぜん》として動けないうち、皆木さんは綺麗な黒髪をふわりと広げて踵《きびす》を返し、つかつかと歩いてドアから出ていった。

4

皆木さんが出ていってから、沈黙が長く続いた。言いあいになったり相手が立ち上がったり、という程度なら皆、想定内なようだが、突然の正拳突きで長机に穴が開く、という事態には対応できていない様子である。俺は房州うちわ祭りの時に皆木さんの殺陣《たて》を見ているのでたいして驚いてはいないのだが、それよりも後悔があった。

俺も怒るべきだった。

アイヌ云々《うんぬん》の山本さんの発言は、間違いなく一線を越えている。社会問題に冷淡なタイプの人間でも「それはちょっと」と言うレベルだ。むしろ俺が殴っていなければならなかった。もっとも、おそらくは山本さん自身も、それを自覚しているせいで黙っているのだろうが。

「あー……いや、びっくりしたけど」

そこで一番に口を開いたのは里中だった。そういえば、皆木さんの大立ち回りはこいつも見ている。俺同様、わりと落ち着いているのかもしれない。「皆木さん、空手たしか二段とかだったような。すごいよな。手、痛くないのかな」

里中は長机に開いた穴を撫《な》で、「うわ深《ふけ》え」などと言う。馬鹿みたいな発言だが、おそらくはわざとだろう。その証拠に、里中はラウンジ組にもなんとなく笑いかけ、絡まった糸をほぐすように一つ一つ、場の空気を緩めていく。「手、痛そうだけどな。あー、美川さん大丈夫？　固まってるけど」

　里中は美川さんの前で手をひらひらさせる。

「まあ、すごいパンチ力だけど、それはまあいいとして」里中は強引に冗談めかして言う。「なんにしろ、姫田がどうやって元喫に入ったのかは、調べた方がいいよね。なんせ今のままじゃ不可能犯罪だから、弁償を求めるのも難しいし。そして実はそこに、その専門家がいる」

　里中が俺を手で示す。おいやめろ、と思うが、ここは身を任せるしかなかった。

「ちょっと藤村と一緒に、そのへん調べてみるわ。こいつ、そういうの超得意だから」里中は気軽な調子で山本さんに確かめる。「それで姫田が元喫に入った方法が見つかれば、万事解決でしょ？」

　こう言われてしまえば、ラウンジ組には反対する理由はない。山本さんが「まあ」という様子で頷き、彼女の視線を受けて二反田君も頷く。

「ああ、そういえば藤村君、それで来たんだっけ」山本さんが、長机に置いていた鞄《かばん》を身につけながら俺を見る。「名探偵なんだっけ？　じゃあちょっと、推理とかしてくれない？　謎解きとか」

　そんな「コンビニ行くならついでに肉まん買ってきてくれない？」みたいな調子で言われても困る。しかしこの人にとっては、「名探偵」など「よく知らない外側の存在」

で、何か便利な芸のある人、という程度にしか思っていないのだろう。

なんだか癪《しゃく》だったが、山本さんは用件だけ言うと、じゃあサークル行くんで、と言い置いて出ていってしまった。二反田君がそれに続き、美川さんも逃げるように俯いてドアに向かう。ドアのところでこちらを振り返った美川さんに頷いてみせた。何か言おうと思ったが、とっさには言葉が出なかった。

再び学生談話室が静かになり、残った井桁さんは背もたれに体重をかけて背中を伸ばし、皆が出ていったドアを見ていた。

「やー、怖いね。みんな」井桁さんは我関せずの顔をして感想を言う。「山本さんも予想外にヤンキーだし。正直ちょっと引いたわ」

彼女もラウンジ組で、姫田君を犯人に仕立て上げようとしている一人である以上、自分の言いたいことを山本さんに代弁してもらっていたはずである。俯瞰《ふかん》を気取って何を言っていやがる、という気持ちがなくもないが、そこはとりあえず飲み込む。一人で残ってくれたのは好都合だ。話が聞きやすいし、嘘を言われても後で別の人間の証言と照合できる。

「いやあ、まあ俺もびっくりしたけどさ」里中が笑顔で言った。「まあそんなわけで、俺らちょっと『捜査』してみるわ。とりあえず井桁さん、犯人が元喫に入った時のこと、詳しく教えてくれない？　もしかしたら姫田っぽい特徴があるかも」

「んー……誰だかは分からなかったけど。男っぽかったけど女かも」

「まあ、常習犯なら『仕事』の時は変装してるっての、考えられるよな」里中はいつもの気軽さでうんうんと頷く。「一昨日ってことは火曜だよね。時間は何時頃？　研究室に用あったとか？」

里中は雑談の調子で質問しているが、訊き方から、井桁さん自身のことも疑っていると分かった。俺は「えらいぞ」と脳内で里中の頭をなでなでする。

「いや……」

井桁さんは長机の角あたりに視線を外した。言おうかどうか悩んでいる様子である。だが、里中を見上げると、ぐい、と一つ背中を伸ばしてから口を開いた。「夜、呼び出された。なんか変なメールで」

「変な？　どんな？」

里中が興味深げに井桁さんに近付くので、俺もその背中に隠れつつ近付いて彼女の様子を窺う。井桁さんは携帯を出して操作すると、投げ出すように長机の上に置いた。

「これ。何だと思う？」

(from) otonono1002.9@×××.ne.jp
(sub) 法律学科一年の音野です。初めてメールします。
(添付) 2件の添付ファイルがあります
(本文) いきなりメールですみません。法律学科一年の音野茜です。井桁さん、民法が沼井先生で憲法が加越先生ですよね。そこだけ一緒かと思います。

連絡すべきかどうか迷ったのですが、やはり教えておいた方がいいかと思いました。

ついさっきですが、法学部棟四階で不審なデジカメを拾いました。SDカードの中身を見てみたのですが、無断で撮影したとしか思えない井桁さんの写真がたくさん入っていました（トイレなどではなくて普通に外の写真です。念のため）。心当たりはありますか？

もし心当たりがないようでしたら、法学部棟四階でお渡ししますので、とりあえず確認していただけますか？　階段上がったところのベンチにいます。そんなに緊急というわけでもないかもしれませんが、早い方がいいと思います。時間が遅いので申し訳ないんですが、もし今は無理ということでしたら、後日でも。とりあえずカメラをお渡しします。


「これは……」里中が眉をひそめて携帯の画面をスワイプする。「何これ？　ストーカー？」

井桁さんは心当たりがないようで、ただ肩をすくめるジェスチャーをするだけである。

「アルバムの『その他』ってフォルダ、開いていいよ。添付されてきた画像」

里中が井桁さんの携帯を操作すると、画像が表示された。フォルダの中は二枚。一枚目はコンパクトタイプの、ブルーブラックのデジカメの画像だ。法学部棟四階の階段を上がったところにはソファがあり、そこに置いて撮っているようだ。写真慣れしていないのか撮影者の影が写っているが、体格や性別は分からない。だがとにかくこれが「音野さん」が拾ったというデジカメらしい。

そして二枚目の画像は、遠くから撮ったらしき人物だった。これも学内の、おそらくは図書館前の芝生、外で飲んでいる学生がよくいるため「酒森《さかもり》」と呼ばれているあたりだろう。斜め後ろの、かなり離れたところからのズームで撮影しているようだったが、被写体の女性は確かに井桁さんだった。一人で歩いているところのようだ。

「うわ」里中が携帯を構えたままのけぞった。「気持ち悪いなこいつ。完全に隠し撮りだし。ストーカーだし」

「気持ち悪いよね」井桁さんは他人事《ひとごと》のように言う。「そのメールが来たのが夜、八時頃。まあいつもその時間ぐらいまではサ館*2にいるから、だから一応、友達と一緒に法学部棟の四階には行ったよ。……誰もいなかったけど」

「いなかったの？　だとすると……」

里中が俺にコメントを求めてくるが、いきなりなので喋ろうとしてむせた。

「おい大丈夫か」

「ん。げほ」喋るのは内容以前に、物理的に下手なのだ。「……そのメール、無視した方が」

里中は俺がもう少し何か喋ると思っていたらしく少し待っていたが、長机に手をついて井桁さんに近付いた。「なんか怪しいな。……まあ、いいや。それで四階で待ってたら、姫田が元喫に入ってパソコン盗んでったってわけか」

「遠いし暗いし、はっきりとは分からなかったけど」井桁さんは里中から携帯を受け取り、ついでなのか何かのゲームを起動させて画面をひと通りスワイプさせつつ言う。「でも、カードキーで鍵を開けたのは見たよ。あれ、開ける音ってけっこう響くし」

確かに、廊下の反響のよさもあってよく響いた記憶がある。階段からだと、廊下の端である元喫までは二十メートル強あるだろうか。近くはないが、見間違える距離でもない。

俺は長机に置かれた箱の上に投げ出されたままの新しいカードキーを見た。あとで現場検証も必要だ。

「その時は別に疑問に思わなかった。私、カードキーを姫田が壊したって聞いたの、ついさっきだし。だからしばらく待って、誰も来ないからそのまま帰ったんだけど……」

「暗かったのが惜しいな。階段のとこのベンチからだと遠いし」里中は唸《うな》ってみせている。「じゃあとりあえず、そのメール俺の携帯に転送してくれない？　あと、一緒に犯

＊2　「サークル会館」の略称。どこの大学でもだいたいこのように略される。学生の自治に任されているためアジア的な混み合い方でごちゃごちゃしているのが常で、有象無象の魑魅魍魎が百鬼夜行する夜祭りのような建物。

人を見たっていうその友達の連絡先も教えてくれるとめっちゃ助かる。もしかしたら、その人の方は井桁さんよりはっきり姫田の姿を見てるかもしれない。そうなれば話が早いし」

「ん」井桁さんは一瞬迷ったようだったが、携帯を出してくれた。「本人には私から言っとく」

「サンキュ」

いそいそと携帯を出す里中を横目で見ながら、今のは里中でないと無理だな、と思った。こいつの友達ネットワークの広さはラウンジ組も知っているだろうし、何かあるとすぐＩＤを交換したがる奴、というイメージもあるから、不自然にとられない。ありがたい話だ。

「っし。じゃあ藤村行こうぜ」里中はＩＤを登録すると、さっさと俺を引っぱった。

「名推理を見せてくれ。……井桁さん、証拠が固まったら教えるから」

「ん」

「そしたら堂々と姫田に弁償させればいいしね」

井桁さんは無言で頷いた。

俺を引っぱって廊下を歩きながら、里中は速度を落とさずに上半身だけがっくりと折ってうなだれた。

「……最低だわ、俺」

俺は早足で歩調を合わせつつ里中の背中を叩く。「いや、よくやったと思うけど」

「いやあそれはねえって。あれはさすがに。怒んなきゃいけないとこだったのに」里中は結局立ち止まり、頭を抱えてしゃがみこんでしまった。「んだよあいつ。山本。二反田も！　人種差別じゃねえかよ」

里中がはっきりその言葉を出してくれたことで、俺は少しほっとした。「だよな」

「なのに、俺は。ああ」里中は消火栓のボックスに抱きついてうずくまる。「キレるべきだった。あの場でキレるべきだったのに。ヘラヘラして」

「いや、それは俺も似たようなな」

「……藤村」里中は消火栓に抱きついたまま首を巡らせてこちらを見上げる。「俺みたいなの、何て言うか知ってる？」

「いや」

「……あれ、何だっけ。ほら、四字熟語の」

覚えていないのか。「……八方美人？」

「そう、それ」

あああああ、と苦悶《くもん》の呻《うめ》きをあげつつ消火栓に抱きつく里中の背中を叩《たた》く。

「いや、さっきはあれがベストだから。捜査上」

里中はぴたりと動きを止める。

「あいつら全員、重要参考人だろ。これからも聞き込みしなきゃいけないんだから、喧嘩《けんか》しないのがベスト」もう一押しと思い、俺は続けた。「とりあえず、姫田君に話を聞こう」

実のところ、皆木さんが長机を殴った瞬間、俺も何か言いかけていたのだ。結局勢いが出ず、ボソボソ文句を呟くだけになったが、冷静になって考えてみると、今回ばかりはコミュ障で助かったのかもしれない。怒って退席してしまっては、その後の捜査が行き詰まってしまうからだ。里中の判断も正しい。

しばらく動きを止めていた里中は、ゆらり、と立ち上がった。

「……だな」里中はいったんは頷いたが、歩き出そうとして止まり、振り返った。

「ん？　ちょっと待った。井桁さんの友達のところ、先に行こうぜ。井桁さんの証言、あれ姫田君を犯人に仕立て上げるための嘘かもしれないだろ？　ぐずぐずしてるとその友達に携帯で連絡して、口裏合わせせられるかも。裏が取れなくなる」

「いや、後でいい。井桁さんは嘘ついてないと思う」

「そうなの？」

「嘘をつくなら『顔をはっきり見た。姫田だった』って言えばいい。疑われても民主主義で勝てる」

嘘だとすると、井桁さんはそれを補強するために盗み撮りに見える自分の画像まで用意したことになるが、これはそれなりに手間のはずである。「友達と一緒だった、とも言ってる。でも、もしそれが嘘だとしたら、その友達に口裏を合わせてもらわなきゃいけなくなる。無駄にリスクが大きくなる」

　そんな手間やリスクを選択しなくても、ラウンジ組の空気からすれば「姫田君を見た」とだけ言えば周りは信じてくれる。もちろんそう言った場合「知らない人から突然メールをもらって、誰も伴わずにのこのこ夜の法学部棟に会いにいった」のは不自然だし、「法学部棟は暗くて元喫まで距離があるのに、犯人が姫田君だとはっきり分かった」のも不自然になる。だがそういう論理性は「姫田が犯人でいい」という空気の前に吹っ飛ぶ。俺たちはもとより、加越さんが割って入ってくることすら、ラウンジ組には予想外だったはずなのだから、そんな手の込んだ計略など必要ない。

「つまり、井桁さんの証言は本当なのか。……鍵が壊れてるのを今日知った、っていうのも？」

「たぶんね。山本さんたちが『鍵を壊したから、学生課に黙って勝手に注文した』なんてことをわざわざ他人に話すとは思えないし」

「なるほどな。でも、そうなると……」里中が天井を見る。「誰かが姫田君を犯人に仕立て上げるために、井桁さんを四階に呼び出した？」

　おそらく、その通りだ。その証拠に「音野さん」とやらは現れなかったし、メールでのフォローも未だにない。おそらくは音野茜という学生は実在すらしていないだろう。犯人は井桁さんに「カードキーを使って元喫に入る」ところを見せ、姫田君に容疑を向けようとしたのだろう。つまり、井桁さんが見たのは犯人本人だったはずである。

「あと、だとするなら犯人はやっぱり、ラウンジ組かその周辺だよ。ラウンジ組内での姫田君の立場とか、よく元喫を使っていることを知っていたからこそ犯人に仕立て上げようとしたんだろうし。そもそも井桁さんのメールアドレスも知ってなきゃいけないし」

「なるほどな」里中はなぜか非常に嬉《うれ》しそうな顔になって、俺の背中を叩いた。「さすが藤村」

「いや」たいしたことは言っていないつもりだが。

「……で、藤村」里中は廊下の先を見て、言った。「解決するんだよな。事件を」

「もちろん。……山本さんに頼まれたからね」俺は答えた。「山本さんのお望み通りトリックを解くよ。姫田君の無実を証明するために」

「……だよな」

里中はこちらを振り返った。その双眸《そうぼう》がぎらりと光っている。俺はそれに頷きかけると、先に歩き出した。「姫田君から話を聞こう」

「おうよ」

里中はすっかり元気になったようで、携帯を出した。「藤村がその気になってくれりゃ、もう勝ち決定」

「……いや、そんなじゃないだろ」

「いや、決定だね」里中はにやりとして俺を見た。「お前の名探偵ぶりは、俺が一番よく知っている。名探偵でいることがどんなに難しいかもな」

随分と褒めてくれる。

それはくすぐったい一方で、どこか首をかしげるところもあった。里中はどうしてここまで俺を信用してくれるのだろうか。小学校の頃、こいつとの間に何かあっただろうか。俺は特に覚えているようなエピソードはないのだが。

さっそく姫田君にメッセージを送っている里中を振り返る。実は俺は、こいつの内面もよく知らない。

※

小学生の頃から、俺は「名探偵」という存在に憧《あこが》れていた。

きっかけは五年生の頃、『シャーロック・ホームズの冒険』を読んだことだった。大人向けの文庫本ではなく、児童向けの何かだったと思う。

それまで俺が知っていたヒーローは、不思議な魔法や現実にはありえない超科学で変身して、闘志と必殺技で敵を殴り倒すものばかりだった。だがシャーロック・ホームズは違った。彼は困っている人を、腕力ではなく頭脳で助けていた。誰もが怪奇現象だと怯《おび》える事件に科学と論理で光を当て、それが実はただの人間が仕掛けたトリックだった、と分かった時の感動。関係者の前で鮮やかにそれを解説する名探偵。何よりの魅力はそのリアルさだった。変身ヒーローなんて現実にいるわけがないが、シャーロック・ホームズならいてもおかしくはない。必殺技で敵を倒すなんて無理だが、推理と論理で事件を解決することなら、現実の俺でもできるかもしれない。俺は友達を集めて探偵団「チーム・サト」を結成し、いつも学校の周囲を散歩しているおじいさんを尾行してみたり、通学路に張り込んで、塀の上に空き缶を捨てていく犯人を見つけようとしたり、探偵ごっこをして遊んでいた。そういえば当時、周りの友達には自分のことを「名探偵」と呼ばせていたのだ。探偵団の団長だったから、皆はちゃんとそう呼んでくれていたが、今思うとなかなかに恥ずかしい。

しかしその頃の俺は確かに人気者だった。まあ、俺自身がかなり社交的だったからだろう。当時の俺は自信に溢《あふ》れており、どこにでも顔を出したし、誰にでも話しかけた。それこそ八方美人というやつだったのかもしれないが、友達の支持は得ていた。皆、俺にくっついていけば、クラスで一番ごつい花田《はなだ》のグループとも、一番かわいい羽積《はづみ》さんのグループとも、それどころか別のクラスや上の学年の人とも接触できると知っていたからだろう。気軽に「サト」と呼ばれていた当時の俺にとって、友達というものは「むこうから自然に集まってくるもの」で、事実、休み時間も放課後も、俺がいる場所に友達が集まってくるのであり、俺から皆の輪に「入れて」と言った記憶はほとんどない。

当時の俺はいつも輪の中心で、自分はすごいと思っていたし、何でもできると思っていた。だから十月のあの日、名探偵を気取って事件を推理し、あんな痛い目に遭うなんていうことは露ほども予想していなかった。

その事件とは、加藤《かとう》君という同級生のカンニング疑惑だった。

五年生の時の担任は毎週のように小テストを出した。漢字の書き取りや理科の暗記などで、俺は「別に点数なんてどうでもいいし」で何とも思っていなかったのだが、それは今思えば、自分は勉強が得意で「最低でも八十点」が保証されていたからだろう。クラスの中にはあのどうでもいいテストの点数に悩んでいた人間もいて、勉強が苦手な加藤君もその一人だった。プライドの高い彼は四十点だの三十五点だのの答案を人に見られないよういつも隠していたが、ある時、桑折《こおり》という友達に見つかって笑われた。「加藤、三十五点じゃん」

笑った桑折もたしか五十五点か何かだったから似たようなもので、さして悪気があったわけでもなかったのだろう。だが加藤君は泣きながら激怒した。桑折の方がすぐに謝ったため緊急の学級会を開くような事態にはならなかったが、加藤君は彼を許さなかった。

だが、「点が悪いからって馬鹿にしちゃ駄目」という形の理解は、プライドの高い加藤君にとっては受け容《い》れがたいものであったようだ。彼は泣きながら桑折に言った。

「次の小テストで俺の方が高い点を取ったら、パンツ一丁で校庭を一周しろ」

実のところそれが実現したとしても空しいだけだし、そもそも桑折にとってはマイナスしかない勝負だったから不毛なことこの上なかったのだが、引くに引けなくなった桑折はこれを受けた。

そして翌週、朝の一時間目に行われた小テスト。先生の配った解答のプリントをもとに採点した結果、加藤君は満点だった。桑折も用心して充分に予習していたようなのだが、彼は九十点止まりだった。採点に不正があったはずもなく、桑折のパンツ一丁が決定した。……かに見えたのだが、一時間目終了後の休み時間、俺の周囲の友達がそれに抗議した。いきなり百点満点なんておかしい。カンニングをしたのではないか、と。

桑折もそれに同調したが、加藤君は頑として認めなかった。何より、その小テストにはパンツ一丁がかかっている。不正がないよう、カンニングは厳しくチェックされていたはずだった。机の上には余計なものはなかったし、ポケットなどに何も入っていないことは一時間目の直前に確認した。教室の壁などにヒントがあれば他の奴も気付くはずだし、加藤君の席はまわりが女子ばかりで、彼に協力しそうな人はいなかった。桑折は「机に薄い鉛筆で書き込んでおけば隣からは見えない」と主張したが、加藤君の机は昨日放課後、加藤君が帰った後にちゃんと桑折自身がチェックし、細工がないことを確かめているのだ。教室にはいつも人がいるし、いつ誰が入ってくるか分からないのだから、朝早く来て答えを書き込む時間もない。

桑折はそれを指摘されて身動きがとれなくなり、迫りくるパンツ一丁に泣きそうになった。

そこで俺が登場した。どちらかといえば加藤君より桑折と仲が良かった俺は、名推理で見事加藤君のトリックを暴き、彼がカンニングしていたことを証明したのである。今思えば他愛もないトリックだったのだが。

トリックの証拠を見つけた俺は、二時間目終了後の業間休みに皆を集めて推理を披露しようと思った。推理を披露する舞台は、空き教室となっている旧五年三組。一時間目の後に見つけていた「証拠物件」をそこに持ち込み、華麗に推理を披露する準備を整え、二時間目の間に手紙を回して「業間休みに三組の教室集合！ 絶対！」と指示した。業間休みが潰《つぶ》れてブーイングしたい者もいたはずだが、皆、加藤君vs.桑折の争いは知っていた上、人気者の俺が絶対の集合をかけたので、クラスの男子ほとんど全員が来た。女子まで少し来た。

俺は皆の前で「よくお集まりくださいました」から始まる長い長い前置きをし、宣言した。

「トリックが分かりました。犯人がどうやってテストで満点を取ったのか」

俺は自分の推理を朗々と語り、そして恭しくお辞儀をし、颯爽《さっそう》と旧三組の教室を去った。

そしてその直後、俺は痛い目に遭ったのだった。

5

「いや、まあね。僕としては今後の外交関係上、一万千円程度の出費は必要経費かなと思ってるから、いいんだけどね」姫田君は前髪を撫でた。「それに元喫を最も頻繁に利用しているのは確かに僕だから、まあ受益者負担ってことでね。毎週水曜の午後は、あそこでゲームしてる」

姫田君はそう言い、ベンチに座った姿勢のままさっと背中を丸めると、ほどけていた靴紐を結び始めた。すぐほどけてしまうようでここまで歩いてくる間にも一度結び直していたが、彼が結び直したのを見るときっちり縦結びになっており、よく見たら反対の足もそうだった。気付いていないのだろうか。

「しかしね。カードキー損壊事件の真犯人を捜してくれるっていうなら、僕も協力するに吝《やぶさ》かではないけど」

実際は「カードキー損壊事件」どころでなく窃盗事件の容疑者にされているのだが、とりあえず姫田君本人には黙っていることにした。

姫田君は昭和的な八・二分けの前髪をひと撫でして顔を上げる。「しかし少なくとも主観的には、僕の記憶に間違いはないよ。カードキーの破損が判明したのは先週の木曜朝。発見者は山本さんで、談話室には僕と二反田君と、美川さんもいた。山本さんはPCの画面で何かの画像を見るため元喫に行こうとしたけど、何度やってもキーが作動しなくて入れなかったらしい」

姫田君の隣に座っている里中が腕を組む。「でも、姫田君じゃないんだろ。それなのに『どうせお前が壊したんだろう』って言われた」

「主観的には僕じゃないんだけどね」姫田君は苦笑しながら里中から視線をそらした。

「まあ、三対一で疑われたらこの場での弁明は難しそうだな、と判断した」

ベンチの前に立ったまま話を聞いていた俺は、腰をかがめて里中をつついた。「カードキーが壊れる前、最後に元喫に入ったのは？」

里中が訊いてくれた。「カードキーが壊れる前、最後に元喫に入ったのは？」

「僕だね。先週水曜の午後……おっと違った。僕の後、夕方に谷垣《たにがき》先輩がカードキーを借りてったらしい」

「『谷垣先輩』……」里中は首を捻った。「誰だっけ」

「四年生だよ。髪がボブで撫で肩の地味な美人。僕的には法律学科で五人しかいない『上の中』ランクに入れてる」姫田君は「いや実質『上の上』でもいいよな」などと一人で思案している。「二年の頃まで談話室にはたまに来てたらしいけど。久しぶりだからなのか、カードキーを借りるだけなのにすごい遠慮がちだったよ」

俺は里中をつついた。「その時、談話室にいたのは？」

里中は姫田君に訊いた。「その時、談話室にいたのは？」

「さっきから疑問なんだけど、どうして藤村君は直接質問しないの」姫田君がこちらを見上げる。「天皇みたいなんだけど」

それを言われたのは二度目だ。しかし実のところ答えようがなく、「いや」ともごもご言って目をそらすしかない。

「谷垣先輩がカードキーを借りに来た時、談話室にいたのは僕と山本さんと井桁さんだね。あと二人いたけど、三年の先輩が返しにきた時には帰ってたし」

「……なんで借りにきた人と返しにきた人が違うの？」

「ようやく直接質問してきたね」姫田君は笑ってこちらを見上げる。「谷垣先輩、怪我して病院に運ばれたんだってさ。たいした怪我じゃないそうだけど、倒れてるのを見つけたのがその三年の先輩で、とりあえずカードキーを預かってきたらしい」

「怪我……？」何か気になる。

「翌朝、その話でだいぶ盛り上がってたけど……君たちはいなかったか。そういえば」

里中以外はいない方が普通なのだ。「かなり話題に……？」

「いや、そこで盛り上がっただけ。それに、たいした怪我じゃないそうだよ。事件性もないらしい。ぼけっとしてて階段から落ちて、腕と脚を折ったんだってさ」

それはどう見ても「重傷」の部類に入ると思う。*3 そして姫田君の言う「事件性もないらしい」は確認しなければならないな、と頭の中で記銘した。

その時に傷がついたんじゃないのか、と里中が訊くが、姫田君は首を振った。「その時は傷一つなかったよ。翌朝来たらいきなりついてたんだ」

だとすると、カードキーにいつ、誰が傷をつけたのかも突き止める必要がある。使用可能な状態のカードキーに最後に触ったのがそいつで、つまり、おそらくはそれが犯人だ。

「……はい。ありがとうございました。失礼します」里中は「失礼します」の後、きっちり二秒待ってから通話を終了し、こちらを見た。「駄目だ。やっぱりどうやっても一週間はかかるってさ」

「ありがとう」

心からそう思う。俺一人ではこんな捜査めいた問い合わせは絶対にできない。

里中に頼んで、カードキーのメーカーに訊いてもらったのだった。新規発行を一週間より早める方法はないか。答えは「ノー」で、つまり、先週木曜の朝から新しいカードキーが届いた今朝まで、元喫に入る方法はなかった、ということになる。

風が強くなってきた上に埃《ほこり》を含んでいる。俺は目を細めつつ歩き出し、里中と一緒に

＊3　「重傷」の定義は「おおむね骨折程度くらいから」である。

法学部棟へ歩いた。法学部棟の周囲にはイチョウ並木があり、そろそろ落ち始めた銀杏《ぎんなん》が「学校でよく嗅《か》ぐあのおそるべき臭い」[*4]をさせている。カードキーを早く受け取る方法はないとなると、いよいよ不可解になってきた。そもそも井桁さんが見た犯人は、どうやって元喫に入ったのだろうか。

「鍵、最初から開いてたってのはどうだ？ カードキーで開けるふりして、実は解錠音だけ携帯か何かで鳴らして、『鍵を開けて入った』ように見せかけた」

「いいね、それ。距離はあったし、録音した解錠音だってことは、井桁さんには分からなかったと思う」

「だろ？」

　里中はどうだという顔になったが、俺は「失敗した」と思った。円滑に会話をするために一度肯定のメッセージを入れただけなのに、こんなに喜ばれてしまうとは。「いや、でもごめん。無理だけど。元喫の鍵はオートロックだから、犯人が細工をするまで開きっぱなしだったっていうのは考えにくいし、開いたままだと警報音が鳴るはずだし。そもそも犯人がその手を使ったなら、火曜まで五日間も待たずに、カードキーが壊れてからすぐやったと思う。いつまでも開けたままでいるのはリスクがありすぎるし」

「そうか……確かに」

　ここで「なんだよ先に言えよ」とか言わない、というのが俺にとってはありがたい。普通、自分のアイディアを否定されたら、多少はつまらなそうな顔をするものだと思うのだが。

だが、そうなると分からない。他に方法があるだろうか。

「……現場検証だな」

「だな！」

独り言のつもりだったのに相槌《あいづち》を打たれ、俺はだいぶ動揺した。

だが、学生談話室に寄ってから階段を上がって法学部棟四階に着くと、元喫のパーティションの前に二人の先客がいた。

「あ」

里中が漏らし、それに気付いて振り返った二人も漏らす。「あ」

加越さんと皆木さんだった。ドアノブを引っぱったりしていたから、二人で元喫に入る方法を探していたらしい。

学生談話室でのことを気にしているようで、加越さんも皆木さんも困ったように目を

＊4　「足の臭い」「ゲロの臭い」などと散々に言われる銀杏の臭いは果肉に含まれる酪酸とヘプタン酸が原因。前者は「チーズの発酵臭」後者は「腐敗臭および足の臭いの原因の一つ」であり、つまり前述の表現は正しいのである。動物に食べられないためではないかと言われており、実際にネズミやサルなどは食べないのだが、タヌキはわりと平気で食べるらしい。

そらす。何か言わなければと思い、皆木さんがこちらをちらりと見た瞬間を狙って口を開いた。「あ、いいパンチでした」

言ってから「うわああ俺は何を言ってるんだ」と頭を抱えてうずくまりたくなったが、ダメージは皆木さんの方にもあったらしく、彼女は、う、と呻いて俯いた。「……とっさに手が出て……机に穴を開けるために稽古《けいこ》していたわけじゃないのに……そもそも正拳で板一枚割れないとか……」

毎度技を披露するたびに落ち込む人だなと思うが、パンチ自体を後悔してはいないらしいと分かった。

加越さんと目が合う。「藤村くん……」

「捜査して推理することにした。姫田君の無実を証明して、あいつらに謝らせる」どうしても目を見て言えないな、と思う。「いろいろ反省してもらわないといけないことがある。法学部のくせに人権が何なのかも分かってないみたいだし」

そう言うと、加越さんはふっと肩を落とした。落ち込んだのではなく、緊張が解けたのだろう。ラウンジ組と加越さんなら、俺は絶対に加越さんの味方だ。

そういうことを本当は口に出して言いたいのだが、どうしても言葉が出ない。だが加越さんは、それでも分かってくれたようで、ふっと微笑んだ。「ありがとう」

「いやあ、俺もその……八方美人でごめん」里中が頭を掻《か》く。「いやあ、今回はほんと、なんであの時キレなかったかなー……って。自分が嫌になるわ」

「いや、里中がそんな落ち込む必要はないだろ。だからいい判断だったって」

しかし里中は珍しくもごもごと言い、それから予想外のことを呟いた。「いや、どうも俺……コミュ障なんだよね」

「ああん？」さすがに威圧的な声が出てしまった。何を言っているのか。「こんな社交的なコミュ障どこにいるんだよ」

「いや、いや違うんだって」里中は手をぶんぶん振る。「俺、本当は人見知りで。人づきあいとか苦手だから、逆にベラベラ喋るっていうか」

俺にはさっぱり分からない。ベラベラ喋れるならコミュ障ではない。

だが里中は、本気で言っているらしかった。「嫌われるのが怖いから、とにかく喋りまくってごまかすっていうか。もう笑われてもいいやって諦《あきら》めてるから誰にでも突撃するし。緊張するとますます喋るようになるんだよ」

なんだそれはと思ったが、意外なことに、加越さんが苦笑した。「ちょっと分かる」

分かるのか、と思って加越さんを見ると、彼女は困ったようにはにかむ。

「私もけっこう、社交みたいなのは苦手で。……何が正しいのかとか、何が受けるのかとか、よく分からないから。……迷惑にならない範囲ならいいや、って割り切って自由にやることにしてるけど」加越さんは自嘲《じちょう》気味に微笑む。「『迷惑にならない』って、どこまでを言うんだろうね。……難しいよね」

「な」

里中が応じ、皆木さんも頷いている。

そんなものか、と思い、なんとなく周囲の気圧が下がって、自分が軽くなったような気がする。皆木さんはもとより、里中ですらコミュニケーションに不安を持っていて、自信満々に見える加越さんも、実はそこまででもないらしい。だとすれば、ここにいる四人は皆、根っこの部分は同じということだろうか。

四人、お互いに相手を見ながら照れ笑いするような、なんとなく温《ぬる》い数秒が流れた。

「というわけで、俺たちは姫田君の無実を証明するため、カードキーなしで元喫に入る方法を探してる」里中が言い、学生談話室に寄ったついでに持ってきた新しいカードキーを出す。「現場検証はどんな感じ？」

皆木さんと顔を見合わせてから、加越さんはドアに手を当てて言った。

「まだ、見当もつかない。無理矢理こじ開けるのは無理だし、その跡もないし。ドアの周りもパーティションも、おかしな痕跡《こんせき》は一つもなかった」

元喫の壁を見る。クリーム色のパーティションはところどころ引っかいたように汚れがついていたが、穴や隙間はない。そもそも犯人はただ密室に入っただけではない。井桁さんの見ている前でドアを開けて入ったのだ。

「井桁さんが来る直前になんとかしてカードキーなしで中に入って、中から鍵を開けたら、ドアを完全に閉めずにおく……いや無理か」

口で唱えている間に違うと分かった。床に膝をついて見ると、ドアの下部にはわずかながら隙間があったし、元喫煙室とはいえ、廊下の端の部分を後から区切って作ったという構造上、天井付近と両側の壁際にはそれぞれ一センチ程度の隙間がある。だがさすがに隙間が狭すぎて、外から何かを差し入れるのは難しそうだった。そもそも、ドアを閉めずに待っていたら警報音が鳴ってしまう。パーティションに何の痕跡も残さずに警報音を黙らせる方法はなさそうだし、井桁さんがいつ来るかも分からないのだ。

里中が新しいカードキーをカードリーダーに通した。ピー、と軽快な音がしてかちゃりと錠が外れる。しばらく待っていると、うぃー、と可愛い音をさせてかちゃりと鍵がかかった。

「こっちの鍵、本当に使えないのかな」

里中は持ってきていた古い方のカードキーをカードリーダーに通したが、カードリーダーは読み取りミスを示すピピ、という音を出しただけで、何度試しても同じ結果だった。古い鍵でたまたま入れた、ということもなさそうである。

新しい方のカードキーに替えると、ピー、と分かりやすい音がして鍵が開く。ドアノブを回して引くと、特に音をさせることもなくすんなり開いた。中に入ってドアを内側から見てみる。サムターンは露出しているが、回そうとするとかなり固く、外から糸などで引っぱって開けるのもどのみち困難なようだ。

里中が外から声をかけてくる。「どうだ？」

「んー……」正直、何もない。期待されていると思うと重圧を感じてしまう。

後ろから加越さんが入ってきたので、押し込まれるように中に進む。今でもかすかに灰臭い六畳ほどの空間は、その大部分が二台のソファとテーブルで占められている。奥の壁際にはパソコンデスクが置かれているが、その上は綺麗に片付いて何もなかった。パソコンデスクの足元で、繋《つな》ぐ相手を失ったLANケーブルだけがうねって端子を晒《さら》している。天井にも異常はなく、人がいないのに自動で動き続ける空調だけが、一定の音量のまま低く唸っている。

隅のラックにはコーヒーメーカーとポット、それにカップが四つほど重ねられている。どれもそう古い型でなく、綺麗にされているから、姫田君が使っているのだろう。その横に本棚があり、『判例タイムズ』『ジュリスト』『法学教室』といった法律雑誌に交ざり、なぜか漫画の『家栽の人』と『クロサギ』が数冊ずつ入っていた。どの本も古くよれよれになっており、雑誌などは四年前の号である。

それを見回し、がらんと更地になってしまっているパソコンデスクを見て、俺は首をかしげた。

「……ここのデスクトップパソコンってだいぶ古くなかった？　なんで盗ってったんだろう」

「確かに古かったけど」里中が答える。「フリマアプリなら、どんなものでも売れるらしいからなあ。ある程度の金にはなるんだろ」

「あ、そうか。フリマアプリ」加越さんが携帯を出す。「主要なとこ、チェックしてみない？　もしかしたら犯人が出品してるかも」

「考えられるな。デスクトップパソコンにマウスか」里中も板チョコ型のカバーをつけた携帯を出す。「いや、でも。どれがここから盗まれたものかって分からなくない？」

「分かると思う。出品の日時と出品者のプロフィールを見れば」加越さんは高速で画面を撫でている。「それに、ここのはかなり古かったから、他に同じ型のはまず出品されていないと思う」

「えっ。型とか覚えてる？」

「二、三回入ったし、使ったこともあるよ」

特異能力者だ。加越さんは当然のように言うが、普通の人間はそんな程度でパソコンの型など覚えない。

とはいえ、加越さんの記憶力は僥倖《ぎょうこう》だった。盗まれたパソコンの追跡は諦めていたのだが、加越さんに確認してもらえば特定できるわけだ。それが元喫侵入の謎を解くきっかけになるわけではないが、警察が捜査してくれれば犯人の方が先に見つかるかもしれない。もっとも、あまりたいした被害額ではない以上、警察がどれだけ事件解決を急いでくれるかは分からなかったが。

元喫の狭い空間で四人、ソファに座ったり壁にもたれたりと思い思いの姿勢になって、無言で携帯を操作する。と、とと、と画面をタップする音が、空調の低音の隙間からかすかに聞こえる。フリマアプリはいくつもある。主要なところから探しても、どのくらいかかるか分からなかったが……。

数分の後、皆木さんが声をあげた。「これかも」

「おっ」隣に座っていた里中が立ち上がり、ソファが揺れる。

皆木さんから携帯を受け取った加越さんは片眉を上げて画面を見ていたが、うん、と一つ頷いた。

「これだよ。画像を見るとけっこう古そうだし」

加越さんは携帯を操作する。「……間違いない。同じ人が同時にマウスも出してる。出品者、千葉県千葉市。出品は五日前！」

「おおっ」里中がガッツポーズする。「よっしゃ。で、状況は？　まだ売れてなかったら俺たちがキープしちゃえば」

「それは駄目みたい。SOLD OUTになってる。売れたのは……昨日、みたい」加越さんが俺を見る。「どうする？　運営に通報する？」

「うん。意味あるのかどうか分からないけど」

正直なところ、フリマアプリの運営に通報するとどうなるのか、俺もよく分からなかった。すぐに取引停止できるようなシステムになっているとは思えないし、出品者、まして落札者の情報などは絶対に教えてはもらえないだろう。通報を「受けました」でそれっきり、という可能性も大いにある。

だが、それよりも気になることがあった。「出品が……五日前？　つまり先週の土曜日」

「そういえば……」加越さんも気付いたようだった。「犯人が元喫に侵入したのって、一昨日だよね？　どういうこと？」

つまり、犯人は五日以上前に犯行を済ませており、その後、井桁さんに目撃させて姫田君に容疑を向けるためだけにもう一度、元喫に侵入したということになる。そこまでして姫田君に容疑を向けるべき何らかの理由があったのか、あるいは。

「それと……ちょっと待って。おかしい」

加越さんが、顔を近付けて画面をじっと見ながら手を挙げている。「これ……違う」

「何が？」

「見て」加越さんは、訊いた里中に携帯の画面を差し出した。「これ、パソコン本体は確かに元喫のなの。だけどマウスだけ違う。似てるけど」

「え？　そうなの？」

携帯を差し出されても、里中は判断がつかないようだ。俺も無理に決まっているので画面は見ない。

だが、加越さんは確信があるようだった。

「色はこれと同じ黒だけど、ボタン配置が違う。これ、マウスの方は元喫にあったやつじゃない。ていうか……これ、どこのだろう。見たことないけど」

まさか現行のマウスを全部覚えているわけはあるまいが、加越さんの超記憶力は信用できる。少なくとも、あまり見ないような珍しいマウスであるようだ。元喫にあったものは、特に何の変哲もないありふれたものだったように記憶しているが。

「でもこの出品者、他にマウスなんて出してないよな」自分の携帯で同じサイトを見ていた里中が首をかしげる。「どういうことだ？　マウスだけ自分で使うことにして、かわりに自分とこの古いやつを出品したとか？」

「それくらいしか考えられないけど……でも普通、盗品をいつまでも使おうと思う？　しかも、不特定多数の人が目にしているはずのものを」

加越さんの言う通りだった。この出品者は住所を「千葉市」とまで明かして、大学から盗んだ備品をすぐに出品している。そのくらい迂闊《うかつ》な人間であればありえないとは言いきれない。だが元喫にあったマウスは古くて、わざわざリスクを冒してまで使いたいと思うようなものでもなかったはずである。

俺は腕を組んで考えた。出品者、つまり犯人は盗ったマウスだけを出品せず、かわりに似た別のマウスを出品したのだろうか。しかし、何のためにそんなことをしたのだろう。盗ったマウスを出品できない事情があったとしても、かわりに似たマウスを、しかも同時期に出品せねばならない理由などない。むしろ、これは……。

パソコンデスクを振り返る。マウスはあそこに置かれていたはずだ。高さは、俺の腰のあたり。

「まさか……」

頭の中だけで呟いていたつもりがまた声に出ていたらしい。三人がこちらに注目するが、縮こまっている場合ではなかった。

考えられる可能性は、なくもない。

俺は言った。「里中。入院してるっていう谷垣先輩に会いたいんだけど、連絡先は分かるか？」

もしかしたらこの事件は、見えているよりずっと重大なのかもしれない。

そして俺の推測が当たっているとしたら、一刻も早く窃盗事件の犯人を見つけないとまずい。

6

幸いにしてこれまで大学病院というところにお世話になった経験はなく、「大学病院」と言うと最先端の機器で最先端の治療がされ、他の病院ではお手上げの難病患者しかいないと思っていたから、骨折で入院している谷垣先輩が房総大学病院にいるというのは意外だった。手足の同時骨折では自力で動けないから救急車を呼んだらしいが、この病院に運ばれたのは単に近いからであるらしい。だとするとたとえば医学部生が学内で倒れたりしたら大学病院に運ばれ、実習中の同級生に世話をされるということもあるのだろうかなどと、どうでもいいことを考えてみる。

申し込み恐怖症の俺（と皆木さん）にとっては要塞《ようさい》のごとく入りにくい場所であったが、里中と加越さんがいてくれるおかげで鴨の雛《ひな》のように二人の後ろをチョコチョコついていくだけでよく、本当にありがたかった。もっとも里中と加越さんの後ろにくっついて受付に行き、一言も喋らないまま突っ立って待ち、最後にちょっと会釈だけして去る、というのを繰り返していると、二人がお父さんお母さんのように見え、俺と妹（俺の方が誕生日が早かった）はなんともいえないいたたまれなさで顔を見合わせていたのだが。

皮脂の臭いがうっすらと滞留する病棟は静かで、四人で歩いているだけでも目立った。すれ違う患者や看護師さんたちの視線が怖く、俺は「怪しいものではありませんよ見舞いですよ目的の病室までまっすぐ行って帰るのですぐいなくなりますよ」と無言で念じながら周囲を探していたため、谷垣先輩の病室は一番に見つけた。先輩の病室からは見舞いらしき客が出てきたところで、初老の男性がこちらに向かって歩いてきた。

「たしか……金山《かなやま》先生」加越さんが言った。

「あ、そうなの？　先輩の親父さんかと思った」

金山先生の授業は一年次は取らないはずなのによく覚えているものだ。里中が率先して先生に会釈すると、先生は驚いた顔をした。「うちの学生？」

「はい。谷垣先輩のお見舞いで」里中が答えるが、俺は「そういえば見舞い品を何も持ってこなかったな」と気付いた。

「ああ」金山先生は病室を振り返る。「起きてるよ。元気そうだ」

「先生もお見舞いですか」

「私の研究室から帰るところで階段から落ちたらしいと聞いてね」金山先生は苦笑する。

「まあ片手は動くし、論文執筆には支障はないと分かったからね」

全治三ヶ月とのことだったが、卒論の〆切《しめきり》を遅らせてやる気はないらしい。金山先生はあははと笑いつつ去り、入れ替わりに俺たちがノックする。里中は応答がなかったにもかかわらずさっさとドアを開けた。「こんちはっす。谷垣先輩いますか?」

谷垣先輩は奥のベッドにいた。右脚をスタンドから吊《つ》り、右腕を肩から吊り、額に包帯を巻き頬にガーゼを貼るという痛々しい姿で横になっているのですぐに分かった。ついさっき先生の応対をして疲れているのではないか、と尻込《しりご》みする俺をよそに、里中は手前のベッドの女性に「どうもっす」と気軽に挨拶し「あ、このコップすか? どうぞ」と手を貸して礼を言われつつ、さっさと奥に行った。ただ歩くだけでも社交を振りまく男である。「谷垣先輩。すいませんちょっといいすか?」

寝ている重傷者によくも気軽に近付けるものだと思うが、先輩はこちらを見ると、さっと起き上がった後、悶絶した。「いたっ、いたいいたい」

「うわ」

「大丈夫ですか」

「あ、大丈夫。ちょっと肋骨《ろっこつ》がねいたい!」先輩は体を捻ろうとしてまた悶絶した。

「いたい!」

「大丈夫ですか」

「動かないでください。そのままそのまま」

「すいません」

「うん。痛い」先輩は確かめるように一つ頷くと、俺たち四人を見た。「……誰?」

知らないのにその笑顔なのかと驚く俺をよそに、里中が頭を下げる。「法律学科一年の里中です。こっちのが藤村で、あと加越さんと皆木さん」

「うん?」先輩としては心当たりがないわけで、頷きつつも怪訝《けげん》な顔をしている。「四年の谷垣ですけど。お見舞いにきてくれたの?」

「はい。いや手ぶらですみません。慌てて来ちゃったもんで」

「いいよー。お母さんが色々買ってきてくれるし」

何か顔色がよくない気がする。やはり疲れているのか、あるいはさっきの金山先生に卒論のことをビシリと言われてがっくりしていたところだったのかもしれない。タイミングが悪かったな、と思うが、しかしゆっくり出直している暇はないかもしれないのだった。先輩も一応笑顔なのでいいことにする。

「何か飲む? 飲みかけのポカリと洗浄用の水道水しかないけど」

「いえそれはいいっす」里中が慌てる。「気を遣わせてすいません」

「いいよー。あ、そこの末次《すえつぐ》さんが点滴持ってるけど」

「飲むんすか」

「甘くておいしいよ？」

「飲んだんすか？」[*5]

警戒する性格の人でなくてよかったと思う。里中はあっという間に先輩と打ち解けたようで、授業の話などをして先輩の笑いを取りつつ壁に立てかけてあったパイプ椅子を出してきて広げた。二つあるもう一つを勧められ、加越さんと皆木さんが俺を見るので、俺もとりあえず隣に座る。里中はその間も喋っている。「なんか爆発に巻き込まれた人みたいすけど、怪我どんな具合すか」

「うーん……見ての通り」先輩は右手のギプスをぽんと叩き「いたいいたい」と呻いた。怪我人に向いていない人のようだ。「私の怪我、もしかして何か変なふうに伝わっちゃった？」

「法学部棟の階段から落ちた、ということでしたが」俺の頭越しに加越さんが訊く。

「ご自分で落ちたんですか？　間違いなく」

いきなり物騒な訊き方をするなと思ったが、谷垣先輩はふっと表情を引き締めた。

「……その点は間違いないよ。私の記憶違いもない。ちょっとぼけっとしちゃって」

＊5　当然ながら点滴は投与量と投与速度がきちんと計算されており、他人にあげたり勝手に止めたりしてはならない。

「あの」

俺が口を開くと、場がさっと静かになった。先輩も里中たちも、俺の言葉を待つ様子でこちらに注目している。

もっと気軽に発言したかったのだがと思う。小声でついでのように、さっとかすめとる感じで紛れて質問するだけならできるかもしれないと思ったのだが、注目されるのは困る。

仕方なく、俺はベッドの縁《へり》のあたりに視線を置きつつ、最低限の声で訊いた。

「……その『ぼけっとした』原因の方を伺っていいですか」

先輩は驚いた様子で目を見開き、それから病室のドアの方を見て、俺に視線を戻した。どういうことかと訊こうとしてやめたようである。

「……それを聞きにきたの？　いや、それよりどうして知ってるの？」

「いえ、推測で。……ただちょっと、今、その」先輩の視線に耐えつつ喋るのは無理だ。隣の里中をつつく。「事件の経緯を」

「ん。ああ、おう」

里中は椅子に座り直し、元喫の窃盗事件の経緯を話した。この場では隠す必要はないし、先輩に協力してもらうためにはその方がよいと判断したのだろう。固有名詞も出した。

先輩は身を乗り出しかけて「いたい」と言いながらも、じっと聞いてくれた。カードキーに関してはこの人も関わっているわけで、無関係の事件ではない。

里中が話し終えると、先輩は沈黙した。自分のベッドの掛け布団にじっと視線を据え、何かを検討しているようだった。

俺はその横顔に向かって言った。

「で、出品されているのを見たら、パソコンのマウスだけが違っていたので」額の包帯と頬のガーゼが痛々しいが、なるほど美人だなと気付いた。「……もしかして怪我とか、急病をしていているんじゃないかと」

先輩はシーツを見たまま沈黙し、それから頷いた。「……うん。ごめん」

「いえ、その」謝らせるつもりはなかった。やりにくい。「マウスの方、出品されてまして、もう落札されてます」

先輩はぱっとこちらを向いた。その途端に肋骨が痛んだようだったが、顔をしかめるだけで声は出さない。「……うそ？　本当に？」

「はい。ですが、犯人を見つければ発送を止めさせられるかもしれません。なので」後ろを見る。個室ならよかったのだが。「……何があったのか、を……聞きたいんですけど」

先輩は自分の膝のあたりに視線を戻して沈黙した。ギプスから覗《のぞ》く右手の指先がゆっくり動くので、思案していると分かる。それから俺と同じように病室を見て、入口の方のベッドにいた女性がイヤホンをし、携帯で動画らしきものを観ているのを確かめた。

「あの」無理はさせたくない。「何人か、外してましょうか」

「ううん、いいよ。末次さんも、テレビ観てる間は聞こえないだろうし」先輩は入口の方のベッドにいる女性を再び確認する。

「……全員、ここで聞いて」

病院の玄関を出ても、四人とも無言だった。加越さんは目の前に死体があるかのような沈痛な面持ちをしているし、実のところこの中で精神的な揺さぶりに一番弱いらしい里中はずっと呻き声をこらえているように下を向いたり、額を押さえたりしている。俺はもともと喋らないが、この状況だとますます喋れない。

「……運営、まだ返事がないね」

皆木さんが後ろからぼそりと言い、皆が振り返る。彼女は携帯を見ていた。「返事が来たとしても『調査します』くらいだと思うけど」

そうなのだ。落ち込んでいる暇はない。一刻も早くマウスを取り戻さなければならないのに、出品を止める手段はないのだから。

「とにかく、元喫の窃盗事件を解決しないと」俺は言った。「出品者＝犯人だから、犯人を見つけて発送を止めさせる」

すでに発送がされている可能性も大きく、そうなったら間に合わない。ぐずぐずしてはいられなかった。落札者の手に渡ってしまってからでは取り戻すのは困難になる。しかも、マウスは出品されてすぐに「SOLD OUT」になっている。通常、フリマアプリでは一ヶ月も二ヶ月も落札者が現れないこともざらにある。決して安い値段で出品されているわけではないメーカー不明のマウスなのにすぐ落札されたとなると、落札者は事件関係者かもしれないのだ。もしそうであれば、マウスが届いた時点で打つ手なしになる。

だとすれば、たとえ発送を止められないとしても、やはり犯人を特定するしかなかった。犯人から落札者の情報を訊き出す。強要罪だの個人情報保護法違反だのは「緊急避難」の一言で片がつく。

「いや、そうか。そうだな。よし」里中は顔を上げた。感情の振り幅が大きい分、すぐ立ち直るらしい。「俺は何をすればいい？　謎は解けないけど、情報収集は手伝うぞ」

「……今、考える」

やはり俺が探偵役なのだなと思う。里中は完全に助手のつもりらしい。大学に入ってからはともかく、名探偵役にあまりいい思い出はないんだけどなあ、と思う。

※

結論から言うと、俺の推理は的中していた。

加藤君の用いた「トリック」は単純だった。彼は本当は、自分の机に答えをびっしり書き込むつもりだったのだ。当時、加藤君は親に買ってもらった「6H」から「4B」までの鉛筆をずらりと持っており、特に意味もないのに全部持ってきて並べ、今日はこれで書こう、今回はこっちで、と使い分けていた。「6H」の鉛筆はかなり薄く、机のニスが光を反射してしまうと、正面から近付いて覗き込まない限り溶け込んで見えなくなる。

だが帰る時に机をチェックされ、書き込む暇がなかった加藤君は、隣の三組に目をつけた。空き教室なので誰のものでもない机がいっぱいある。人も来ないから、時間をかけてじっくり答えを書き込める。加藤君は前日、帰ったふりをして三組に入り、自分の机とサイズが同じ机を見つけて答えをびっしり書き込んだ。そしてテスト当日、少しだけ早く来て、答えを書き込んだ空き教室の机と自分の机をすり替えたのだ。これなら二分でできる。もちろん書き込んだ答えはテスト中に、解答しながら消していく。

だからこそ俺は、三組の教室で推理を披露したのだった。そして三組には予想通り、加藤君の机があった。俺はその「物証」を華麗に示し、加藤君は沈黙した。

俺は推理を喋り終えると「誰がパンツ一丁になるべきかは明らかだよね？」と加藤君を見てから、「じゃ」と言って三組を出た。今思うと出ていく必要は全くなかったのだが、当時の俺は、名探偵は事件を解決したらすぐ去るのがかっこいいのだと、なぜか思っていた。

で、戸を閉めると、その前にくっついてさりげなく聞き耳をたてた。聞きたかったのである。皆が「すごい」「さすがサト」と口々に俺を褒め、クラスで一番かわいい羽積さんも「頭いいね」と褒めてくれるかもしれないと期待していた。

が、始まったのは喧嘩だった。加藤君のズルを知った桑折が「お前がパンツ一丁やれよ」と怒り、拒否する加藤君に摑みかかってズボンを下ろそうとし始めたらしかった。ガタガタと机が動き、二人の叫び声が聞こえ、「やめろよ」「落ち着け」と周囲の人も慌てていた。

そこに羽積さんの声が響いた。

——やめなよ。

羽積さんはクラスで一番かわいいので、羽積さんが言うと男子は全員聞くのだった。

——くだらないからやめなよ。桑折君。そもそも加藤君がパンツ一丁になったところで何が面白いの？

三組の教室が静かになった。

——加藤君がしなくちゃいけないのはパンツ一丁じゃなくて、「ズルをしてごめん」って桑折君に謝ることじゃない？　それから先生に言うこと。

羽積さんの声が凜《りん》として響く。

——だけど、そもそも桑折君が加藤君の点数を笑ったからでしょ？　桑折君も加藤君に謝るべきじゃないの。クラスで一番かわいいだけでなく大人っぽくて頭もいい羽積さんの采配《さいはい》は的確で強引だった。しかし羽積さんに言われたら、二人とも逆らえない。彼女に逆らえば女子全員を敵に回すし、そもそも羽積さんに軽蔑《けいべつ》される。二人はしぶしぶながらお互いに謝り、ごたごたは解決した。もはや三分前の俺の推理のことなど誰も覚えていないようだった。

いや、本当に誰も覚えていなかったのなら、どんなによかったことか。女子の誰かが言うのが聞こえたのだ。「こうやって解決すればよかったのに。なんでこんな喧嘩になったの？」

外で「おかしい賞賛の声がない」とじりじりしていた俺は、教室内の「空気」の変化を感じとることができなかった。加藤君と桑折が「和解」し、「ごたごた」が収まった今、矛先は「ごたごたを起こした奴」に向かい始めていた。実際には二人の争いを煽《あお》って「ごたごたを起こした奴」は何人もいたはずなのだが、彼らはお互いに口をつぐんだ。

そして当然の帰結として、その場にいない人間に責任が押しつけられた。

――そもそもあいつ何なの？　名探偵とか言っちゃって。

――喧嘩煽ってるだけじゃん。

――自分が推理とか言って目立ちたかっただけじゃないの？

場の空気は急速に一方向にまとまりつつあった。皆はごたごたの後の苦い空気をさっさと変えたかったし、加藤君と桑折はお互いの気まずさを払拭《ふっしょく》したかったし、二人の対立を煽った男子数名は責任を逃れたかったわけで、利害が一致したのである。皆は水が低きに流れるように態度を揃え、その場にいない俺を非難し始めた。

――「よくお集まりくださいました」とかかっこつけて。

――そもそもなんで「絶対集合」なの？　なんであいつ命令してんの？

――自分だけ目立って。なんで俺らが集まらなきゃいけないの？

そして誰かが言った。

――業間休み、返せよ。

その一言で、集まった全員に「自分は被害者だ」という意識が生まれた。実際は自分の意思で来たのに、いつの間にか俺は「自分一人が目立つために皆の業間休みを潰した奴」にされていた。加藤君と桑折の作った気まずい空気はなくなり、クラスは「外部」に俺という「共通の敵」を作ることで同じ方向を向き、一致団結した。

――あいつ前からちょっと痛いと思ってた。

――「チーム・サト」とか、うわあって思ってた。

――「人気者のオレ」みたいなとこあるよね。

三組の教室から、俺の悪口が響《の》いてきた。悪口は混ざりあいながらうねり、膨らみ、俺の全身をどっぷりと呑み込んだ。

俺はトイレに逃げ込んだ。息苦しく、心臓が早鐘を打っているのに、体は冷たかった。

結局、俺はその日、教室に戻れなかった。正確には走って教室に飛び込み、自分のランドセルを摑んで逃げ出し、そのまま早退したのだ。

実は嫌われていた。

もしかして、友達みんな、俺のいないところではずっと俺の悪口を言っていたのではないだろうか。気付いていないのは俺だけだったのではないか。

俺はその時まで、自分を優れた人間だと思っていた。たいていの奴より優秀だし、人気者だし、皆が俺を頼ってくる。自分は「みんな」を護《まも》り導く役割だと思っていた。

実際は逆だった。陰口を言われているのに、俺だけが気付いていなかった。「みんな」は賢く、表の顔と裏の顔を使い分ける大人で、俺だけが馬鹿な子供だったのだ。一人だけ何も気付いていないピエロ。可哀想だからと調子を合わせてもらっていたことにすら気付かない馬鹿。

翌日、俺は頭が痛い、と言って学校を休んだ。その翌日も休んだ。だが土日を挟むと、もう仮病は通用しなくなった。親は学校で何かあったのだろうと察してくれてはいたが、とても打ち明けられたものではなく、俺は元気なふりをして登校した。教室に入っても、俺に話しかけてくる人はいなかった。一時間目が終わってもいなかった。いつもの友達は、別の友達の周りに集まり、ちらちらとこちらを見ていた。二日も休んだせいで、クラスの勢力図が完全に変わっていたのだ。「チーム・サト」はとっくに痛々しい過去のネタになっていた。

俺はいじめられていたわけではない。時折、話しかけてくれる人もいたし、遊びに誘ってくれる人もいた。皆は別に、一致団結して俺をどうにかしようとしたわけではない。「推理」にしたって、その日、三組に行かなかった何人かは後で人づてに聞いて褒めてくれたのだ。

だがそれ以来、俺は他人の目を見て話せなくなった。

——ずっと陰口をたたかれていた。俺だけが気付いていなかった。

俺は「みんな」が怖かった。

声をかけられて会話をすれば、今のやりとりはきっと後で笑われるに違いない、と思った。

遊びに入れてほしいと頼んでも、きっと皆、嫌々承諾しているのだ、と分かった。俺がいなくなった後、「なんであいつ入ってくんだよ」「断るといじめにされるし」などと文句を言っているのだろう、と想像できた。

他人の顔を見ることはできなくなった。陰で「じっと見てきて気持ち悪い」と言われるに決まっていた。それまで授業で何か発表をする時は必ずネタを入れて皆を笑わせていたのに、下を向いて最低限のことをボソボソ言うことしかできなくなった。ネタなど入れたら「滑ってて辛かった」「あいつあれで面白いと思ってんの」と陰口をたたかれるに決まっていた。「みんな」は笑いながら軽蔑し、握手しながら嘲笑する油断ならない「大人」なのだと思った。きっとみんなは、そういう技術をずっと前から磨いてきたのだ。だが今初めてその事実に気付いたような俺は、相手が本心では笑っているとか、今のはただのお世辞とか、そういうものを見抜く技術がなかった。どうすれば身につくのかも分からなかった。

俺は他人を避け、人と会話しないことで自分を守るしかなかった。

藤村京《ふじむらみさと》。だからサト。友達から気軽にそう呼ばれていた明るい少年はいなくなり、かわりに、いつもおどおどして他人の目を見て話せないコミュ障が誕生した。

※

「……あ、そうか」

大学に向かって歩いていた俺は、唐突に思い出した。あの時の、「後で人づてに聞いて」推理を褒めてくれた数人の中に、里中がいた気がする。

俺は前を行く里中の背中に呟く。「……そういうことか」

里中が振り返った。「ん？」

「いや、何でもない……」

言いかけた俺は立ち止まり、一拍置いてから言い直した。

「……なくは、ない。思いついた」

「えっ」

里中が立ち止まり、加越さんが振り返り、後ろを歩いていた皆木さんがつんのめる。

俺は考える。あるだろうか？　すぐに持ってこられるところに。いや、たまたまあったからこそ、犯人はこのトリックを実行しようと考えた、という方が自然だ。

「……藤村くん？」

加越さんが俺を見る。そういえばこの人は、五年二組の羽積さんに少し似ている。だから今でも、微妙に気が引けるのかもしれなかった。

だが、俺はもう小学五年生ではなかったし、加越さんは陰口など言わない。文句があれば直接言う人だ。

だから怖くない。

「トリックが分かった。犯人がどうやって『カードキーが壊れているのに元喫に入ったのか』」

俺は自分の推理を説明した。里中と加越さんと皆木さんは俺の顔をじっと見ていたが、俺はまっすぐ顔を上げ、三人を均等に見ながら話した。それがよかったのか、話はすぐに伝わった。

俺は三人に指示した。「大学内のどこかにあるはずなんだ。知っている人がいるかもしれないから、なるべくいろんな学部の人に聞いてみてほしい」

「了解」三人の声がばらばらに返ってくる。

「それとあと一つ。皆木さんは美川さんに、持ってるデジカメの画像を送ってもらってほしい」

「……デジカメ？」

「うん。それで犯人が分かると思う。それから加越さん」

「なに？」加越さんはこちらをじっと見ている。俺が急に率先して喋り始めたので驚いているのかもしれない。

「パソコンの機種を覚えてたなら、犯人が井桁さんに送ったデジカメの画像。あれの機種、分からないかな？　古いか新しいか、高いか安いか」

里中が加越さんに携帯を見せると、加越さんはぐっと顔を近づけて画面を見た。

「……詳しくはないんだけど、これ、けっこう新しいやつじゃない？　なんかウェブで宣伝してた気がする。そんな本格的な高級品じゃなかったと思うけど」

充分詳しい。「ありがとう。じゃ、とりあえずそれの機種名とか、確認してくれるとありがたい」

「了解」加越さんは頷き、僕をじっと見ると、なぜかにっこりと微笑んだ。

何だろうと思うが、まあいい。あとは里中である。「井桁さんに確かめてほしい。犯人が元喫に入る時、ドアをどのくらい開けたか」

「ん？……うん、了解」

里中は質問の意図を察したわけではないようだったが、俺が説明すると、すぐに頷いてくれた。小学校の頃とは違う。俺自身だけでなくこの三人も、俺を名探偵だと思ってくれる。俺の話を「聞くに値するもの」という前提で聞いてくれる。

そして三人がそれぞれに携帯を出した十五分後。ちょうど大学に戻り、銀杏臭のきつい法学部棟の前まで来たところで、里中が言った。

「藤村。あったって」

皆が立ち止まる。里中は携帯の画面をスクロールさせながら言う。「隣。経済学部棟にあったらしい。竹下君が見たって言ってる」

少し前のうちわ祭りの件で気まずくなったのかと思ったが、まだ交流があったらしい。俺が里中の社交性に感謝していると、里中は携帯の画面をとん、とタップして顔を上げた。

「もう一つも返信あった。お前の指摘する通り」里中は頷いた。「井桁さんが見た時、犯人はドアを大きく開いてはいないって。細く開けてするっと入った感じだったってさ。出る時も同じ」

「了解。ありがとう」ならば間違いはなさそうだ。推理を喋る自信がでてきた。

そして皆木さんも言う。「美川さんから返信。美川さん、いつもバッグにデジカメ入れてるって。機種はこれ」

皆木さんが見せてくれた画面には、一眼のついた高級そうなデジカメが写っていた。美川さん、実はわりと本格的に写真をやっているのかもしれない。

とにかく、それで犯人が分かった。方法も分かった。

だが、再びミーミーと鳴りだした携帯を操作していた里中が言った。

「佐野さんから返信が来た。……犯行動機っていうか、犯人がどうしてあんなトリックを使ったか、分かった」

これは予想外の収穫だった。世間は狭い、というか、里中くらい交友関係が色々あると、友達同士、知りあい同士も偶然につながりがあったりしてくるらしい。

里中の話を聞き、俺は頷き、宣言した。

「……関係者を元喫の前に集める。全員の前で真相を話す」

7

里中がラウンジ組にいい顔をしてくれていたため、ラウンジ組を元喫の前に集めることはできた。山本さんに二反田君に井桁さんに美川さん。そこに加越さんと皆木さんが、さらに姫田君が加わる。加越さんは冷静だし、山本さんも一触即発という状態になるほど好戦的ではないらしく、喧嘩が始まるような状況にはなっていないようだった。

だが階段を上って俺が元喫前に「登場」すると、「陣営」がはっきり二つに分かれていた。ラウンジ組の山本さんと二反田君は左側の壁際に。井桁さんは半歩右に離れて、いずれも右側を向いている。美川さんはさらに半歩離れ、体の向きも斜めになっている。一方、加越さんと皆木さんは右側の壁際に立って左側を向いている。そして両陣営の間、左側に里中が、右側に姫田君が立ち、板挟みの顔で両方をちらちら見ている。

関ヶ原《せきがはら》みたいだなあ、と思いつつ、わざと少し遅れて登場した自分を反省する。ちょっと待たせた方が話をちゃんと聞く態勢になってくれるかもしれない、と思ったのだが、とりわけ里中と姫田君は気苦労があっただろう。

俺が歩いていくと皆が一斉にこちらを見た。俺は真ん中で立ち止まり、左側から右側まで、集まった登場人物を見渡した。

「……さて」

名探偵、皆を集めてさてと言い。

本来は、ミステリの形式ばったやりとりを揶揄《やゆ》する言葉だ。しかし今回は大仰にやろうと決めたのだ。関係者全員にまとめて真相を話す方が都合のいい時もある。

そして今の俺には、それができる。五年生の頃のことを思い出して、気付いたのだ。犯人のトリック。里中がなぜ俺を信用しているのか。

そして、自分がなぜコミュ障になったのか。

俺は気付かれないように素早く深呼吸した。胸が詰まったような感触があってちゃんと息が吸えず、自分が思ったより緊張していると自覚する。大丈夫だ、と念じる。今この場、この相手なら、好きなように喋っていいのだ。喋りすぎてもいい。耳慣れない単語が出てもいい。振る舞いがどれだけ奇矯であってもかまわない。どうなってもいいのだ。喋れ、と自分に命じる。

「捜査の結果、元喫のパソコン及びマウスを誰が、どうやって盗んだのかが判明しました」

「はあ？」左側から反応があった。「誰が、ってどういうことだよ。姫田だろ」

「話は最後まで聞くように」俺は二反田君を見た。「それとも、最後まで言われると困るようなことが何かあるのかな？」

「はあ？」

「ていうか藤村君、なんで姫田の味方してんの」

「姫田君の味方じゃない。正義の味方」眉間《みけん》に皺《しわ》を寄せる山本さんと、おろおろとしながらこちらを窺う姫田君を見る。「俺はただ真相を話すだけだよ」

「はあ？」

「結論から言うと」笑おうとする山本さんを大声で制する。彼女が黙ったのを確認し、ゆっくりと続ける。「姫田君は犯人じゃない。もっとも、これは最初からはっきりしていた。カードキーを早めに受け取る方法なんてないんだから。……犯人は明らかに、姫田君に罪をなすりつけようとしている。姫田君が水曜の午後に元喫に行くのを狙って、水曜の夜に犯行をしているんだから。これが偶然なはずがない」

はっきりと断言する。よし言えている、と思う。そう。俺だって小学五年生までは社交的だったのだし、皆の前で推理を披露した経験もあるのだ。

集まる視線に一瞬息が詰まるのを、ふっと腹に力を入れて耐える。里中たちは特に驚いていないようだが、突然ベラベラ喋るようになった今の俺は、ラウンジ組には間違いなく奇異に映っているだろう。だが大丈夫だ。いいのだ。こんな奴らなのだから。

俺がなぜコミュ障になったか。

きっかけは明らかに、小学五年生のあの時だった。俺はあの日以来、不安で仕方がなくなったのだ。にこやかに応じてくれる他人。笑わせると爆笑してくれる友達。だが、もしかしたら彼らは陰では自分を笑っているのかもしれない、という不安。「あいつ陰で笑われてんの気付いてないの？」と、見えないところで嘲笑されているかもしれないという恐怖。それらが友達の笑顔を空虚に見せて、信用できなくさせていた。

だが俺は、単純なことに気付いたのだ。もともとどうでもいい相手に陰で笑われたとして、一体何が困るだろうか？

はっきり言うと、俺は山本さんたちが嫌いだった。大学生になったのに群れなきゃ不安で仕方がなく、すぐに集団を作ろうとする連中。それだけなら勝手にすればいいが、集団の結束のために姫田君を蔑《ないがし》ろにし、冤罪《えんざい》で弁償させ、容疑者にして平気な連中。それに抗議した加越さんを「アイヌだから、ちょっとおかしいんだろう」と笑った差別主義の連中。法学部のくせに「人権」を笑いものにする不勉強な連中。制服を着ていた頃は、こうした連中でもクラスの中心にいられたのかもしれない。だがここは大学で、俺たちはもう子供ではない。

つまり今、こんな連中に嫌われたところで、どうでもいいのだった。俺の言動を「恰好《かっこう》つけている」「痛々しい」と笑うなら、勝手に笑えばいい。そう思うと、嘘のように恐怖がなくなった。好きなように喋っていいのだ。怒らせても笑われてもいい。そう決めさえすれば言葉は出てくるし、相手の目を見るのも別に怖くない。

「状況からして、明らかに犯人はこの中の誰かだ。犯人は井桁さんのメールアドレスを知ってなきゃいけないし、おそらく井桁さんが遅くまでサ館にいて、呼び出せば来るだろうということも知っていた。そして罪を着せる相手として姫田君を選んだ……つまり姫田君が犯人っぽいとなればみんな同意するだろう、ということも知っていたし、姫田君が毎週水曜、元喫を使っていることも知っていた」

姫田君は下を向いた。呼んでくる間に加越さんが、元喫の事件と彼の立場については打ち明けている。

「それに犯人は、元喫のカードキーが壊れて、それを姫田君が弁償させられている、ということも知っていた。こんなことは普通、他人に話したりしない」俺は皆を見回した。

「つまり犯人は、ここにいる誰かしかありえないんだよ」

「あのさあ」山本さんが威圧的な方の顔を顕《あらわ》にし始めた。「私、藤村君にそんなこと頼んでないんだけど。姫田が元喫にどうやって入ったか調べる、って話だったよね？」

山本さんが発言した後「みんなも同じ意見だよね？」と確かめるようにさっと左右を見ているのを発見する。そういえば、二反田君もそうだった。これは彼らの習性なのだろう。一つ発言するとすぐまわりを見て、自分の意見の内容や発言のタイミングが「外れていないか」を反射的に確認している。

俺にはできないし、やる気もないことだ。

「だから調べたでしょ。なんで俺が、あんたの指示を受けなきゃいけないの？」喧嘩になってもいいのだ、と念じながら応じる。しかしこういう場合の二人称は「あんた」でいいのだろうか。二人称は難しい。「見ての通り、姫田君は狙い撃ちで罪をなすりつけられたんだ。たまたま俺たちが関わるという偶然がなければ、そのままなんとなく『空気で』犯人ってことにされてただろうね」

山本さんは俺を「名探偵」だと言った上で頼んできた。それなら、名探偵が「まつろわぬ者」であることぐらい知っていてほしいものだ。山本さんもそう認識しているはずだが、「名探偵」なんて人種は社会から見ればアウトサイダーであり、ムラの周縁にいるか外部にいて、都合に応じて一時的にムラに入ってくるだけの存在である。それゆえ集団のローカルルールに従わないし、立場が強い者に都合のいいように真相をねじ曲げるようなことはしない。彼女は「ちょっと、推理とかしてくれない？」などと言っていたが、俺のようなアウトサイダーをちょいちょいと利用してやろうなんていうのが、そもそも思い上がりなのだ。

「悪いけど、俺は俺の意思で事件を調べた。あんたらに何の恩も義理もない以上、あんたらのご意向なんて知ったことじゃないんだよ。俺は勝手に真相を喋る」

「はあ？」

「藤村」言いあいが始まりそうなのを素早く察したか、里中が口を挟んだ。「犯人はカードキーが壊れた翌週の火曜になってから、元喫の鍵をカードキーで開けて侵入してるんだけど。そこの説明はどうなってる？　それがないと納得できなくない？」

「それも方法がある」

ナイス合いの手、と心の中でサムズアップする。さっき話したので、里中も加越さんも皆木さんも、犯人のトリックはすでに知っているのだ。

「正確に言えば、犯人は『カードキーで元喫の鍵を開けて入った』んじゃない。ただそう見えただけなんだ」俺は親指で後方を指す。「薄暗い上に二十メートル離れた井桁さんに」

「見間違いだっての？　そんなわけないんだけど」井桁さんが、やや呆れ声で言った。

「確かにカードキーでドアを開けて入ったよ。間違いない」

「正確に言うなら『カードキーに見せかけたカードをカードリーダーに通し、解錠音が鳴り、ドアを開けて入っていくのが見えた』だよね。つまりカードリーダーが偽物で、実はカードリーダーも作動していなくても、携帯で音を出せばいい。……犯人はカードキーで鍵を開けたふりをしただけだったんだ」

「だから、意味が分からない」井桁さんは首を振る。「確かにドアを開けたんだってば。そのドアはオートロックだし、鍵はかかってたはずなのに」

皆が顔だけ元喫のドアの方を向けて振り返る。俺は皆の後頭部や横顔に向けて言う。

「そう。確かに犯人はドアを開けたんだ。でも、それだけだ」

井桁さんがこちらを見たので続きを言う。

「犯人が開けたのは、今みんなが見てるそのドアじゃなかったんだよ。鍵なんかかかっていない、別のドアだ」

井桁さんは俺の言った意味を捉《とら》え損なったらしく、口を開きかけたまま眉をひそめた。ラウンジ組と加越さんたちが、一人、また一人とこちらに視線を戻す。大丈夫怖くない、うまく喋れてる、と頭の中で繰り返し、全員がこちらを見たところで言う。

「犯人は井桁さんに『ドアを開ける』ところを見せるため、別のドアを設置したんだよ。そのドアの前に、重ねるようにして」

「えっ。おっ」二反田君がドアと俺を見比べる。「どういうことだよ」

「元喫は部屋じゃない。パーティションで区切っただけの空間だろ？　つまり同じパーティションが用意できれば、元喫の壁にそっくりな壁をもう一つ作ることができる。それを元喫の前に設置して、そこのドアを開けて見せただけなんだ。犯人は」俺はドアを指さす。「つまり井桁さんが見た時、パーティションの前に偽のパーティションが立っていて、元喫の壁は二重になっていたんだ。犯人は元喫に入ったんじゃなくて、手前にある偽物のドアを開けて、手前のパーティションと奥のパーティションの間に隠れた。で、持っていたボストンバッグに何か柔らかいものを入れて膨らませた後、そこから出てきた。井桁さんが証言したけど、犯人はドアを開けて入る時も出る時も、細くしか開けていない。パソコンという大荷物を抱えているのに、だ。大きく開ければ井桁さんの位置からでもドアの中が見えて、『ドアのむこうにもドアがある』ことがバレるからね」

美川さんは口を開けて元喫のドアを見ているが、隣の井桁さんが「いやいやいや」と言った。

「そんな大がかりなの、ないでしょ。設置工事とか撤去工事とか要るし」

なるほど、ラウンジ組の中ではこの人が一番論理的思考ができるようだな、と思う。いささか上からで失礼な観察だが、まあ日本国憲法第十九条でも内心の自由は保障されている。頭で考えるだけなら何をどう考えてもいいだろう。「もちろんきちんと設置なんてしていない。倒れなければいいだけだから、固定もしていない」

「だからって、そもそもそっくりのパーティションなんてどこから持ってきたの？　ドアもカードリーダーもついてたよ？」

「たまたま、あったんだ。大学内に。むしろ犯人は、それを見つけたからこそこのトリックをやろうと考えた」

「たまたますぎない？」

「そうでもない」自分の声が響いていることを自覚しながら、後ろを振り返って廊下を見渡す。「そもそもパーティションで仮設の喫煙室が作られたのは、学内が禁煙になったから。そして建物内が全面禁煙になったことで、喫煙室は用済みになった。これは全学で同時に起こったことだ。つまり、ほぼすべての学部にそれぞれ『元喫』が存在する。同じ業者に発注しただろうし、同じ製品を使うのがむしろ普通じゃない？　そしてすべての学部の『元喫』が法学部のみたいに残されるとは限らない。普通は撤去されるだろうね」前を向いて井桁さんに視線を戻す。「隣の経済学部だよ。あっちの『元喫』は誰も使ってないっていうんで、今年度の頭に撤去されたけど、パーティションは廃棄されずに建物の裏に積んであった。経済学部の知りあいが教えてくれたよ。『今見たら、外に置いてあったから汚れてるはずなのに、妙に綺麗に拭《ふ》いてあった』そうだよ」

すぐ隣だから、持ってくるのも戻しにいくのも、台車などを使えば一人でできただろう。夜中ならひと目もない。

俺はあらためて皆を見回した。

「これで分かったね？　犯行は誰にでも可能だったんだ。この中に、元喫のパソコンとマウスを盗み、姫田君に罪をなすりつけようとした人間がいる。それだけじゃない。最近、学内で備品が盗まれたり、図書館や生協でバッグの置き引き被害が続いている。おそらく、それもこの犯人の仕業だ」

このトリックを用いるにあたっては、注意しなければならないことがある。実演中またはは実演後、不審に思った井桁さんがドアの前まで見にきてしまったら、細工がバレかねないのだ。だが井桁さんはただ見ていただけで特に関心も示さなかったし、犯人もそう予想していた。「実演」をした火曜夜の時点では、井桁さんはまだカードキーが壊れて使えなくなっていることを知らなかったからだ。犯人がそのことも知っていたとなれば。


俺は言った。「……犯人はこの中にいる」

「私じゃないんだけど」

「俺でもねえよ」

「いや、私でもない」

山本さんたち三人が先を争うように言い、美川さんも一拍遅れて「私じゃない……」と呟いた。

「誰が犯人なのかまでは、まだ分かってない」俺は言った。「でも、あんたたちの中の誰かが犯人なんだ。警察に告発して、容疑者全員をみっちり捜査してもらえば、何か証拠が出るだろう。悪いけど全員、通報するから」

「はあ？」

「おい」

「嫌だというなら、やめてやってもいい」俺はラウンジ組を睨み返した。「でも条件がある。たとえ犯人でなくても、君らには罪がある。根拠もないのに姫田君を犯人扱いし、カードキーの破損も姫田君のせいにして、新規発行の代金を出させた」

姫田君が困ったような顔でラウンジ組を見る。珍しく相手の顔をまっすぐ見ているのは、情勢的に自分が勝利しつつあることを自覚してきたからだろうか。

「謝るんだ。全員」俺は腰に手を当ててラウンジ組を見た。「それから一人二千五百円。慰謝料を入れて三千円だね。姫田君に今すぐ払え」

そんなのいいよ、と言うかと思ったが、姫田君は黙ってラウンジ組を見ていた。彼なりに怒っているのだろう。

山本さんが姫田君を見る。「……はあ？　なんでそんな」

「嫌なら別にいい」俺は遮って言った。「拒否した人間は全員告発する。学内で連続している窃盗事件の容疑者です、ってね。当然、学生の間に噂は広がるだろうし、警察に来られたら近所とか家族にはまあ知れ渡るよね。自業自得だから仕方ないけど」

「ふざけんな」

「態度に気をつけた方がいい。俺が気まぐれで告発したくならないよう、発言は一つ一つ、慎重にするんだ」

山本さんは黙った。その場を去ろうと足を踏み出しかけたが、それはできないと分かり、思い留《とど》まったようだ。

「……あのさ。今の話からすると、明らかに私、犯人じゃないよね？」

井桁さんが言うが、俺はすぐに返した。「どうだか。素人の俺には分からないね。やっぱり警察に取り調べとか家宅捜索とか、してもらわないと。……それに今は、姫田君をよってたかって犯人にして金を出させたことについて言ってるんだけど」

当然、すぐに謝るわけはないと思っていた。だが長々と悩ませてもこちらとしては別に構わなかったし、適当なところで時間制限を設けてもよかった。

左側の二人と里中、それに姫田君がじっと見る中、最初に動いたのは美川さんだった。またすすり泣きの声がして、泣くだけか、と思ったのだが、美川さんは泣きながらも、しっかり姫田君に向かって頭を下げた。

「……犯人扱いしてごめんなさい。ほんとはみんなに、違うかも、って言わなきゃいけなかったのに」

残りの三人は、美川さんが泣きながらそちらを見るとようやく観念したらしく、彼女に続いて姫田君に頭を下げ、それぞれに財布を探りだした。

これで一つ、決着はついた。本題はここからだ。

俺はラウンジ組の四人に言った。

「それからもう一つ、一人一人別々に話をしなきゃいけないことがある。一人ずつここに残ってもらう」俺は二反田君を見た。「まずは二反田君かな。あとの三人は里中と一緒に学生談話室に行って、呼ばれるまで待っていてほしい」

8

　二反田君は里中の後について階段を下りていく三人を不安そうに見ていた。いつも誰かと一緒にいたせいで、一人きりにされて自分にスポットライトがあたる、という状況がそもそも怖いのかもしれなかった。だとすれば好都合なのだが。

　重なりあう足音が遠ざかり、やがて消えた。俺と同じく階段の方を見ていた隣の加越さんが二反田君に視線を戻した。俺はそれを合図に口を開く。

「さて、二反田尚史《ひさし》」フルネームで呼び、相手をまっすぐに見る。「盗んだマウスをフリマアプリで出品したよな？　落札者は誰だ。名前と住所を教えろ」

　二反田はいきなりの展開についていけない様子で上体をのけぞらせた。「……何？」

「とぼけるな。あんたが犯人だってことははっきりしてるんだ。証拠もある」俺は半歩前に出た。「皆の前で言うのは可哀想だから、こうして一人にしてやってるんだ。俺の気が変わらないうちにさっさと教えろ」

「いや、だ……だから、何のことだよ」

　かまをかけているとでも思ったのだろう。二反田は手で払うような仕草をして後ろに下がる。「ふざけんな。何決めつけてんだよ。俺じゃねえよ。山本の方が怪しいだろ」

「犯人はあんたら四人のうちの誰かだ。井桁さんの証言が正しい以上、彼女は犯人じゃない。山本さんも違うし、美川さんも違うと確かめた。デジカメを見せてもらったからね」

「デジカメ……？」

「犯人が存在しない『音野茜』を名乗って井桁さんを呼び出したメールだよ。あのメールには、犯人が拾ったというデジカメの画像が添付されていた」

おそらくはメールに信憑性《しんぴょう》を持たせるために作った画像だろう。だが、その画像が仇《あだ》になった。

「この写真、犯人が撮ったのだとしたら、あのデジカメは誰の？ 共犯者を増やすリスクを負ってまで誰かから借りたんだろうか？ 違うよね。あのデジカメは犯人、本人のだ」

二反田の視線が一瞬揺れる。おそらく、自分のデジカメを俺に見られたことがあったかどうかを思い出そうとしているのだろうと予測がつく。

だが、そんなことは関係がないのだ。「幸いなことに、山本さんのデジカメは俺が見たことあったし、美川さんも見せてくれたよ。どちらも画像のものとは違った」

写真サークルでもないのに、二人ともデジカメを持っていてくれたのは幸運だった。

「添付画像のデジカメは山本さんのでも美川さんのでもない。あの機種はそうグレードの高いものではないけど、新型ではあるそうだからね。山本さんのものだと仮定すると、彼女は似たようなコンパクトタイプのデジカメを二つ持っていて、なぜか新しい機種の方は誰にも見せずにしまってあった、ということになってしまう。美川さんのものだと仮定すると、彼女は携帯と、本格的な一眼のデジカメの他になぜかコンパクトタイプのものをもう一台持っていて、しかもそれは最近買った、ということになる。どちらもまずありえない」二反田をまっすぐに見る。「もちろん、犯行のために新しく買った、というのはもっとありえない。学校の備品を盗んで小金を稼いでいたような人間が、アリバイ工作のためだけに高いデジカメなんか買うわけがない。デジカメの画像は、わざわざ貼る必要性がないものなんだ。なくても呼び出しメールとしては成立するし、必要ならどこかから画像を拾ってくればいいんだからね。そんな金はかけない」

二反田はこちらを見ない。皆木さんがそちらに一歩、踏み出す。

俺は手を出した。「あんたのデジカメを見せてもらおうか」

二反田は俺が伸ばした手を恐れるように後ろに下がった。踵《かかと》が元喫のドアにぶつかり、がつり、という音がわずかに廊下に反響する。

その態度で、やはりこいつが犯人だったかとほっとする。佐野さんの証言があったので、ほぼ確信してはいたのだが。

二反田が犯人であるならば、なぜ犯人が姫田君に容疑を向けるため、こんなに手間がかかるトリックまで実行したかに説明がつく。

犯人は当初から、ラウンジ組内で立場の弱い姫田君を容疑者に仕立てあげるつもりではいた。だがこんなに手間のかかる、リスクのあるトリックを用いるつもりはなく、単に姫田君が水曜午後に元喫を使っていることから、彼が元喫を使った直後、つまり水曜夜に犯行をするつもりだった。コーヒーメーカーなどが無事だったことを考えれば、学内で盗みを繰り返していた犯人にとって、今回の犯行は完全に、容疑を免れることが主目的だったのだろう。パソコンがなくなっていることが発見され、最後に入ったのが姫田君だということになれば、間違いなく彼が容疑者になる。証拠は出ないが、彼の立場なら事実上、犯人扱いされるとも踏んでいた。

だが犯人は失敗した。姫田君の後、イレギュラーな事情でたまたま谷垣先輩が元喫を使ってしまったのだ。「最後に入った」のは無関係の谷垣先輩になってしまったが、犯人はそのことを知らないまま犯行を済ませてしまった。犯人が谷垣先輩のことを知ったのは翌朝だった。

犯人は焦った。このままだと犯人は「不明」で、なおかつ「姫田君に容疑を向けようとしていた」ことになってしまい、かえって自分に容疑が向いてしまう。かといって盗んだパソコンをまた持ってきて設置し直すのはリスクが大きく、その前に誰かが元喫を使ったらおしまいである。焦った犯人は、とりあえずカードキーに傷をつけ、誰も元喫に入れないようにした。事件発覚が遅れれば、最後に元喫に入ったのが誰なのかは曖昧《あいまい》になる。カードキーの新規発行が済む前に、姫田君に容疑を向ける手段を考えるつもりだったのだろう。そこでおそらく、経済学部棟の裏に元喫と全く同じパーティションが捨て置かれているのを思い出した。犯人は大学中で盗みをしている関係上、俺たちとは違ってキャンパス内全域を歩いた経験があるはずだった。

それで、犯人はトリックを思いついた。そう考えると、やはり犯人は二反田尚史ということになる。彼は水曜夜に、谷垣先輩からカードキーを預かった三年生が返しに来た時、談話室にいなかった。いればその時点で犯行を断念していたはずなのだ。

佐野さんの証言がそれを裏付けていた。二反田と、たまたまスペイン語の授業で一緒だった佐野さんがつきあっている、というのは意外だったが、よく考えてみれば、俺とは関係ないところで俺の知っている人間同士が知りあっていることぐらい、あって当然なのだった。

だが二人の関係は最近あまりよくないらしい。二反田のアパートに行った佐野さんは「他人のものみたいに見える」不自然な物品をいくつか発見し、これはどういうことかと問い質したのだという。二反田の返答は曖昧で、佐野さんは学内で連続している置き引きや窃盗事件のことを口にした。もちろんその場では否定したそうだが、彼女はずっと疑っていた。

推理は当たっていた。失っていた自信が蘇《よみがえ》ってくる。俺は一歩前に出た。

「落札者の住所と名前を言えば告発しないでおいてやる。言わないならあんたは連続窃盗犯だ。大学は退学で人生は詰み。下手をすれば実刑で懲役だ」我ながら随分高圧的に話している、と思う。隣に皆木さんがいてくれるせいかもしれない。「五秒以内に選べ。それ以上は待たない。五、四、三」

「待った。分かった。待ってくれ。言う。言うから頼む」

二反田は掌を突き出し、空いた手で携帯を出して操作した。「本当に黙っていてくれるんだよな？　たいしたものは盗ってないんだ。財布だって現金をちょっと抜いて、なくなると困るカードとかは返してたし」

だから自分はたいして悪くない、とでも言いたいのだろうか。クズめ、と思ったが、俺は頷いた。「知ってるよ。だから約束する」

「これだ。こいつ」二反田は携帯をこちらに差し出しかけてやめ、画面に顔を近付けて自分で読み上げた。『佐藤敏彦《さとうとしひこ》』……なんか偽名っぽいな。そういえば」

「不自然に思わなかったのか？　そんなにすぐに売れて」

その携帯を手に取る。フリマアプリの出品者個人ページだ。落札者は「佐藤敏彦」。メールアドレスや電話番号は本物だろうか？　だがすでに「発送済み」になっていた。発送は一昨日。そして「通常一日〜二日で到着」とある。

加越さんが後ろから顔を覗かせて携帯を見る。「どう？」

「やばい。発送済みで、たぶんもう着いてる」

急いで画面をスクロールさせ、送り先の住所を表示させた。千葉市稲毛区轟町《とどろきちょう》。自宅ではなくコンビニ受け取りになっている。大学のすぐ裏のローソンだ。

「……大学のすぐ裏だ」到着が早いわけだ。出品者が徒歩で直接届けられるような距離だった。「それもコンビニ受け取り」

普通の落札者なら自宅に届けさせる。間違いなかった。

「皆木さん、行こう」俺は二反田の携帯を握り、それから自分の携帯を胸ポケットから出し、加越さんを振り返る。「加越さんは一一〇番して、こいつ告発しといて。これ証拠」

　さっきの会話は携帯で録音していた。露骨な自白だから充分、逮捕まではいくだろう。家宅捜索をし、フリマアプリの利用履歴を見れば物的証拠も揃う。

「えっ、おい」二反田が口を開ける。「何だよそれ。だって」

「うるせえ。さっさと刑務所行け」

「おい。てめえ」二反田は気色ばんだ。「ふざけんな。さっき」

「情報を吐いたくらいでお咎《とが》めなしになるなんて、本気で信じてたのか？　おめでたいな」俺は言った。「そんなおいしい話があると思ってんのか？　犯罪者なんだぞお前」

「てめえっ」

　二反田が摑みかかってきた。俺の横で風が巻き起こり、前に出た皆木さんの横蹴りが二反田の腹に突き刺さる。二反田が「ぐぶう」と腹から息を漏らし、体を折る。

「セェェ！」

　下がった頭に、踵落としが綺麗に入った。二反田は蛙のように床に這《は》いつくばり、皆木さんはぴしりと拳を固めて構える。今度はちゃんと残心をとっているようである。

「加越さん、皆木さんと一緒に、こいつ警察に引き渡して」俺は証拠の入った携帯のロックを解除して加越さんに渡す。

「分かった」加越さんは携帯を受け取ったが、俺が駆け出そうとすると声をあげた。

「待って」

「ん」

加越さんはポケットから自分の携帯を出し、投げてきた。「ロックナンバーは145
7。録音アプリは一番左上のだから」

危うく落としそうになりながら受け取る。「了解」

「……気をつけてね。すぐ行くから。無理しないでね」

加越さんは本当に心配そうな顔をしていた。確かに、二反田を取り押さえるのと正当防衛の説明のため皆木さんはここに置いていかなければならないし、里中も今、学生談話室でラウンジ組に事件の説明をしているだろう。残るは俺一人なのだ。

「あ、あの」

さっきまでは自信満々で喋っていたくせに、急に怖くなって下を向いてしまう。ラウンジ組はどうでもよかったが、加越さんに嫌われるのは怖い。

「……ありがとう」

かすれた小さな声だったが、なんとか言えた。たぶん聞こえただろう。

俺は階段に向かって駆け出す。問題のマウスはもう、ローソンに届いている。俺は今からそこを張り込んで、受け取りにくる落札者を捉《つか》まえなければならない。

9

走るべきなのかどうか分からないまま走っていた。

房総大学はキャンパスが非常に広く、端っこの教育学部から反対側の工学部まで歩くと十分ではきかない。だから法学部棟から北門を通って「裏のローソン」まで行くだけでも、のんびり歩いていると何分も余計にかかってしまうのだった。その数分で落札者を取り逃がす、といった結果になるとはとても思えなかったが、それでも歩いていくことはできず、経済学部棟の横を抜ける頃には早足になり、体育館の前を通り過ぎる頃には走っていた。

どう見ても植え込みというより雑木林といった繁り方をしている木々のむこうに北門が見える。車が入れる正門や、西千葉駅のすぐ前にあるために初見の人は十中八九こちらを「正門」だと勘違いする南門と違い、北門はさびれていて周囲に放置自転車などが倒れている。だがその先に目指すローソンは見えた。そして。

ローソンから男が出てきた。片手で摑めるくらいの大きさの箱を持っている。店内にはあんな商品はない。伝票が貼られている。息を切らしながら、俺は全身の血がざわりと沸き立つのを感じていた。走ってよかったのだ。荷物を受け取ったあの男は。ポケットから加越さんの携帯を出す。ロックナンバーは１４５７。録音アプリを起動してポケットに戻す。

左右を見ながら道路を横断し、男の前に出た。「あの」

声が出ない。どう声をかければいいのだろうか。だがこうした場合、そもそも「常識的な振る舞い」などというものがあるのだろうか。

「あの、金山先生」

男は立ち止まってこちらを見た。間違いがなかった。法学部、金山洋二《ようじ》教授。だとすれば間違いない。この男が落札者で、今、手にしているあの白い箱が落札品のマウスだ。

「法律学科、一年の、藤村京です」とにかく足を止めてもらわなければならない。俺は荒い呼吸の合間を縫うようにして声を出し、名乗る。「その箱を見せてください」

「うちの……」金山洋二は俺を見て、一瞬ぴくりと表情を変えたが、すぐに無表情に戻った。「……うちの学生だったね、君。どうしたんだ」

「その」膝に手をつかないと息が苦しいが、なんとか上体を持ち上げて箱を指さす。

「その箱、盗品です。学生の私物です。渡していただけますか」

「何……？」金山洋二は持っている箱に視線を落とし、険しい顔になった。「何を言っているのか分からない。何か勘違いしていないか。これは私が個人的に購入したものだが」

「持ち主と出品者には話を通してあります。代理で受け取りにきたんです」呼吸が落ち着いてくる。俺は背筋を伸ばして相手と正対した。「持ち主はそこの大学病院に入院中。出品者は今頃、学内での連続窃盗容疑で逮捕されています」

金山はキャンパスの方向を見た。「何……？」

「それは重要な証拠品です。俺に渡すのが嫌なら、警察に出頭して提出してください。

今、ちょうど法学部棟に来ているはずですから」相手の顔を見ながら付け加える。「法学部棟四階廊下の隅、元は喫煙室だったスペース。つまり現場に」

そう言うと、金山の表情がまた、ちらつくように一瞬だけ変わった。俺を見ようとし、一瞬だけ目を合わせてさっと視線をそらす。動揺している。

俺は深く息を吐いた。つまり、本当だったのだ。谷垣先輩の証言はすべて。

※

もともとそういう噂がある教官だったと知ったのは最近でした。卒業した先輩からは意味ありげに「金山ゼミは気をつけてね」などと言われていましたが、何のことなのかは分かりませんでした。今年に入り、金山洋二が卒論の指導教官になるまで。

金山ゼミには女子が六人いましたが、現在、ターゲットになっているのは私だけだと思います。就活で内定をもらい、絶対に卒論で単位をもらわないといけない立場の女子は私だけでしたし、仮に他に女子がいても、二人以上には同時に手を出さなかったでしょう。被害者同士が連絡を取りあえば、告訴される可能性が高くなりますから。

最初の頃は何もありませんでした。気さくな先生でしたし、いつも笑顔で親切でした。

ですが私が就活を済ませ、四年生になったあたりから態度が変わりました。

もともと距離感がおかしい人だとは思っていました。「谷垣君は可愛いから」などと、学生の容姿にも言及してきましたし、他の女子学生には彼氏の有無を訊いて「先生セクハラですよ」などと笑ってたしなめられたりしていました。

それがエスカレートしました。飲み会になると、毎回わざと最後に来るんです。最後に来て、さりげなく必ず私の隣に座る。私は四年生だし、ゼミ生の皆にはそれほどおかしい行動に映らなかったかもしれません。ですが四年生なら他にも男子がいるし、私は隣の席を空けていないことも多かったのに、そういう時でも隣の人を押しのけて、無理矢理私の隣に座るのです。もともと場所がないのですから、窮屈な座り方になり、体が密着しました。ちょっと嫌だな、とは思っていましたが、咎めだてをするほどのことでもないと思っていました。

卒論の執筆が進むにつれて、研究室に私だけ呼び出されることが多くなりました。話題は卒論のことでしたが、私だけが明らかに呼び出される回数が多く、指導が終わると必ず飲みに誘われました。断るわけにはいきませんでした。二人の時はゼミ全体で飲みにいく時と違い、タクシーに乗って千葉駅周辺の繁華街まで行くんです。あとで指摘されたことですが、千葉駅周辺のあのあたりは、すぐ近くがラブホテル街だったんですね。

金山はタクシーの後部座席でも妙に密着してきましたし、お店に入ってもそうでした。会話の途中で、笑いながら肩を叩かれたりしていましたが、ある時、さりげないふうを装って腰に手を回されました。私は笑いながら手を押しのけたのですが、金山は笑いながら「おっと失礼」と言うだけで、その後も何度も肩を抱こうとしてきたり、腰に手を回したりしてきました。

その日はタクシーに乗せられて帰れましたが、さすがに「おかしい」と思いました。よく呼び出される程度なら「気に入られているんだろうな」「まあ先生も男だから、つい女子に近付きたくなってしまうんだろう」という程度に考えていましたが、これは明らかに一線を越えていると思いました。

その時は、「やはり女子だと、どこかでこういうことにぶつかるのか」と溜め息をついていました。ですが、当然それで終わるはずがありませんでした。

その日から一週間も経たないうちに、また飲みに誘われました。私は他のゼミ生を呼ぶことを提案しましたが、金山は笑うだけで、とりあってはくれませんでした。私は「私だけが何度もおごっていただくと不公平ですし、誤解を招くかもしれないので」と断りました。

すると金山が言いました。「君には特に指導が必要だと思っている。内定はもらっているんだろう？　それなら尚更《なおさら》、卒論が通らないとまずいじゃないか」と。

私は動けなくなりました。第一志望にしていた会社に内定をもらっている。でも、先生を怒らせたら卒業できなくなるのではないか。内定も取り消しで、一から就活をやり直さなければならなくなるのではないか。第一志望に断られ、実質的に新卒でなくなっているとなれば、一どころかかなりマイナスで、そこから就活をやり直すようなことになったらと思うとぞっとしました。

それでもなんとか、今日はちょっと、と断りました。すると金山は「いつならいいの？もっと雰囲気のいい店に行こう」と誘ってきました。外の店でおごっていただくのはちょっと、と断ると、「もちろんここでもいい」と言い、私の背中をソファの方に押しました。

金山研究室には奥の方に、背もたれを倒すとベッドになるソファが置いてありました。金山は「研究で徹夜して、よくあそこで寝ている」と言ってましたが、座らされ、隣にぴったりとくっついて座られた時はとても怖かったです。それでも金山に「あの会社の役員は自分の後輩だから」と言われると、どうにもなりませんでした。

隣に座られ、君は可愛い、好きだ、と言われながら太股《ふともも》を撫でられ、服の上から胸を触られました。私は恐怖と嫌悪感で吐き気を覚え、目眩《めまい》も感じました。口の中が渇き、喋ろうとして激しくむせてしまいましたが、そのおかげで金山は離れました。私は立ち上がり、トイレに行く、と言って研究室から逃げました。

自分のアパートに逃げ帰った後もずっと恐怖が続いていました。金山を怒らせたのではないか。卒業ができなくなるのではないか。ですが、もしそうでなかったとすれば、金山はまた私を呼び出し、同じことをしてくるに決まっています。卒業までそれが続くのかと思うと絶望し、涙が出ました。

ですが、やはり法学部だったからでしょうか。

入学してすぐ、加越先生の憲法の講義で聴いたことを思い出しました。私たちが理不尽に害されずに生きる自由は、闘ってやっと得られたものである、と。突然政府に貯金を差し押さえられたりしない。政府にとって都合の悪いことをSNSに書いたからといって逮捕されない。生まれや宗教で差別されない。そうした当たり前に思えることでですら、上の世代が権力と闘い、やっとのことで憲法に明記させた「人権」である、と。そして人権とは、気を抜いているとすぐに侵される脆弱《ぜいじゃく》なものである、と。

私たちは闘い続けねばならない、と加越先生は言いました。その時は「憲法の先生だから大げさな言い方をするのだ」と思っていましたが、この時になって実感できました。私はまさに今、人権を奪われようとしていたのです。体を触られたり、望まないセックスを強制されたりせずに安心して生きる、という、当たり前の権利を。

闘うことに決めました。セクハラで訴え、金山を大学から追放して、私の卒業も就職も守る。そのためには証拠が必要でした。私は金山の行為を録画することにしました。

証拠を得るためにもう一度金山に会うのは、とても勇気が要ることでした。金山は研究室で会いたがるに決まっていましたが、研究室では声を出しても外に聞こえないおそれがありましたし、CCDカメラを仕掛けることも難しかったので、学生から「元喫」と呼ばれているパーティションで区切られた部屋にしました。鍵はかかりますが、壁で外と隔てられているわけではないし、研究室のような金山の私的空間でもないので、強引に押し倒してくることはないだろうと考えました。それに、元喫にはデスクトップパソコンがあり、パソコンデスクの上からなら部屋全体が自然に映せました。私はマウス型のCCDカメラを買い、元からあったマウスとすり替えた上で、金山と元喫に入りました。

この時、私がどれだけの恐怖と闘っていたか、想像できる人は少ないと思います。一度体を触られ、ぎりぎりのところで逃れてきた相手と、外に全くひと気のない密室で二人きりになるのです。それだけでなく、ある程度は金山に気を許させ、セクハラと認定できる言動をさせるか、体を触らせるかをしなければなりませんでした。ぎりぎりのところでうまく逃げ出せなかったらどうしようと不安で、元喫に置かれているソファを見ると吐き気を覚えました。

結論から言えば、私の作戦は成功しました。私は金山に「悪いようにしないでほしい」と頼む演技をし、金山は笑いながら「君のことが好きなんだ。絶対に悪いようにはしないよ」と言いながら、ソファで私の隣に座り、膝を撫でながら「研究室でゆっくりしよう」と言いました。金山の手が太股の方に上がってくると、全身に悪寒が走り、急に嘔吐《おうと》しそうになりました。体が激しく震え、目眩がしました。私は金山を振り払って立ち上がり、必死で逃げました。背後で金山が、苛ついた様子で何か汚い言葉を吐いたのはかすかに聞こえましたが、追いかけてくるようなことはありませんでした。

ですが、私は全身の悪寒で感覚がなくなり、また目眩がしていて、階段を下りながら転びました。全身を強く打ちつけて激痛が走り、結局そのまま、腕と脚、さらに肋骨にひびが入って入院することになりました。

※

病室で谷垣先輩から聞いた話は衝撃的なものだったが、予想通りでもあった。これはただの窃盗事件ではなく、裏に重大犯罪が絡んでいたのだ。

フリマアプリで出品されていた元喫のパソコンがマウスだけ替わっていたのは、誰かがマウスだけ替えたからだ。そしてマウスを「よく似たものに」「黙って」すり替えたとなると、考えられるのは「盗撮」くらいだった。だがわいせつ目的の盗撮ならもっと低い、スカートの中が覗けるような位置にカメラを仕掛けないのは妙だ。それ以外の目的での盗撮となると、何かの証拠を得ようとしていたのではないか、と考えられた。CCDカメラを用意してまで証拠を得ようとしているとなると、かなり深刻な事態だ。

だが、そうだとすると、マウスがそのままだったのは変だ。証拠を取ったなら、CCDカメラはなるべく早く回収するはずだった。それができていないということは、実行者は何かトラブルがあって、カメラを回収できない状態になってしまったのではないかと思った。

そこに谷垣先輩の話が飛び込んできた。突然元喫を使い、直後に怪我をして入院している。決まりだった。

俺たちが病室を訪ねた時、病室からは金山が出てきた。同室の女性もいたから何かされたわけではなかっただろうが、先輩の顔色は悪かった。就職のことで脅され、また、元喫に何かを仕掛けていたのではないかと尋問されたとのことだった。先輩はあの時、そんな状況で俺たちに笑顔を作り、明るく振る舞っていたのだ。

あの時点で、金山はすでにマウスを注文していた。おそらく先輩に逃げられた後、「わざわざ元喫に呼び出したのはおかしい」と、盗撮の可能性を疑ったのかもしれない。だがそれを確かめる前に、偶然、二反田が元喫に入ってパソコンとマウスを盗んでしまった。

金山は学生課でマスターキーを借りられるから、いつでも元喫に入れる。「現場」に舞い戻り、パソコンとマウスがなくなっていることを知った金山は、おそらく他のいくつかの可能性と一緒に、最近、学内で発生している盗難事件の犯人がそれらを盗んだ可能性も考え、フリマアプリで探してみたのだろう。そんな小さな可能性まで潰しているところを見ると随分と必死だったようだが、そのおかげで危うく証拠を捨てられるところだった。間一髪だ。

俺は拳を握る。これは「セクハラ」ではない。大学教員による、学生に対する強制わいせつ事件だ。谷垣先輩の怪我が逃走時のものだと認定されれば強制わいせつ致傷罪になり、無期または三年以上の懲役になる。大学の指導教官という立場を利用して学生を狙ったとなると、そう軽い求刑にはならないだろう。目の前にいる金山はまぎれもなく凶悪犯罪者であり、今まさに、自分の犯罪の証拠を隠滅しようとしているところなのだ。

「それを渡してください」俺は二反田にやったのと同じように手を伸ばした。「マウス本体を捨てたってどうせ無駄ですよ。すでに外部の端末にデータを送信してます」

「何の話か分からないが」金山は俺を観察している。「仮にそうだとしたら、君がそんなに一所懸命にマウス本体を取り戻そうとするのは変じゃないか？」

舌打ちしたいのをこらえる。金山は気付いている。谷垣先輩の使ったCCDカメラは内部のマイクロSDカードにデータを保存するタイプで、外部への自動送信はできない。つまり今、金山が大事そうに抱えているあの箱の中のマイクロSDカードが壊されてしまえば、すべて終わりなのだ。谷垣先輩は証言だけで闘わなくてはならなくなり、立件には長い時間がかかり、その間に意趣返しで彼女だけが内定を取り消され、将来を潰される。

道をトラックが走り抜け、一瞬、金山が身構えた。俺は動けない。飛びかかって奪えばこちらが犯罪者だ。

「それが学生の持ち物だという証拠があります。盗品だということも、犯人の証言があります」俺は言った。「それでも渡さないつもりですか？」

「君は一年だったね。まだ勉強が足りない。私がこれを手に入れたのはさっきだ。盗品等有償譲受罪はその認識がないから成立しない。即時取得が成立するから、民法上もこれの所有権は私にある。法的には、文句は出品者に言うべし、ということになっているんだよ」金山は勝ち誇って言った。「つまらない言いがかりはやめてほしい。私は正規の手続きでこれを買った」

「不自然ですよ。中古のマウスを出品直後に落札した」ここで引き下がるわけにはいかなかった。「警察が目をつけないと思いますか？」

「だから何だ？　たまたまちょうどいいものが出ていたから買ったんだ」風が吹き、金山は余裕で目を細める。「法律学科一年の藤村と言ったね。君はだいぶ非常識なようだ。よく覚えておくよ」

風が吹く。俺は動けなかった。脅しに屈したつもりはない。だが打てる手がないのだ。風の残りが歩道の隅に落ちたビニール袋をかさかさと鳴らしていく。金山は俺に背を向け、おそらくは北門に向かうため横断歩道の方に歩き出した。研究室で箱の中身を確認し、廃棄するつもりなのだろうか。

一瞬、襲いかかって奪おうか、と思った。犯罪だが、マウスの中のマイクロSDカードさえあれば、正当防衛を主張できる。だが本当にそうだろうか。もし奪えなかったら。俺だけが暴行犯にされ、将来が終わる。

……駄目だ。

だが、諦めかけた俺の後ろから、聞き覚えのある声がした。

「おやおや、これは金山さん。偶然ですね」

金山が振り返る。俺も振り返った。こちらに歩いてくる、三つ揃いのスーツと帽子をばっちりと決め、ステッキを持った英国紳士風の男性。……加越美晴さんの叔父《おじ》、憲法学研究室の加越教授だった。

妙なことだった。大学の裏とはいえ、なぜ加越先生がここにいきなり出てくるのだろうか。それに、言葉とは裏腹に、明らかに金山を捜しにきて見つけた、という顔をしている。

「あ、ああ……どうも」さすがに同僚に不審に思われてはまずいと思ったのか、金山は箱を隠すように脇に抱えた。「加越さん、何か」

「その箱が気になりましてね」加越先生はステッキの先で金山の抱える箱を指した。「今さっき聞いた話ですがね。なぜあなたはなんということもない中古品のマウスを大急ぎで落札し、偽名を使った上、自宅ではなくコンビニで受け取ったのでしょうか」

金山が動きを止めた。

あっと思って加越先生を見る。先生は俺をちらりと見返して、軽くウインクをした。ウインクなどという動作が嫌味にもギャグにもならない日本人というのは珍しい。

加越さんが連絡してくれたのだ。加越さんはあの後すぐに先生に電話し、元喫の窃盗事件と、背後にある強制わいせつ事件の事情を伝えてくれた。先生はそれを聞いて即座に動き、ローソンに急行してくれたのだ。

「金山さん。あなたにはある疑いがかかっている」加越先生は金山をまっすぐに見据えて言った。「その荷物に関する不審な行動も含めて、納得のいく説明はできますか?」

金山の顔色が変わっていく。いち学生である俺が相手なら力ずくで揉み消す自信があったのだろうが、同じ教授である加越先生は教授会を動かせる、簡単にあしらうことのできない相手だ。俺は加越さんに心の中で礼を言った。法学部棟からの、完璧《かんぺき》な援護射撃だった。

「何か証拠がありますか」金山は視線を落ちつかなげに揺らしていたが、それでも胸を張って言った。「証拠もなく私の信用を毀損《きそん》するつもりですか。この箱の処分権は私にある」

だが、加越先生は落ち着いていた。

「証拠なら、そろそろ来ますよ。全員」

後ろから複数の足音と声が近付いてきた。加越先生、こっちにいた、と話している。

振り返ると、スーツを着た若い女性が合計五人、こちらに駆けてくるところだった。

「おお失礼。緊急の連絡を受けたものでしてね」加越先生は女性たちに笑顔で振り返り、ステッキで金山を指し示した。「ご覧ください。ちょうど証拠隠滅の最中でした」

先頭の女性が立ち止まり、金山に気付いて表情を強《こわ》ばらせた。

だが、金山の方がはるかに大きく表情を変えていた。

「まさか……なんで、ここに」

「彼女たちは自主的に集合した」加越先生は言った。「そして私に付き添いを求めてきた」

俺は加越先生の後ろに並んだ五人の女性を見た。全員、二十代で、大学を出たばかりの人もいるように見える。うちの卒業生、だとするならば。

「この卒業生たちは全員、過去にあなたから受けたセクハラ被害を告発する決心をしてくれました。西千葉駅で待ち合わせて、千葉中央署に行くところでしたが」加越先生は言う。「いや、『セクハラ』などという表現には収まらないケースもあるようですね。あなたにも今から、警察署に同行してもらう」

加越先生が言うと、先頭で来た女性が金山をしっかりと見据えた。

「後輩の子がまた被害に遭っている、と聞いて、みんなで話しあって決めたんです。闘おう、って」女性は言った。「……私たちは、黙りません」

「馬鹿な」金山は怒鳴った。「ふざけるな。言いがかりだ。そんな、大学にとって不名誉なことを疑いだけで教授会に上げるつもりですか。非常識な」「勘違いしているようですね。あなた、この期に及んでまだ懲戒免職程度で済むとお考えですか？　非常識なのはあなたの方だ」加越先生は落ち着いて宣言した。「あなたは『大学から処分される』のではない。警察に逮捕され、強制わいせつ犯として起訴されるのです」

金山の手から箱が落ち、数秒後、金山は歩道に崩れ落ちた。

10

骨折というものがこうも治りにくいものだとは知らなかった。まあ単に「骨折」と言っても「軽くひびが入った」から「ポッキリいってしまい断面が皮膚を突き破って出た」まで程度は様々であるし、どうもさっきから見ているに、谷垣先輩は「怪我人が下手」なのだと思う。加越さんに話しかけられると毎回体を無理に捻って悶絶するし（顔だけ向ければ済むのに）、今も喋りながらパッと手を広げ、それが吊った右脚にぶつかって「いたいいたいいたいいたい」と呻いている。怪我から一ヶ月半、事件解決から数えても一ヶ月強は入院しているのにあまり治っていない気がするのは、いちいちこうして悪化させているからではないか。

まあ、入院生活というのは本当に暇らしく、こうしてまとめて来客があるとついはしゃいで動きすぎてしまう、というのは分からなくもないのだが。

「やー、でも本当に助かりました！　先輩がいなかったらどうなってたか」谷垣先輩は手を伸ばして石川《いしかわ》先輩の手を握ろうとし、また「いたいいたい」と呻く。「でも、とりあえずこれで私の就職も大丈夫なんですよね」

「うん。……まあ、その話はもういいから。それと無理に動かなくていいからね」石川先輩は困ったように谷垣先輩をなだめる。「とりあえず今は、体を早く治さないと」

「はい！」

卒業生で社会人二年目の石川先輩は四年の谷垣先輩から見ても「先輩」なわけであるが、何か不思議な気分である。だが二人は面識があるらしく、谷垣先輩は俺たちよりずっと打ち解けて話している。

事件から一ヶ月と少し。そろそろ風が冷たい日が増えてきており、今日は病室にも暖房が入っているようだ。

谷垣先輩はまだ入院しているが、事件の方はとりあえず一段落した。金山洋二は谷垣先輩に対する強制わいせつ致傷の他、石川先輩ら五人の卒業生が同時に告訴した強制わいせつ事件の容疑者として逮捕され、半月ほど前に起訴されている。往生際が悪く「体に触ってはいない」「合意の上だった」「真摯《しんし》な恋愛感情があった」などと色々言っているらしいが、石川先輩たちの証言から浮かび上がった常習性と、何より谷垣先輩が撮影していた動画が有力な証拠となり、まず間違いなく有罪、それも実刑判決が出るだろう、という話だった。

事件は報道で大きく取り上げられ、就職を自ら世話したり、大学院へ推薦したりする立場でなくとも、大学の教員から学生への就活セクハラがありうる、という認識が、ちゃんと世間に広まったようである。被害を訴え出た谷垣先輩ら六人がいずれも美人だったこともあって、マスコミの中でも下衆《げす》な連中は顔出しの上「私がどのように何をされたか」を喋らせたがったようだが、事態を重く見た学長が記者会見で「性犯罪の被害者に対して、性的興味で取材をしている者がいる。これは性犯罪者の共犯と言っていい」と激怒し、この会見がネット上で拡散されて以後、先輩たちへのしつこい取材は減ったらしい。もっとも学長の方はネット上で「ブチギレ学長」の渾名《あだな》をいただき、会見で喋っている学長の顔と、社会に向けた怒りの言葉をコラージュする行為が一時期流行した。

金山が大学を懲戒免職になったことは言うまでもない。判決はまだだが、加越先生を中心とした大学の調査委員会が独自調査で判断したのである。その過程で理学部の別の教授が学生に卑猥《ひわい》な言動をとっていることが判明してしまい、大学側はたて続けに処分者を出すことになってしまったが、加越先生は「膿《うみ》を出しきらない方が不名誉です」と平然としていた。

今回はちゃんとお見舞い品を持って谷垣先輩の病室に行ったのだが、石川先輩がいたのは偶然である。だが石川先輩たち五人は、まるで交替制のようにわりと頻繁に谷垣先輩のお見舞いに来ているらしい。新社会人の時に予想される苦労や求められる振る舞いなど、就職を控えた谷垣先輩としても聞いておきたい話がいろいろあるようだ。

「いや、でも。石川先輩たちが一斉に立ち上がってくれたって知って、めちゃくちゃほっとしましたよ」

それはそうだろうなと思う。立場が強い相手をたった一人で告訴するのは、周囲から売名だの当たり屋だのと中傷をされて二次被害になるおそれが常にある。谷垣先輩の勇気には俺も感嘆している。

「……でもね、本当は私たちが、もっと早く告訴していなきゃいけなかったの。あなたたち後輩が同じ被害に遭う前に」石川先輩は痛くないようにそっと谷垣先輩の肩に触れる。「ごめんね。あと、ありがとう。谷垣さんが動いてくれなかったら、私たちも立ち上がる勇気が出なかった」

後で聞いた話では、CCDカメラ入りのマウスを回収できず、誰かに盗撮がバレてしまうことを危惧《きぐ》していた谷垣先輩は入院後すぐに加越先生に相談していたらしい。相談を受けた加越先生はその日のうちに即、金山ゼミの卒業生たちに聞き取り調査を開始し、石川先輩たち五名も在学中に被害を受けていたことが判明した。先生は五人と話しあい、金山を告訴するという方針を決めていた。

「いやあ」谷垣先輩は笑って加越さんを見た。「そこの美晴ちゃんが加越先生に連絡してくれなかったら、どうなってたか」

「間にあって何よりでした」加越さんは大人びた表情で頷き、手で俺を示した。「でも、私じゃないですよ。この藤村くんが事件を解決してくれたおかげです」

「だねー」

谷垣先輩が「すごいよねー」と俺を見る。加越さんは何やら「自慢の逸品」を先輩に見せるような様子で微笑んでいるが、俺の方は注目されて、どこに視線を置けばいいか分からなくなってしまった。「いえ。そもそも、里中が呼んでくれなかったら関わってすらいないわけで」

「いやいや」

里中は照れた様子で笑う。さっきから思うのだが、こいつが谷垣先輩を見る目に何やら熱いものを感じるのである。今度は二人で見舞いにきて、途中でさっといなくなってみるのもいいかもしれない。できるかどうかは別として。

しかし、と俺は思う。そもそも加越さんがラウンジ組に抗議せず、姫田君など別にどうなってもいい、と冷酷に考える人だったら、俺は事件に関わることすらなかったわけだ。窃盗事件の裏で進行していた重大事件を見過ごさずに済んだのは彼女のおかげだった。

ちらりと後ろを見ると、窃盗犯を蹴り倒した皆木さんも、珍しく表情を緩めて微笑んでいた。

けっこういい人たちと友達になれたな、と思う。全員、それぞれにコミュ障のようだが。

病院を出ると、冷たい風がひゅっと吹いて俺の首元を冷やした。秋が深まってきたが、それに加えて今日は北風のようだ。前を歩く里中と加越さんが駅前でごはんを食べていこう、と話をしていて、俺も頷いて同意する。

その拍子に、右の靴紐がほどけていることに気付いた。立ち止まってしゃがむが、中途半端にほどけた靴紐をいったん全部ほどこうとしてうまくいかず、時間がかかってしまう。顔を上げると、里中たちは気付かずにどんどん先に歩いていってしまっている。

声をかけるには遠く、かといって肌寒さのせいか指がうまく動かず、俺は焦った。置いていかれる。仕方がなかった。すぐに呼吸を一つして、置いていかれてもはぐれたら携帯で連絡をとればいいのだし、と決め、足元に視線を戻す。

……別に、ここで置いていかれたからどうってこともないのだし。

そう考えた時、前方から声がした。

「おーい、藤村どうした」

顔を上げると、里中が戻ってくるところだった。加越さんと皆木さんも一緒にやってくる。

「いや、靴紐」俺は大きな声を出して答えた。「すぐ行く」

単行本版あとがき

前から思っていたのですが、お菓子の「ラングドシャ」って言いにくくないですか。慣れた今でこそ「ラング」「ドシャァァァ！」と二分割して叫ぶことでなんとか噛《か》まずに言えているのですが、慣れるまでが大変で「何だっけ……ランドクルーザー……」「ラークシャサ……？」「土砂ランド……みたいな……」とだいぶ適当に言い間違えておりました。

この言いにくさの原因は「ド」にあると思うのです。ドという音は日本語においては極めて重く、濃く、インパクトの強い音です。もともと日本語においてドは強調の意味があり、「根性」より「ド根性」の方が三倍くらいすごそうだし「あたま」より「どたま」の方が三倍くらい大きそうに思えますが何か昭和の香りがしますね。腹が立ったら「ムカドタマきたーッ！」と叫んでみましょう。周囲の空気が一瞬にして巨人・大鵬《たいほう》・玉子焼きな昭和ワールドになります。ドの威力はこのように凄まじく、とりわけ先頭に置いた時の効果のすごさは「ドンペリ」「ドグラ・マグラ」「ドロンジョ様」の三単語、いや「ドモホルンリンクル」の一単語を出すだけで充分すぎるほど伝わるのではないでしょうか。再春館製薬所提供の「ドモホルンリンクル」ブランドが四十年以上にわたって消費者に愛される高級基礎化粧品としての地位を保ち続けてきたのは、信頼の高品質とスタッフのたゆまぬ営業努力に加えて「一文字目のド」があったからなのではないかと思うのです。[*1] ためしに「ドモホルンリンクル」のドを別の文字に変えてみましょう。「ノモホルンリンクル」「ンモホルンリンクル」「厂モホルンリンクル」ほらあんまり効かなそうだし、商品名も覚えにくいじゃないですか。これがドの力なのです。ドは軽々しく振り回してはならないものなのです。ドには呪いの力があるのです。私の兄は昔、ドラマ『X-ファイル』のスタッフロールで主演のデイヴィッド・ドゥカヴニーの名前が表示されるたび「ドゥカヴニー……」「ドゥカヴニーか……」と何度も繰り返していました。どうも「ドゥカヴニー」という響きが面白かったようなのですが失礼です。そしてドの呪いはこれほどまでに強力で、素人が迂闊《うかつ》に振り回してはならないものなのです。

そんな強力なドをどうして軽々しく使ってしまったのでしょうか。もともとドは漢字にすると「怒」「土」「努」であり、非常にみっしりと重く詰まって漢《おとこ》臭く、どてらを羽織った土建屋さんがどぶろく片手にブルドーザーで土管を「どっどど、どどうど、どどうど、どどう」と怒濤《どとう》の勢いでどんどんどかしているイメージ[*2]になるため基本的にお菓

＊1　実は、基礎化粧品にコラーゲンを配合した初めての商品らしい。

＊2　むろん飲酒運転であり、プロの作業員は安全第一を叩き込まれているのでこんな真似はしない。

子には不向きで、もし使うなら羊羹《ようかん》みたいなずっしりしたやつにするべきなのに、なぜあんなサクサク軽いお菓子に入れてしまったのでしょうか。

それに入れる場所も大いに問題です。ドを使うなら使うでせめて先頭か最後、それが駄目ならせめて他の濃い音と隣り合わせにしてインパクトを誤魔化すべきだったと思うのです。つまりラングドシャは本来日本語的には「ドラングシャ」、最低でも「ラングシャド」にすべきだったのです。担当者は一体何をやっていたのでしょうか。こんな中途半端な位置にドが来るのは綿あめの中に一部だけハバネロを混ぜ込むとか、アイドルグループのバックダンサーに一人だけゴリラを入れるとか、西千葉駅と千葉駅の間に「スーパーゲートウェイ大房総駅」を新設するようなもので、バランスが悪すぎるのです。ハバネロやゴリラ先輩やスーパーゲートウェイ大房総駅が悪いわけではありません。まあスーパーゲラウェイはそもそも名前からしてどうかと思いますが、ゴリラ先輩は森の中とか動物園に単体でいらっしゃるなら何の違和感も引っかかりもないのです。ハバネロだってピクルスとか炒《いた》め物に適量を足せば本領を発揮するのに、なんで綿あめに混ぜ込もうと思ったのでしょうか。担当者は何をやっていたのでしょうか。スーパーゲラ刷り大暴走駅だって西千葉駅と千葉駅の間に突然入れるのではなく、ディズニーリゾートライン付近に置くとか行川《なめがわ》アイランド駅の隣にしておけばここまで悪目立ちしなかったはずなのです。まあ千葉県勝浦《かつうら》市の行川アイランド駅は肝心の行川アイランドが二〇〇一年に閉園になってしまったため、JR外房《そとぼう》線「上総興津《かずさおきつ》」と「安房小湊《あわこみなと》」の間に突然「行川アイランド」が出現するという珍妙な状況になってしまっています。もっとも世の中には逆にそういうのを喜んでわざわざ探訪する人種もいるわけで、現在ではJR外房線行川アイランド駅は秘境駅として一部好事家たちに愛されているようなのですが、だとしてもやはりラングドシャのドは位置がおかしいことに変わりはないと思うのです。ドは前述したように日本語においては接頭語、英語においても"-d"という接尾語なのですから、まん中になんとなく置かれると「カリフォルニアロール」を初めて見た時」のようなような違和感を覚えるのです。「ラングドシャ」ではドのところで一回完結してしまうのです。完結したならしたでその後にはもう少し続けてほしいわけです。なのに「シャ」で済ませているからアンバランスなのです。ドで一回締めたなら続く第二部ももう少し盛り上げて「ラングドシャイニングウィザード」「ラングドスーパースター」「ラングドジャンボ鶴田《つるた》」ぐらいまで頑張ってほしかったのです。[*3] ド以降の第二部だけ「シャ」で終わらせるのは源氏《げんじ》物語の宇治十帖《うじじゅうじょう》のようなもの寂しさがあるのです。というか個人的には宇治十帖の終わり方は作者が連載に疲れて「雲隠」したせいなのではないかと思っているのですが実際のところどうなんでしょうね。そうしないならドにこだわる必要はなかったと思うのです。ラングシャにしておけばこんなに言いにくくなかったはずですし、ドにこだわらず「ラングルシャ」とか「ラングーシャ」でもよかったはずな

＊3　「武藤敬司」「ビル・イーディー」「全日本プロレス」等で検索してください。

のです。担当者は一体何をやっていたのでしょうか。

また「ラングドシャ」の発音が覚えにくい理由の一つに「つい『ランド』と誤読してしまう」というものもあります。日本人にとっては「ラングド」という音は馴染《なじ》みがない一方、「ランド」ならディズニーランド、健康ランド、わくわく動物ランドに行川アイランドといくらでも浮かぶため、つい「ランド」の方に引っぱられてしまうのです。

同じような現象は「マンチカン（マンカチン？）」「アニサキス（アニキサス？）」「ガルバンゾ（ガンバルゾ？）」などにも当てはまります。ことばの音にはそれぞれ固有の「引力係数」があり、これが小さい音は、距離が近い別の音に意識を引っぱられて変形してしまうのです。引力係数を大きくする方法としては「韻を踏む」というものがあり、これを最大限に利用している単語は「ちんぷんかんぷん」「うんぬんかんぬん」「イケイケドンドン」など多数存在しますし、一部分だけ韻を踏むだけでも「二酸化マンガン」「ナンバラバンバン」「カリマンタン島」のように覚えやすさが上がります。「アセチルサリチル酸」などもチルチルミチルしていて大変小気味よいですね。それにしても今回のあとがき、出てくる単語がしばしば古いのはやはりドの呪いでしょうか。

もちろん方法は他にもあります。どうしても「ラングドシャ」の並びを変えたくないのなら、そこは変えずにもう一枚看板になるような音を足せばよいのです。重く濃くインパクトの強い音といえばゴリラの「ゴ」、ダンベルの「ダ」、デカいよー切れてるよー*4の「デ」などがありますが、やはりここは「ぬ」を推したいところです。

「ぬ」。

どうでしょう。このぬっとりとした響き。そしてどこか深海生物めいた正体不明感。五十音においては最も出番が少ない文字の一つとされ、QWERTY配列キーボードでも一番ホームポジションから遠い位置、わかりやすく喩《たと》えるなら千葉県における野田《のだ》市の位置に置かれているわけですが、それゆえに「キーボードの始まりを飾る文字」として異色のインパクトを持っています。「鵺《ぬえ》」「塗り壁」「ぬらりひょん」といった「よくわからないもの」の頭文字に多く使われるのは「ぬ」という湿っぽくて不定形でぬっとした響きゆえでしょうか。二画目がぐるりと丸まって最後にちょろんと丸を作る無脊椎《せきつい》動物的な外見ゆえでしょうか。その点では隣の「ね」も有望ですが「ね」は一画目の縦棒がまっすぐなためやや真人間の印象があり、週に一度の定例会議の時くらいはちゃんとスーツを着て事務所に顔を出していそうです。音韻的にも「ぬ」が一文字目にくると謎のインパクトが生まれて大変忘れがたい単語になることは「ヌクレオチド」を例に出すまでもなく明らかだと思います。それにしても「ヌクレオチド」って本当に謎の迫力がありますね。ヌっと湿っているようでもありクレオっと硬そうでもあり、チドっと尖《とが》っていそうでもあり、形状が想像できません。「抜くれ落度」と漢字表記するとどこかの

＊4　ボディビルの大会で観客が飛ばすかけ声の一種。他に「ナイスバルク！」「筋肉本舗！」「僧帽筋が歌ってる！」など。

方言のようでもあります。主ん《ぬしゃ》抜くれ落度じゃってん、早《はけ》ん、しゃばんなんといけんよ！　もちろんこれは架空の「ぬ弁」であり現存するどの地方の方言とも関係がありません。主ぁぬっとすぁとぬってんばかりでぬんも言葉んぬぃけん、ぬらがおぼぃぬってんぬろうとぬいん決まってんよ？　自分でも何を書いているのか分かりませんが「ぬ」にはこのくらい奥行きがあり、作家の額賀《ぬかが》澪《みお》さんなど日本には「ぬ」愛好家も多く、彼らは日本中にぬを流行らせ、「ねこ」を「ぬこ」に変える、といった具合に徐々に他の文字をぬで浸食し、最終的にはひらがなをぬだけにしようと企《たくら》んでいるので気をつけなければなりません。尤ぬ、仮ぬぬぬ企ぬぬ実現ぬぬぬ、実際ぬ斯様ぬ感ぬぬ意外ぬ判読可能ぬぬぬ、ぬぬ程困ぬぬぬ済ぬ可能性ぬ有ぬぬぬ。

　まあとにかく、それだけ「ぬ」が愛されているということを考えれば、ラングドシャがヌラングドシャに、いえ、ここはもうひと声ヌングドシャに変わったところでむしろ皆から歓迎されるのではないかと思うのです。

　ヌングドシャの話をしていたら紙面が尽きてしまいました。あとがきです。本書を手に取ってくださいました皆様、まことにありがとうございました。著者の似鳥です。こういう話を書いたのは私自身もコミュ障だからなのですが、なんか人にそれを言っても誰も信じてくれません。なぜでしょうか。こういうふうにベラベラ喋《しゃべ》るからでしょうか。だから空気を読まずにベラベラ喋るからこそコミュ障なんですってば。

　もちろん本書は単に私がコミュ障だから完成したというわけではなく、様々な関係者の活躍によって出版にこぎつけたものです。KADOKAWAの担当T様、I様、大変お世話になりました。ありがとうございました。宣伝のための労働ならいくらでもしますから是非こき使ってください。ややこしい文章上の矛盾を一つ一つ丁寧に潰《つぶ》してくださる校正担当者様、本の「外装」を一手に引き受けてくださる装画の新井《あらい》陽次郎《ようじろう》先生及びブックデザイナー坂野《さかの》公一《こういち》様。ありがとうございます。頼りにしております。印刷・製本業者様、取次各社の担当者様、配送業者様、いつもお世話になっております。厚くお礼申し上げます。KADOKAWA営業部の皆様、いつも拙作を売っていただいてありがとうございます。本作もよろしくお願いいたします。そして全国書店の皆様。新刊を棚に見つけるたびにぬふふ、うふふふ、と笑いが漏れます。まことにありがとうございます。

最後に、読者の皆様。私もいいかげん新人ではなくなってまいりましたが、それでもお金や知名度より、皆様に読んでいただける（と妄想する）ことが一番の幸せ、という点だけはデビュー時と全く変わりません。圧倒的に変わりません。まことにありがとうございます。恩返しの方法は面白いものを出し続けることかと思います。がんばります。今後ともよろしくお願いいたします。

令和元年八月

似鳥　鶏

文庫版あとがき

単行本版の刊行から二年が経ち、時代はすっかりヌングドシャからマトリッツォになりました。本当は「マリトッツォ」ですがよくこう間違えます。これも単行本版あとがきの方に書いた「音の引力係数」のせいです。「〜ッツォ」が頻出するイタリア語からすれば「マリ」+「トッツォ」でいつも通りなのでしょうが、日本語の感覚からすると「マリト」の並びがそもそも出ず「マトリ」になりがちなのです。もう日本ではマトリッツォでいいのではないでしょうか。ヴァン・ゴッホを「ヴン・ゴオグ」と紹介しチュッチチュッチチュリリリリリリ、という華麗なホオジロの囀《さえず》りを「一筆啓上《いっぴつけいじょう》仕候《つかまつりそうろう》」と聞きなしてしまうぐらいいいかげんな国民性ですし。

もっともこの原稿を書いている二〇二一年十月現在、すでにマリトッツォには「どら焼きマリトッツォ」だの「かぼちゃマリトッツォ」だのが登場してしまっており、「いちごのモンブラン」「ライスバーガー」同様の形象崩壊を始めているので、そろそろ寿命が近い気がしています。寿命を迎えたマリトッツォがどうなるかに関しては現在、学会でも三パターンの予測がされており、「消滅して忘れ去られる（ジャーサラダ予測）」「メニューの一つとして定着し、地味に売られ続ける（ティラミス予測）」「実体としては消滅し、単に『何かに何かをギチギチに挟んで『＞』みたいな形になっている食べ物』という概念として残る（モンブラン予測）のいずれが正しいのか、現代の観測技術ではまだ分かっていません。ですが、このあとがきではなるべく刊行当時の空気を記録として残しておこうと思っておりますので、「過ぎ去りしこの時代、マトリッツォという名の食べ物が確かにあった」ということだけは強調しておきます。

　それにしてもマリトッツォ、こう言ってはなんですがすごく「頭が悪そうな食べ物」です。作った人や食べる人が、ではなく、この食べ物そのものが頭悪そうなのです。パンにただクリームを挟んだだけという単純さもさることながら、明らかに自分に挟めるクリームの限界量を理解できていない感じで、牛を丸呑《まるの》みしようとして死ぬヘビとか、血を吸いすぎて飛べなくなる蚊に近いものを感じます。あるいは「いや挟めてないし、そもそもどうやって食べるか考えてないだろ」という「スカイツリーバーガー的なやつ」、または「付録がでかすぎて平積みできない雑誌」でしょうか。とにかく多い方がいいんだろ？　程度の認識で考案され、崩れてしまって食べられない天空盛りマグロ丼とかモヤシを盛りすぎて麺《めん》に辿《たど》り着く頃には肝心の麺がスープを吸いまくってブヨブヨになっているメガ盛りラーメンとかと同じものを感じます。しかし、何にでも合理性効率性が要求され、なぜか何にでも合理性効率性を要求する人間ほど「俺は賢い」と言わんばかりのドヤ顔をしている世知辛い[*1]現代社会においては、とにかく過剰で、常識的に考えて運用に支障がでるラインを突き抜けて盛りに盛るこの路線、この何も考えていない感じはわりと痛快です。ややこしいミステリのあとがきに書いても説得力はいま一つですが、人間、いつもいつも頭を使ってばかりはいられませんから。まあマリトッツォの頭が悪そうに見えるのはただ単に「バカーッと大口を開けている」ヴィジュアルのせいかもしれませんが。口を開けているとアホっぽく見えるのです。「オオグチボヤ」で画像検索してみてください。あいつが頭よさそうに見えることは絶対にないと断言できます。

別にここまで極端でなくても、たとえば大口を開けて丸呑みにする動物は、もっしゃもっしゃと食べ物を咀嚼《そしやく》したり、食べられる部分をより分けたりする動物よりアホっぽく見えるものです。とりあえず嚙《か》まずに（歯がないので）丸呑みし、消化できないものはやっぱりあとで吐き出す、という鳥類や、海水ごとガバーッと全部飲み込んでしまって後から要らないものを出すというやり方で、そもそも自分が何を口に入れているかも把握していないヒゲクジラ類など、実際にはけっこう賢いものもいるはずなのに、食事風景はなんとなくアホっぽくて可愛いです。その意味ではマリトッツォもまあ可愛いのですが。

さて、単行本版のあとがきではラングドシャの他に「ぬ」のことを書いていましたが、最近は「ふ」が気になっています。このフォントですとそうでもないのですが、「ふ」のようなフォントの場合、「ふ」って何か笑っていませんか。これは「ふふふふ」という笑い声の表現があるからではなく、仮にそれがなかったとしても、「ふ」という文字は何か笑っています。「い」とか「み」とかと比べてみてください。「ふ」の方が明らかに笑っていますよね。「ん」とか「さ」も楽しげではありますが笑ってはいません。「を」とか「そ」はむしろ怒っています。ですが「ふ」は笑っています。これは奇妙なことです。ご存知の通り、ひらがなの「ふ」は漢字の「不」を簡略化したものでして、「不」や「ふ」は「つ（元の字は『州』）」や「め（元の字は『女』）」のような象形文字ではないのに、なぜか笑いを表現する「ふ」は笑っているのです。しかしそれにしても「州」→「つ」はちょっと無理がありすぎませんか。「毛」→「も」とか「也」→「や」はほぼそのままだし「計」→「け」や「曽」→「そ」はちょっと面倒臭がりすぎではないかと思いつつもまだ理解できるのですが、「州」→「つ」はないでしょう。「幾」→「き」や「留」→「る」も一体どうなっているんでしょうか。筆の流れがそもそも違うではありませんか。担当者は一体何をやっているのでしょうか。

　とはいえ、そのいいかげんな略し方のおかげでひらがなにはなんとも言えない味が出ているのも確かです。ひらがなは元々象形文字やその組み合わせであった漢字を極限まで簡略化していってできたものですから、文字同士の区別ができればいい、という合理性志向で作られたハングルや楔形《くさびがた》文字にはない怪しげな空気も醸し出しており、このくるっと丸まった感じとか、シャッ、うにょん、とのたうつ感じなどは、実のところルー

＊1　単なるケチではないか、というケースもわりとある。

ンなどよりも魔力がありそうです[*2]。一度全部ひらがなで、句読点も「」も改行もなくびっしりとひらがな羅列の小説を出してみたいものですが、ちょっと書いてみたところ見開きにびっしり隙間なくひらがな、という紙面は見ていると酔いますし、書いている途中でゲシュタルト崩壊して上下左右の区別のない虚無空間を漂っている気分になってくるので断念しました。ちなみに私のサインも「似」の字がゲシュタルト崩壊しやすく、サイン本など大量に作らせていただいている時はたまに虚空を漂います。ありがたいことに本が出るたびにサイン本を作る機会をいただいておりますが、この本はどうなるでしょうか。

文庫版の刊行に際しましても、たくさんの方にお世話になりました。KADOKAWAの担当I様T様、校正担当者様、今回もありがとうございました。また装画の植田たてり様及びブックデザイナー青柳奈美様、文庫化に際して装丁が大きく変わりまして、著者としましては二度楽しみです。印刷・製本業者様、いつもありがとうございます。今回もよろしくお願いいたします。

そして今回、文庫版が出ましたことで、より多くの方に手に取っていただけると期待しております。本作は主人公のメンタルもコンパクトですし、文庫版のコンパクトさがけっこう合っているかもしれません。KADOKAWA営業部の皆様、取次及び運送業者の皆様、全国書店の皆様、いつもお世話になっております。今回もよろしくお願いいたします。

ちなみにこの本が出る十二月はデビュー以来初となるフィーバー月でして、実業之日本社文庫からも青春ミステリ『名探偵誕生』が刊行されています。こちらもよろしくお願いいたします。図々《ずうずう》しく他社の本の宣伝をしたところで紙面が尽きました。お読みいただきまして、まことにありがとうございました。どうかこの本が、読者の皆様に楽しい時間を提供できますように。

令和三年十月

似鳥　鶏

Twitter：https://twitter.com/nitadorikei
Blog「無窓鶏舎」：http://nitadorikei.blog90.fc2.com/

＊2　当然のことながら、ルーン文字は呪術以外にも日常で使われており、当時の人にとってはただの文字だった。それが年代を下るにつれて「物珍しい古代文字」になり、なんとなく雰囲気があったので「魔力がある」という設定が付け加えられたのである。欧米人にとっての漢字、日本人にとっての梵字（サンスクリット）に近い。

本書は、二〇一九年十月に小社より刊行された単行本『目を見て話せない』を加筆修正し、改題のうえ文庫化したものです。

この物語はフィクションであり実在するいかなる人物・団体・名称等とも一切関係ありません。

似鳥鶏　著作リスト

『理由あって冬に出る』	創元推理文庫	2007年10月
『さよならの次にくる〈卒業式編〉』	創元推理文庫	2009年 6月
『さよならの次にくる〈新学期編〉』	創元推理文庫	2009年 8月
『まもなく電車が出現します』	創元推理文庫	2011年 5月
『いわゆる天使の文化祭』	創元推理文庫	2011年12月
『午後からはワニ日和』	文春文庫	2012年 3月
『戦力外捜査官 姫デカ・海月千波』	河出書房新社	2012年 9月
	河出文庫	2013年10月
『昨日まで不思議の校舎』	創元推理文庫	2013年 4月
『ダチョウは軽車両に該当します』	文春文庫	2013年 6月
『パティシエの秘密推理 お召し上がりは容疑者から』	幻冬舎文庫	2013年 9月
『神様の値段 戦力外捜査官』	河出書房新社	2013年11月
	河出文庫	2015年 3月
『迫りくる自分』	光文社	2014年 2月
	光文社文庫	2016年 2月
『迷いアルパカ拾いました』	文春文庫	2014年 7月
『ゼロの日に叫ぶ 戦力外捜査官』	河出書房新社	2014年10月
	河出文庫	2017年 9月
『青藍病治療マニュアル』	KADOKAWA	2015年 2月
改題『きみのために青く光る』	角川文庫	2017年 7月
『世界が終わる街 戦力外捜査官』	河出書房新社	2015年10月
	河出文庫	2017年10月
『シャーロック・ホームズの不均衡』	講談社タイガ	2015年11月
『レジまでの推理 本屋さんの名探偵』	光文社	2016年 1月
	光文社文庫	2018年 4月

『家庭用事件』	創元推理文庫	2016年 4月
『一〇一教室』	河出書房新社	2016年10月
『シャーロック・ホームズの十字架』	講談社タイガ	2016年11月
『彼女の色に届くまで』	KADOKAWA	2017年 3月
	角川文庫	2020年 2月
『モモンガの件はおまかせを』	文春文庫	2017年 5月
『100億人のヨリコさん』	光文社	2017年 8月
	光文社文庫	2019年 6月
『破壊者の翼 戦力外捜査官』	河出書房新社	2017年11月
『名探偵誕生』	実業之日本社	2018年 6月
	実業之日本社文庫	2021年 12月
『叙述トリック短編集』	講談社	2018年 9月
	講談社タイガ	2021年 4月
『そこにいるのに』	河出書房新社	2018年11月
改題『そこにいるのに 13の恐怖の物語』	河出文庫	2021年 6月
『育休刑事』	幻冬舎	2019年 5月
『目を見て話せない』	KADOKAWA	2019年10月
NEW! 改題『コミュ障探偵の地味すぎる事件簿』	角川文庫	2021年 12月
『七丁目まで空が象色』	文春文庫	2020年 1月
『難事件カフェ』	光文社文庫	2020年 4月
『難事件カフェ2 焙煎推理』	光文社文庫	2020年 5月
『生まれつきの花―警視庁花人犯罪対策班』	河出書房新社	2020年 9月
『卒業したら教室で』	創元推理文庫	2021年 3月
『推理大戦』	講談社	2021年 8月

コミュ障《しよう》探《たん》偵《てい》の地《じ》味《み》すぎる事《じ》件《けん》簿《ぼ》

似《にた》鳥《どり》 鶏《けい》

令和3年 12月25日　初版発行

発行者●堀内大示

発行●株式会社KADOKAWA
〒102-8177　東京都千代田区富士見2-13-3
電話　0570-002-301(ナビダイヤル)

角川文庫 22950

印刷所●株式会社暁印刷
製本所●本間製本株式会社

表紙画●和田三造

●お問い合わせ
https://www.kadokawa.co.jp/（「お問い合わせ」へお進みください）
※内容によっては、お答えできない場合があります。
※サポートは日本国内のみとさせていただきます。
※Japanese text only

ISBN 978-4-04-111628-9　C0193

◇◇◇

角川文庫発刊に際して

角川源義

第二次世界大戦の敗北は、軍事力の敗北であった以上に、私たちの若い文化力の敗退であった。私たちの文化が戦争に対して如何に無力であり、単なるあだ花に過ぎなかったかを、私たちは身を以て体験し痛感した。西洋近代文化の摂取にとって、明治以後八十年の歳月は決して短かすぎたとは言えない。にもかかわらず、近代文化の伝統を確立し、自由な批判と柔軟な良識に富む文化層として自らを形成することに私たちは失敗して来た。そしてこれは、各層への文化の普及滲透を任務とする出版人の責任でもあった。

一九四五年以来、私たちは再び振出しに戻り、第一歩から踏み出すことを余儀なくされた。これは大きな不幸ではあるが、反面、これまでの混沌・未熟・歪曲の中にあった我が国の文化に秩序と確たる基礎を齎らすためには絶好の機会でもある。角川書店は、このような祖国の文化的危機にあたり、微力をも顧みず再建の礎石たるべき抱負と決意とをもって出発したが、ここに創立以来の念願を果すべく角川文庫を発刊する。これまで刊行されたあらゆる全集叢書文庫類の長所と短所とを検討し、古今東西の不朽の典籍を、良心的編集のもとに、廉価に、そして書架にふさわしい美本として、多くのひとびとに提供しようとする。しかし私たちは徒らに百科全書的な知識のジレッタントを作ることを目的とせず、あくまで祖国の文化に秩序と再建への道を示し、この文庫を角川書店の栄ある事業として、今後永久に継続発展せしめ、学芸と教養との殿堂として大成せんことを期したい。多くの読書子の愛情ある忠言と支持とによって、この希望と抱負とを完遂せしめられんことを願う。

一九四九年五月三日

角川文庫ベストセラー

きみのために青く光る　似鳥　鶏

彼女の色に届くまで　似鳥　鶏

マツリカ・マトリョシカ　相沢沙呼

朧《おぼろ》月《づき》市役所妖怪課　河童コロッケ　青柳碧人

朧《おぼろ》月《づき》市役所妖怪課　号泣箱女　青柳碧人

青藍病、それはそれぞれの心の不安に根ざして発症する異能だ。力を発動すると青く発光するという共通点以外、能力はバラバラ。思わぬ力を手に入れた男女4人は、危険な事件に巻き込まれることになるが……。

画家を目指す僕こと緑川礼は謎めいた美少女・千坂桜に出会い、彼女の才能に圧倒される。僕は千坂と絵画をめぐる事件に巻き込まれ、その人生は変化していく――。才能をめぐるほろ苦く切ないアートミステリ！

学校の怪談『顔の染み女』を調べていると、別の『開かずの扉』の噂が柴山の耳に入る。その部屋で、トルソーを死体に見立てた殺人（？）事件が発生。クラスメイトと柴山が、時を超えた二重の密室の謎に迫る！

希望を胸に自治体アシスタントとなった宵原秀也は、赴任先の朧月市役所で、怪しい部署に配属となった。妖怪課――町に跋扈する妖怪と市民とのトラブル処理が仕事らしいが!?　汗と涙の青春妖怪お仕事エンタ。

秀也の頑張りで少しずつチームワークが出てきた妖怪課の前に、謎の民間妖怪退治会社〈揺炎魔女計画〉が現れた。妖怪に対する考え方の違いから対立することになるが、その背後には大きな陰謀が……!?

角川文庫ベストセラー

朧月市役所妖怪課
妖怪どもが夢のあと
青柳碧人

妖怪課職員としての勤務も残りわずかとなった秀也は、自らの将来、そして、自分を慕う同僚のゆいとの関係に悩んでいた。そんな中、凶悪妖怪たちが次々と現れる異常事態が⁉　秀也、朧月の運命は――⁉

綾志別町《あやしべつ》役場妖怪課
すべては雪の夜のこと
青柳碧人

北海道綾志別町の自治体アシスタントとなった宵原秀也。彼を追ってやってきた恋人の日名田ゆいとともに、事件の真相を追うが、そこにはロシアに繋がる大きな秘密が⁉　北国の妖怪課の事件簿、感動の解決編！

判決はCMのあとで
ストロベリー・マーキュリー殺人事件
青柳碧人

裁判がテレビ中継されるようになった日本。番組から誕生した裁判アイドルは全盛を極め、裁判中継がエンタテインメントとなっていた。そんな中、裁判員として注目の裁判に臨むことになった生野悠太だったが⁉

教室が、ひとりになるまで
浅倉秋成

北楓高校で起きた生徒の連続自殺。ショックから不登校になっている幼馴染みの自宅を訪れた垣内は、彼女から「三人とも自殺なんかじゃない。みんな殺された」と告げられ、真相究明に挑むが……。

フラッガーの方程式
浅倉秋成

何気ない行動を「フラグ」と認識し、日常をドラマに変える〝フラッガーシステム〟。モニターに選ばれた涼一は、気になる同級生・佐藤さんと仲良くなれるのではと期待する。しかしシステムは暴走して⁉

角川文庫ベストセラー

罪の余白　芦沢　央

悪いものが、来ませんように　芦沢　央

いつかの人質　芦沢　央

バック・ステージ　芦沢　央

不在　彩瀬まる

高校のベランダから転落した加奈の死を、父親の安藤は受け止められずにいた。娘はなぜ死んだのか。自分を責める日々を送る安藤の前に現れた、加奈のクラスメートの協力で、娘の悩みを知った安藤は。

助産院に勤めながら、不妊と夫の浮気に悩む紗英。育児に悩み社会となじめずにいる奈津子。2人の異常な密着が恐ろしい事件を呼ぶ。もう一度読み返したくなる心理サスペンス！

幼いころ誘拐事件に巻きこまれて失明した少女。12年後、彼女は再び何者かに連れ去られる。少女はなぜ、二度も誘拐されたのか？　急展開、圧巻のラスト35P！　注目作家のサスペンス・ミステリ。

もうすぐ始まる人気演出家の舞台。その周辺で次々起きる4つの事件が、二人の男女のおかしな行動によって思わぬ方向に進んでいく……一気読み必至、大注目作家の新境地。驚愕痛快ミステリ、開幕！

父の遺言に従い、実家を相続した明日香。遺された家財道具を整理するうち、仕事はぎくしゃくし始め、恋人ともすれ違い――？　すべてをうしなった世界で、人はどう生きるのか。気鋭の作家が愛の呪縛に挑む。